JN078520

e as antly – O what a misery it is to have an
dellect in splints! My Love again to Fanny – tell
ootts I wish I could pitch her a basket of grapes –
nd tell I am the fellows catch here with a line a
little fish much like an anchovy pull them up fast

Mrs Brawne
Wentworth Place
Hampstead Middx
England

Remember me to Mr & Mrs Dilke – mention to Brown that
I wrote him a letter at Portmouth which I did not send
and am in doubt if he ever will see it.

my dear Mrs Brawne
your sincerely and affectionate
John Keats

Good bye Fanny! god bless you

詩人がナポリ港から恋人 Fanny Brawn の母親に宛てた別離の手紙
(George C. Williamson ed. *The Keats Letters, Papers and Other Relics.*
London: John Lane, The Bodley Head, 1914. Facsimile no.XLVII)

キーツ：断片の美学

西山　清 著

音羽書房鶴見書店

キーツ：断片の美学

はじめに

　思い返せばあれは学園紛争の嵐が全国に吹き荒れていた 1970 年のこと。学部 3 年のおりに全学ストライキの間を縫うようにして開講されていた木曜 III 限の「英米詩研究」の授業。御多分に漏れず、この授業も何とはなしにざわざわと落ち着きのない雰囲気の中で、いつものように進められていた。この学生はマイクを通した先生の声を守歌がわりに、なかば午睡しつつ聴くでもなしに聞いていた。どれくらい時間がたったのだろうか、突然、ざわめきが途切れ、かなりの音量でレコードから流れてくる詩の朗読のみが聞こえる、何とも不思議な間が訪れた。二回目のレコードの時には我知らず身を起こし、その声に聞き耳を立てていた——"I wandered lonely as a cloud ..." 学生はその後、何回かこの授業だけは真面目に出席して、ある日の午後、16 号館 8 階の「出口」と名札に書かれた先生の部屋の戸を叩いた——あの日いらい、はや半世紀。あの学生は定年を待たず退職し、いまや老いの坂を転げ落ちゆくような日々にあるのだとか。やれやれ、人生ゆめのごとし、か。

　他人事のような言い種だが、この歳になると時の流れも速すぎて、何ページも読まぬ間に日は沈み、また朝が来る、そんな日々の繰り返しとは情けなや。キーツの世界に親しむ時間だけは長く何十年もあったのだが、実際のところは理解の及ばぬ数多の詩行に悩まされ、なおその魅力に引き摺られつつ、今日までズルズルと読み進んできただけのこと。その間どれほどの文字を書き連ねてきたのかも記憶には残っておらず、それでいてはや半世紀もの歳月だけが過ぎ去った……慙愧の念に堪えぬとはまさにこのことか。

　本書をもっておそらくキーツを、いや英文学などを、書き記すことは仕舞となるだろう。そうであればなおさらのこと、ここで白状しておかねばなるまい。一番の気懸りは——いい歳をして笑止といえばたしかに曲もないのだが——詩人の傑作と信じていながら、これまで「ハイピリオンの没落」について正面切って論じたためしがなかったことである。四十路も半ば近くで一冊物してキーツを論じてみたものの、そこでも「没落」で一章を割くことは

できずじまいとなった。その後は英文学から少しわき道に逸れ、別な方面を面白がって何年も回り道。せめて最後ぐらいはきっちりと「論文」らしきもので著作の掉尾を飾りたい、などと思ったりはした。しかし、それとて老いの身にはいささか荷が勝ち、気が重い。ならば、「没落」が「夢」を語る作品であれば、こちらも肩肘はらず「随想」のようなものでお茶を濁し、断片のまま流すのも一興などと、無い知恵絞り考えた。考えあぐねた末に、片肌脱ぐまでもなく感興の赴くままに脱線、寄り道しながら書き連ね、それを入舞として擱筆すべし、となった次第。偶さかに、それで詩人の綾なす想を多少なりとも解きほぐせれば、文字どおり望外の喜び。ただ、膨大なキーツ文献の中からごく限られた資料を基に草した駄文ゆえ、愚説陋見の類には賢明なる諸姉、諸兄のご寛恕をひたすら願うのみ。以下は学術論文などという大仰なものではなく、いわば狂信者の夢想とでもお考えいただければそれこそ本懐。まあ、茶でも飲みながら、しばしゆったりと睡魔のおとずれまでお付き合いください。では、いざ。

目　次

序章

変貌する都市と郊外

キーツの初期の作品に "To one who has been long in city pent" というソネットがある。都会に暮らしていた若者が、人家の稠密する都会から開豁とした郊外に逃れた心地よさを謳った小品である。じっさい、工場、倉庫や住宅、刑務所、旅籠に売春宿までひしめくサザック地区の僑寓に住まっていた医学生時代に、キーツはさまざまな意味での閉塞感に見舞われていた。ソネットはそんなある日に、おそらくは緑したたるハムステッドの野に遊び、心ゆくまで開放的な気分に身を委ねた喜びの心情を詠んだものであろう。このころに書かれた作品にみられる自然と都市にかかわる対照的な印象は、やがて詩人独自の想念の濾過を経つつ美意識に組み込まれていき、随所で作品世界の特質を構成することになる。ナポレオン戦争の前後は都市と自然環境が大きく変貌しつつあった時代であるが、まず本章ではロンドンとその周辺の変化の様子を歴史的視座から具体的に検証し、都市の変貌が詩人として歩みはじめたキーツの詩魂にどのような作用を及ぼしたのかを考えていく。

＊＊＊＊＊＊

シティーとウェスト・エンド

　1814 年 4 月 26 日にトゥールーズで最後の銃声が響いてから六週間後の 6 月 6 日、イギリス海軍軍艦インプレグナブル号の艦上では、一足早く戦勝記念の祝宴に参列すべく訪れた連合軍各国の元首らを、イギリス王ジョージ III 世の息子で海軍所属のクラレンス公が出迎えていた。賓客はロシア皇帝アレクサンドル I 世とその同盟国のお歴々であり、プロシア王フリードリッヒ・ヴィルヘルム III 世、ウィーン会議で議長を務めたオーストリア外相フォン・メッテルニヒ、ワーテルローの戦いでナポレオン軍を破った、時の英

雄プロシア陸軍元帥フォン・ブリュッヒャー、プロシア首相フォン・ハルデンベルク、そしてかれらに連なる連合国の重鎮らであった。面々は夕暮れ時にドーヴァーに到着し、海岸に集まった民衆やイギリス軍の万雷の歓呼の声に迎えられていた (Bryant 100–02)。翌朝、一行はロンドンに向かったのだが、みごとに砕石が敷き詰められた街道をたどり同盟国の長の首都へと進む道中で、各国の大立者はイギリスの富の何たるかを目の当たりにしたに違いない。

　手許に時の摂政皇太子妃付きの女官ビューリー (Lady Charlotte S. M. Bury) が残した貴重な日記があるが、これによると、当時ロンドン＝ドーヴァー間の田園地帯を横断した人びとは、起伏に富む風景のそこここに満ちわたる安寧と富の豊潤に心を高ぶらせるというより、むしろ心の動揺が穏やかに鎮まっていく感じを覚えていたようであった。道路はもちろんのこと車馬、旅籠などにも文句のつけようがなく、人びとはそこからいわば動物的な生の愉楽さえ感じ取っていたようだ、とビューリーは言う (I 242)。首都ロンドンの様子はじっさいかれらの目にはどのように映っていたのだろうか。

　ワーズワスは 1802 年夏のある朝、ウェストミンスター橋の上から堂々たるロンドンの威容を眺め、「これほど美しい眺めはこの地上でほかにはない」と感動した様子をソネットに詠んでいた。言わずと知れた "Composed upon Westminster Bridge" である。日曜紙 *Examiner*（以下、エグザミナー紙、またエグザミナー）はこの一行の中でことのほか皇帝アレクサンドルの高雅な趣味と気取りのない行動を称讃していたが、記事によれば、皇帝はある朝はやくグリーン・パーク近くの滞在中の Pulteney Hotel からヤーマス公とブルームフィールド大佐を伴い、馬車でロンドンの中心部とその周辺の様子の検分に出かけていた。ウェスト・エンドとサザック地区を巡ったあと、大通りを北に進路を取り、コールマン通りやキーツの生家近くのフィンズベリ・スクウェアを通り抜けると、シティーは皇帝の眼前にそれまで見てきた光景とは異なるイギリスの輝かしさと豊かさを繰り広げて見せたのだった (22 May, 12 June)。[1]

　ウェスト・エンドとは違って、シティーはもうすっかり目覚めていた。さ

まざまに装いを凝らした男女が軽やかな足取りで歩道を歩き、そして、おそらくは「昔からロンドンの街中で聞かれた騒音」があちこちで響きわたっていたことだろう。ナイト (Charles Knight) の *London Pictorially Illustrated* の記述 (I 129–44) を借りて描写してみれば……エプロンや胴着をまとった商店主や労働者、行商人はすでに活動を始めており、大道芸人や物売りもその日の準備を始め、子供らはそこここで輪っか回しに打ち興じ、その他さまざまな人びとも喧騒の中で忙しそうに立ち回っていたはずだし、通り沿いのどこかの家では世界を相手に繁盛をきわめる売買が進行中であったかもしれない……要するに、この朝に皇帝が見聞したのは、時代はやや下るもののさしずめ *Oliver Twist* や *David Copperfield* などディケンズの小説でおなじみの、あのシティーから立ち上る一日の騒音と喧騒、闘争のはじまりを告げる光景であったはずである。皇帝にはそのような光景が戦勝国の民の繁栄を雄弁に物語るものであると感じられたのであろう。同盟国の面々がイギリスから帰国したあとで、エグザミナー紙は誇らしげにこう論評したものだった。「一行が見聞したこの国の技術・芸術とさまざまな施設、また上流階級の安楽と富、そして何よりも言論の自由や秩序や大衆一般の道徳心などは、かれらにイギリスの偉大さを知らしめるに充分であったことだろう」(26 June)。

　1815 年、セント・ポール寺院を中心に半径 8 マイルの首都圏には、日中の変動人口を含めてアイルランドを除いた総人口の一割に相当する 122 万人が生活していた。シティーの夜間人口そのものは 18 世紀いらい下降の途をたどっており、1701 年は 13 万 9 千人であったが、1801 年には 7 万 8 千人となり、1813 年には 5 万 5 千人にまで減少していた。シティーの過密を厭う人びとは周辺部へと移住したのである。その結果、首都のウェストミンスター区と特別行政区、サザックと 12 の小教会区の人口は 68 万 6 千人にまで膨れあがったのである (*Gentleman's Magazine* 以下 *GM*、May 1819)。

　ところが、同盟国のホスト役たる摂政皇太子ジョージ[2]にとっては、シティーの繁栄も周辺地域の人口増も実はどうでもいいことであった。彼の興味は別のところにあった。ジョージが 15 歳のプリンス・オブ・ウェールズであったころ、彼の家庭教師はジョージを評して「いつかヨーロッパでもっと

も洗練された紳士になるか、もっとも教養ある無頼漢になるか——おそらくはその両方であろう」と言っていた (Delderfield 117)。たしかに、摂政皇太子に対する大衆の評価は賞賛と非難が相半ばするものであったが、ビューリーの日記にも克明に書き残されているように、彼から冷遇されていた妻キャロラインとの離婚騒動の渦中にあったこの時期には、とりわけ世間の不興を買っていたのである。

　政治諷刺の黄金期でもあったロマン派の時代において、皇太子の理不尽で放埓な生活はギルレイ (James Gillray)、クルックシャンク (George Cruikshank)、ウッドワード (Woodward)[3] などの痛烈な戯画、諷刺画に格好の題材を提供し続けた。諷刺詩でも Prince of Wales を捩ったラムの “The Triumph of the Whale” (*Examiner* 15 Mar. 1812) は同じ年にクルックシャンクが “The Prince of Whales” の戯画でみごとに応じ、キーツは “The Jealousies” (1819) で、そしてシェリーは *Swellfoot the Tyrant* (1820) で、小馬鹿にしたり嫌味たっぷりに謗ってみたりしたものだった。その一方で、彼はたんに当代きっての洒落者というだけではなく、芸術や文化活動に対する貢献という意味でもひとつの時代を画した、端倪すべからざる才能をもつ異端児なのであった。世に言う “Regency style” が彼の名に因むものであるように、装飾芸術や建築に対して独自の鑑識眼をもち、軍服のデザインにも特異な才能を発揮していた。画家のレノルズ (Sir Joshua Reynolds) やゲインズバラ (Thomas Gainsborough)、建築家のナッシュ (John Nash) など幅広い分野でのパトロンでもあり、著名なアンガスタイン (John Julius Angerstein) のコレクションを5万7千ポンドで政府に購入させ、それをナショナル・ギャラリーの核となしたのも彼の功績である。自身もまたチェロの奏者として知られているように、音楽一般をこよなく愛し、保護活動もおこなっていた。さらに、スコットやオースティンを愛読する読書家でもあり、父親ジョージ III 世の死後は、その遺贈図書をもとに大英図書館の礎を築いたのである。この国の芸術上の財産をこれほど豊かに遺した君主は、他にはまず見当たらない。とりわけ 1811 年に摂政の地位に上った以降は、ウェスト・エンド地区にいわゆる *rus in urbe*（京に鄙あり）[4] の理想形態たる田園都市 (garden city) 構築

の計画実現に意を注ぐなど、都市の発展整備計画の分野にも多大な貢献をしたのである。ただし、一般にキリスト教圏で「庭園」といえばまず「楽園」の寓意的模倣という言葉が思い浮かんでくるのだが、この皇太子にはたしてそのような宗教的連想が働いていたのかといえば、答えはノーである。彼の享楽的な生き方には宗教性などという処方箋は無用の長物でしかなかったのだが、キーツの作品背景にもしばしば登場する大都市ロンドンの当時の様子を多少なりとも具体的に知っておくのも無駄ではないと思われるので、ここで皇太子が推進した都市計画の内実を瞥見しておこう。

京に鄙あり

1793 年、王室領地監督官を務めるフォーダイス (John Fordyce) は、パディントンからイズリントンにいたる「新道」（その一部が現在の Marylebone Road）の南側から建物が押し寄せるように北側に迫ってきている様子を観察すると、大蔵省に何らかの改革がぜひとも必要であると建議した。具体的には当時メリルボン・パーク（Marylebone Park＝現在の Regent's Park）と呼ばれ農耕や搾乳の用に賃貸されていた 500 エーカーもの広大な王室領地を再開発し、総合的に調和のとれた地所に整備できるのであれば、王室財政も潤い、首都の景観もいっそう豊かなものになるとする趣旨の提言であった。この土地はヘンリー VIII 世の時代には王室専用の猟場として囲い込まれ、追剥ディック (Dick Turpin) が出没したり、ピストル使用の決闘場とされるような物騒な場所ともなっていたのだが、その後は開墾され、小規模な耕作地として一世紀半にわたり貸し出されていた。そして、最後のポートランド家への賃貸借契約が 1811 年には満了することになっていたため、ほどなく再開発にむけての条件も整うはずであった。

1809 年に提出されたフォーダイスの 4 回目の報告書には、実際の整備にむけた大まかな計画が盛り込まれていた。そこには公園地区の開発に加え、公園とチャリング・クロス、ウェストミンスター区域を結ぶ新道の建設と、通り沿いの主要建造物や店舗建設の計画も立案されていた。フォーダイスの

死後 1810 年には公開の設計競技において提案の優劣が審査され、ナッシュの提出した壮大な風景式庭園 (landscape garden) の様式がもっとも斬新で魅力的なものとして採用されることになった。ナッシュの提案を要約すれば、具体的にひとつの豪壮な大邸宅を建設するのではなく、公園の中心に郊外別荘風の美麗な邸宅を何棟ずつかまとめて布置し、外縁のぐるりには直線や三日月状に構成されたテラスハウスを配するものであった (Summerson 58–74, Hyams 173–74)。いうまでもなく、これらはピクチャレスクの理論と実践を強く意識した都市計画理念の反映である。ナッシュの相棒で風景式庭園の造園家レプトン (Humphry Repton) の提言によるところが大きく、たしかに壮大な事業計画であった。

　世俗版の最後の審判とみなされたフランス革命を成し遂げた民衆の精神がめざすところは、いうまでもなく腐敗した王侯貴族を頂点とする旧来の社会的、政治的秩序とその弊害の一掃であり、それを可能とする広義の革命的な文化体系の創造であった。それはまさに革命による世俗的な救済神話の誕生を約束するものであった。隣国の政治と文化にこのような緊密な関係がもたらされたことにより、イギリスでは文学（詩）によって救済神話の具現化をもたらしうる土壌が整うようになった。このような歴史的コンテキストの中でフランス革命とイギリス・ロマン主義の関連を論じた Duff は、詩人らがその作品により達成しようと願った目標を三つの主要語で表現した。すなわち、「革新」"innovation"「変容」"transformation"「異化」"defamiliarization"である (*CR* 26)。当然のことながら、これらはロマン派の時代精神と密接な相関がある。

　フォーダイスの提言はダフの挙げたこの三つのキーワードをまさに地で行くものであったといえよう。ロンドンはそれまでレン (Sir Christopher Wren)、ケント (William Kent)、ソーン (Sir John Soane)、スマーク (Sir Robert Smirke) など名立たる建築家を輩出していたのだが、包括的な都市計画にのっとって街全体が構築されたことはなかった。そこが大陸のローマやパリ、ペテルブルグなどの都市と違うところであった。統治者あるいは建築家のだれひとりとして自分の描く未来像をロンドンに刻印したためしがな

かったからなのだが、厳密にいえばチャンスはあった。1666 年のロンドン大火である。

　記録によれば、木材と茅葺屋根の家屋が並ぶ中世都市ロンドンは、9 月 2 日、日曜の早朝に上がった火の手が 5 日の水曜まで燃え続けたため、フリート街からロンドン塔あたりまでテムズ河沿いの 400 エーカーと 1 万 3 千軒の家屋が灰燼に帰した。[5] この大火の貴重な記録を残すことになったピープスの *Diary* (1664–69) を繰ってみれば、9 月 5 日の早朝、月明かりのもとにいまだシティー全体に火の手が回っている悲惨な光景が、テムズ河南岸のウリッジからでもすぐ近くに見えるほどだとの実況（？）を交え、火事の凄まじさが語られている (Vol. V)。大火について巷間では Pudding-Lane から出火し Pye-Corner で鎮火したなどと洒落を交えて語り継がれてきたが、真偽のほども含めて大火の全容は参考文献に挙げた Bell の *The Great Fire of London* に克明な記録が残されている。ロンドンではこの年までの 3 年間に大悪疫 (Great Plague of London) が猛威を振るい 7 万人以上の市民の命を奪ったばかりであったが、奇跡的にこの火災での死者の数はわずか 9 名であったとされる。それでも、相次ぐ大きな災害により市民生活は疲弊の極みに追いやられたのである。

　大火が鎮火した直後から、大規模な再開発計画はいくつか出されていた。その中でレンは幅広の直線道路を街中の何か所から放射線状に延ばし、ロンドンをヨーロッパの偉大なる君主を戴く国の首都にふさわしい、バロック調の街に変貌させようとしていた。大火後に街を覆っていた瓦礫の始末の方は大方の予想に反してスムーズに進んだのだが、"Merry Monarch" などと称されたチャールズ II 世治下の王政復古時代にあっては、レンの壮大な立案を実行するのに不可欠である膨大な費用と強大な統率力——いわば専制君主的な権力——の保証などは、どちらも無理な相談だった。だが、総合的な街づくりの心算こそ水泡に帰したものの、11 年後にレンの大火記念碑が建立されるまでにはロンドンの曲がりくねった道路や小路はおおむね拡幅され、レンガと石造りの建物に衣替えした街並みにも旧来の活気が取り戻されることになった (Whitfield 52–55)。

　今回ナッシュによって提案された計画はたしかに創意を凝らせたものであり、巨額の費用を要するものではあったが、提案の相手は何といっても放蕩と散財で世に知られた摂政皇太子。その財布の紐は無いも同然、しかもみずからが首府の立案者としてナポレオンを凌ぎたいとする強い願望を抱いていた男である (Baker 146)。巷間ささやかれるところによれば、皇太子のかつての愛人のひとりであったメアリー (Mary Anne Bradley) がたまたまナッシュの後妻となっていたため、この提案をきっかけに二人は意気投合したようである。皇太子とメアリーはワイト島で出会っていらい親密な関係となり、彼女がナッシュ夫人となった以後も二人の仲は続いた可能性もあるという (Summerson 150–51)。重要なのは、これ以後もナッシュのさまざまな提案に対し、皇太子が終生かわらず特別の強い支持と多額の費用負担を惜しまなかった、という事実である。

　ナッシュはすでにこのころまでには田園邸宅 (country house) の建築家として令名を馳せており、仕事仲間として一緒に活動していた既述のレプトンは、イギリス式風景庭園の技法を完成した師匠 Lancelot Brown (= Capability Brown) の跡を 1783 年に継いで、これまた高名な風景式造園家となっていた。ナッシュの計画によれば、一風変わった円形のメリルボン・パークの形状を二つの離心円に分けて、それぞれの周囲にテラス（ひな壇）を設け独立した宮殿庭園のようにしつらえ、そこに 56 棟ほどの田園邸宅を造営することになっていた。各々の邸宅には遊戯場を設け、周囲に樹木を配して隣家との仕切りとする。邸宅のうちの一棟は皇太子用の宮殿とするはずだったが、これは王室監察官ら (Crown Commissioners) の反対により却下されたようである。じっさい、貴人用の邸宅と皇太子用の宮殿建設の噂を聞きつけたハント (Leigh Hunt) も「今のところそのような建造物建設の兆候はみられない」とエグザミナー紙上 (7 June 1812) で論評していたが、最終的には 8 棟の邸宅が建設される計画に変更された。

　ナッシュの天分はパーク周辺の整備にもむけられており、そこでは古典的なスタッコ仕上げの柱廊を備えたテラスが設けられた。現在もリージェンツ・パーク東側に並ぶ瀟洒なカンバーランド・テラスや、パーク南の通りの

向かい側に優美な三日月形の曲線を描いてたたずむパーク・クレッセントの家並などに、その例を見ることができる。デザインの構成要素そのものは、18 世紀の都市計画者や建築家の用いたものと基本的に変わるところはなかった。しかし、ナッシュの狙いである *rus in urbe* を具現化することは、いわば都会の豪邸を牧歌的背景の中に嵌め込むことであり、ロンドンの他の地区とはまったく異なる都市の風景を生み出すことにほかならなかった。もともとウェスト・エンドはテムズ河の川上という地理的、環境的に有利な位置を占めているためイースト・エンドやシティーとは一線を画していた街区なのであり (Whitfield 58)、そこにまた新たな特性と魅力を加えることになった。その具現化の影響は今日の都市計画の中にさえ感知されるほどであるといわれてみれば (Weinreb 641–45)、なるほどそうかとあらためて首肯せざるを得ない。

　さて、これと並行しておこなわれたのは、ウェストミンスター区にある皇太子の住居カールトン・ハウス (Carleton House) とパークを結ぶ道路の建設である。これは一般には "coronation road" などと呼ばれていたようにいかにも皇太子好みの礼式的な路線のように思われるのだが、実のところ皇太子の要求のみに応じた道路ではなかった。ロンドンの中心にあるチャリング・クロスとパークを直接むすぶ道路の建設は、交通の混雑を緩和し、首都の経済活動を推進するためにもその必要性を説く声が早くから上がっていた。そのため、1813 年には「新道建設法」なる法案が議会を通過し、60 万ポンドの予算承認により下水道の本支流の新設と整備を含む新道の建設が可能となったのである。計画によれば、1 マイル半におよぶ新道のほとんどは直線と三日月型の曲線でつながれ、オックスフォード・サーカスとピカデリー・サーカスはこれまた優美な曲線を描く道 (Quadrant)[6] で結ばれることになった。実際に歩いてみれば、現在でもこの通りの基本形態が、さながら風景庭園を構成しているかのような趣を漂わせていることが感じられることだろう。*London Encyclopaedia* によれば、さらにその道の両側には柱廊つきの商店の建物が配され、柱廊の上には商店上階の居住者の用に供する欄干つきのバルコニーが連なることになっていたともいう。ともかくも、このよう

な概要をもって新道は 1817 年から 1823 年にかけて工事がおこなわれ、パークの方も 1828 年までには実質的に竣工をみたのだった。

　如上のように、ロマン派の時代に首都圏はかつて例をみないほどの勢いで変貌を遂げつつあり、必然的に変貌の過程がこの時代の詩人たちにも精神的、物理的な影響をおよぼしていた。かれらの作品の特色がしばしば読者にどこか不安定で断片的な印象を与える遠因のひとつには、過去の伝統を纏った都市にこのような大きな変貌が生じつつあったことが考えられよう。キーツ自身も終戦前後の騒動の余波がいまだ去りやらぬ不定性の時代に詩人として過ごしたわけだが、都市の変貌が醸し出す時代の空気につつまれ、彼がどのように自身の詩魂を醸成していったのか、以下ではその様子を歴史的な背景との関連を意識しつつ検証していこう。

キーツのロンドンと郊外の変貌

　1815 年 10 月 1 日、キーツはエドモントンのハモンド医師のもとで 5 年間の修行を終えて、医学生としてガイ病院に入学した。エドモントンからロンドンに戻ってきてから間もない 12 月ごろのことと推察されるが、キーツは擬人化した孤独に呼びかけるソネット "O Solitude!" を書いており、それが翌 16 年 5 月 5 日のエグザミナーに掲載されることになった。彼にとって初めて公表された詩であり、その中には美しいエドモントンの風景が、さながら人類の淪落以前の風景を回想するかのように描かれている。当時ロンドンで彼の寓居があったサザック地区に対する嫌悪の情は、いやが上にもエドモントンの懐かしくも美しい風景の記憶を呼び覚ますのだった。

　　O Solitude! if I must with thee dwell,
　　　　Let it not be among the jumbled heap
　　　　Of murky buildings; climb with me the steep,—
　　Nature's observatory—whence the dell,

Its flowery slopes, its river's crystal swell,

　　May seem a span; let me thy vigils keep

　　'Mongst boughs pavillion'd, where the deer's swift leap

Startles the wild bee from the fox-glove bell.

But though I'll gladly trace these scenes with thee,

　　Yet the sweet converse of an innocent mind,

　　Whose words are images of thoughts refin'd,

Is my soul's pleasure; and it sure must be

　　Almost the highest bliss of human-kind,

When to thy haunts two kindred spirits flee.

　ああ　孤独よ！もしきみと住むことになるのなら、

　　薄汚れて暗い建物が　ごちゃごちゃ折り重なって

　　囲むような所はいやだ。ぼくと一緒に急勾配を登るんだ――

　自然の見晴台だよ――そこから望むのは　小さな谷、

　花咲く斜面、透き通る川のうねり、

　　みな掌に収まりそうな広さだろう。覆いかぶさる大枝の中

　　夜通しきみを見張っていよう、鹿が軽やかに跳ねたら、

　驚いたミツバチが　ジギタリスの鐘形花から逃げ出す所でね。

　でも　きみと愉快に　こんな光景を追ってはみても、

　　無垢な人の心から生まれる　穢れない思い

　　そのままの言葉で　交わす会話こそ、

　ぼくが望んでやまない楽しみなんだ。だから　心かよわす二人が

　きみの根城へ飛んでいく時　それはきっと

　　人の心が求める　至高の喜びになるんだろうね。

周知のようにキーツは「ボウ教会の鐘の音が聞こえるところ」"within the sound of Bow bells" で生を受けた生粋の下町っ子だった。早い話が、そこはワーズワスが *The Prelude* 第 VII 巻で具体的に描写していたとおり、人や

馬車や暴れ馬が、また物売りや屑物屋、その他さまざまな人や物が行き交う、シティーの喧騒と雑踏の只中だった。ワーズワスの名を出したついでに言えば、ギティングズが上掲の作品をワーズワス的ソネットと呼んだ (Gittings 87–88) のは、むろん 3 行目以下の内容を指してのことだった。この小品がエグザミナーに掲載されたころ、医学生のキーツは他の学生と同じくサザック・ハイストリート近くの聖トマス通りに寄寓していた。そこは下層市民の生活の中心地として知られるところであり、いまだ歴史的なたたずまいを残す土地柄であった。小規模な製造業者の工場があり、倉庫、酒場、食料品店から、悪名高い Clink や Marshalsea をはじめとする 7 館の刑務所や売春宿まであった所だが、このころには交通渋滞を緩和して経済の活性化をはかるために、サザックからシティーとウェストミンスターを結ぶ新たな橋が三本つぎつぎと架けられていた。まず 1816 年にはリージェント・ブリッジ（のちのヴォークスホール・ブリッジ）が、翌 17 年にはウォータールー・ブリッジ（これは飛び込み自殺の名所となった）が、そして 19 年にはサザック・ブリッジが、それぞれ完成をみた。この地もようやく近代化への途をたどりはじめていたところであったのだ。

　キーツの詩才の開花ということを考えれば、少年時代をエンフィールドやエドモントンのような緑豊かな場所で過ごせたことは僥倖であった。そのおりの経験が彼の記憶の襞に長くとどまり、みずみずしい感性のほとばしりとなって、まずは初期の作品に結実するのである。おそらくは上掲のソネットから 1 年ほど後に書かれた断片詩 "I stood tip-toe upon a little hill" は最初期の結実のひとつであるが、彼を文学の世界に導いたクラーク (Charles Cowden Clarke) もこの詩の 61 行から 80 行までの部分はエドモントンの美しい景色の回想であると語っている (Clarke 138–39)。じっさいその部分の詩行は上掲のソネットともよく呼応しており、少年時代のキーツが自然との親しい交流を孤独な心の滋養としていた様子をよく物語っている。注目すべきはソネットの末尾にある「心かよわす二人」という表現である。自然の懐に飛び込むときには、孤独そのものを友とするように始まったソネットだが、末尾では第二の友が登場することになっている。すなわち、自分と孤独

の仲に第三者が加わるということである。誰かも言っていたようだが[7]、この第三者となるような友とは、隠遁者と孤独との対話があまりの深みに沈むことがないようにする浮子の役割をはたすのである。なかなか味わい深い譬えのように思われるが、遠からずキーツはそのような浮子も役目をはたせぬほどの深みに沈み、まさに実存を脅かすほどの孤立感を味わうことになるのであった。

　豊かな自然が広がるエドモントンはキーツが通った Clarke's Academy のあったエンフィールドに近く、現在はエンフィールド区の一部となっている郊外の街である。エンフィールドの方は、1086 年から翌年にかけておこなわれた『土地台帳』Domesday Book 作成調査のはるか以前より存在していた古い町で、エドワード VI 世やエリザベス I 世が幼少時代の多くを過ごした土地であった。清教徒革命 (1642–52) のおりには議会派の立場を守り抜いたところで、1786 年には著名なバプテスト派の共和主義者ライランド (John Ryland) がこの地に Enfield 校を開校し、リベラルな思想の持ち主クラーク (John Clarke) が文学部門の監督・指導にあたった。ライランドの死後はクラークが校長の職を継ぎ校名も Clarke's Academy となったが、彼はライランド譲りの進歩的でリベラルなカリキュラムを踏襲しつつ、学校の運営にあたった。彼の息子がのちにキーツの親友となるチャールズその人だった。

　いわゆる支配者階級に属する人びとは、伝統的に子弟の教育をパブリック・スクールに託していたのだが、当時のパブリック・スクールは押しなべて伝統に縛られ、硬直した組織やカリキュラムのため退歩、退廃しており、あきらかに評価も低下していた。これに対し、アカデミーなどの新興の学校は、とりわけ中産階級の人びとのあいだで次第に評判が高まってきていた。これらの学校の掲げる理念の目指すところは実学であり、カリキュラムは実践的、授業は国語（英語）でおこなわれ、すべての人に学ぶ機会を提供するように専心する旨を標榜していたからである (Bowen 161–62)。クラークのアカデミーはまさにそのような学校であり、ほどなくイギリス社会の中核を担うことになる非国教徒の中産階級が求める自助と独立の精神を、自校の生徒教育の理念としてはぐくんだのだった。ジョン・クラークがアカデミーの

生徒に「非国教の共和主義的環境」のもとに「共和主義者的な図書室」でエグザミナー紙などの反権力志向の出版物も自由に閲覧させていたことなどは、この学校のリベラルな雰囲気をよくあらわしている (Roe, *John Keats* 29–46)。キーツもまたこの学校が購読していた新聞の愛読者であったという事実は、やがて無意識のうちにもハントへと傾倒していく道筋が整えられていたことを意味していたのだった。

　リー川 (River Lea) の西側河岸に広がる湿地のおかげでエンフィールドは豊かな牧草地に恵まれていたが、エンフィールドの南東に位置するエドモントンもまた美しい自然の広がる所であり、キーツお気に入りの「小さな谷、／花咲く斜面、透き通る川のうねり」が望まれた。19 世紀末になるとこの地域も産業の発展が顕著となり、イースト・エンドから大挙して労働者が押し寄せてくることになるのだったが、キーツの時代のエドモントンはまだそのような都会の喧騒に包まれることもなかった。アカデミーを卒業したあとのキーツはハモンド (Thomas Hammond) 医師の徒弟として働きはじめ、時おりチャールズが訪れてくると、彼から受ける文学的な刺戟を喜びとするような穏やかな生活を送っていた。ところが、ガイ病院 (Guy's Hospital) の医学生時代に住むことになったサザックは、上述したように「花咲く斜面」のエドモントンとは対蹠的に古びた建物が打ち重なり、さながらキーツを圧するかのように取り囲むようなところであった。そこはキーツが「孤独」と親しく交わり慰めを得ていた自然の内奥からは、はるかに隔たった場所であった。19 世紀初頭の医療現場の実際と日々むき合う生活を強いられていた、21 歳の若者がそこにいたのである。その若者が胸中深くに詩人として生きる野望を忍ばせているのであれば、いわば本能的な欲求としてせめて想像力の翼を奔放にはばたかせ美しい自然の懐に飛び込んで、心身ともに日常の枷から解放されることを夢みるのは無理もなかった。

　われわれが詩の中に田舎の清浄と都会の汚濁という対比を読み込むときには、ある種の陥穽に陥ることがしばしばある。それが田園詩というジャンルに纏わる因習であり、都会の堕落と腐敗を強調し、楽園（田舎）を喪失した場として都会を位置づけることである。このような都鄙の差異という固定観

念の陥穽にはまれば、自然の景色の背後にある労働とそれを支配する社会関係などはするりと意識から抜け落ちてしまう。土地の所有者とそこで働く労働者との関係は古くからあった道徳経済 (moral economy) を構成する基盤であり (Williams 87–95)、田園詩のしきたりを支えるのもこの基盤の精神や概念なのである。しかし、たとえばワーズワスが『序曲』や "Tintern Abbey" などで描いたように、人が自己のアイデンティティを確保する場が田舎であるとの認識をもつならば、田舎はたんなる失われた楽園の代替地ではなくなる。ワーズワスは都会で雑踏に紛れ込むと、自分が匿名性の中に埋没してしまうように感じた。都会の匿名性によって人は因習の枷から解き放たれるかもしれないが、気がついてみれば、しばしばそれは拠って立つべき生の規範や頼みともなる他者の存在を見失うことにつながる。自我の危機的状況を呼び込むことにもなるのである。

　結局、ワーズワスは都会の群衆を誰ひとりとして識別できなかったがゆえに、やはり自己のアイデンティティを把握できなくなってしまった。アイデンティティ喪失の危機という陥穽に嵌れば、われわれの社会的なつながりが失われるばかりでなく、物の道理としてついには共同体そのものの崩壊さえ招来することになる。ワーズワスはそのような状況を避けなければならなかった。彼がアイデンティティを回復できたのは、幼少時代の故郷での体験を意識の前景に浮き立たせ、過去から現在まで意識の裡に流れ続ける自然の「美の形象」"forms of beauty" を文字どおり血管の中に呼び戻し「甘美な感動」"sensations sweet" を回復したときであった ("Tintern Abbey")。彼がそこで確信したのは、時を超え紛れもなく意識の裡に連続する存在の持続的感覚であった。ただし、都会の堕落と腐敗を強調し都会を田舎の淪落した状態であるとする解釈は、社会的、倫理的価値の単純化であり、気づかぬうちに消え去りゆく過去にのみ意識を集中させる。その結果、ひたすら失われた楽園を渇望する不毛な欲求に自己を幽閉することにもなりうる。

　いっぽう、ゴールドスミスやクラブ、クレアなどの詩人は、かれら独自の脚色による反田園詩ともいうべき作品を残した。かれらは道徳経済の体系におもねることなく失われた過去や楽園の喪失を嘆き、また、土地改良の標語

のもとに推進される囲い込みに対しては、怒りを懸命に押し殺しつつも一貫して糾弾する姿勢を崩さない。囲い込みはすでにモアの *Utopia* (1516) などにも描かれていたような状況とおおむねは変わることなく、土地の支配者らは人びとの愛する美しい自然の景観を、それにまつわるさまざまな情感とともに根こそぎ葬り去ってしまったのである。18 世紀後半の農村がこのように衰退する様子を描いたゴールドスミスは、哀切の情に囚われるあまり感傷的な詩行に流れることも縷々あったが、"The Deserted Village" (1770) の次のような詩行からは、手つかずのままの自然の情景が一握りの権力者の手により過去へと葬り去られてしまった様子と、その成りゆきを憂いつつ眺め入る詩人のまなざしが浮かび上がってくる。

> Sweet smiling village, loveliest of the lawn,
> Thy sports are fled, and all thy charms withdrawn;
> Amidst thy bowers the tyrant's hand is seen,
> And desolation saddens all thy green:
> One only master grasps the whole domain,
> And half a tillage stints thy smiling plain;
> No more thy glassy brook reflects the day,
> But choked with sedges, works its weedy way. (35–42)

> 　優しくほほえむ村よ、心惹かれる緑草の地、
> お前の慰めはもうない、その魅力も影をひそめた。
> こんもり茂った木陰には　暴君の手が見え、
> 緑あふれる芝土を　荒廃がくすんだ色となしている。
> たったひとりの支配者が　領地すべてを掌握し、
> ほほえみかけていた平原も　半ばを耕地に取られている。
> 澄み切った小川の流れは　もう陽の光を返すことなく、
> 繁茂する菅に引っ掛かり、あいだを縫ってのろのろ進む。

時代の趨勢とはいえ、かつての活力が衰退していく農村の様子が静かに、しかし抑制された憤怒と哀切を湛えて語られるこのような詩行が、クラブの *The Village* (1783) などの呼び水になったことはいうまでもない。

　ではキーツのソネットはどうであったか。「ああ　孤独よ！」には、ソネットという詩形の制約を考慮しなかったとしても、なお新旧の田園詩の範疇に不可避とされる特質を示すようなものが見当たらない。おなじみの羊飼い Corydon はおろか、恋人の少年 Alexis も、美女 Pastorella も賢老人も登場しない。円環構造の物語もそこにはない。田園詩の作法というフィルターを通して失われた楽園を回復しようとするような意図など、この詩人になかったことはあきらかである。ただ溢れ出る感情を言葉に出し、それを心地よい韻律と押韻に配することに喜びを覚えている。前半のオクターブで眼前の風景とエドモントンの風景を重ね合わせて一幅の魅力的な風景画を仕立て上げると、後半のセステットではその自然の美をさらに賞翫するための方途を語るだけである。彼は自然の中でもっぱら失楽以前の無垢で無思慮な喜悦に浸り、それを発話することに心奪わるような段階にいまだいるようである。

　田園詩というジャンルの視座からこの詩を眺めれば、たしかにそのような見方ができるだろう。ところが、自然の懐で育まれた少年期の生も、都市の喧騒の只中で育まれる医学生の生も、じつは表裏を綾なし彼の日常性を支えていたのである。キーツはもちろん気がついていたのであろうが、詩を作るということは、日常生活とはまた別な生き方があることを彼に教えたのである。キーツは孤独を消極的価値とみなすことはなく、また社会的関係を失った結果として生じる否定的な生の状態であるとは考えていない。彼がソネットで孤独を求めるのは、孤独の状態にあれば眼前の自然が自身の裡に内在化された懐かしいエドモントンの風景の延長となり、かつてのように自然との親しい対話が可能になると感じられたからに他なるまい。都会生活に倦んだワーズワスが血脈に故郷の自然の形象から得た感動を蘇らせたときに、絶え入りそうになっていた彼の鼓動は蘇生した。キーツにとっての孤独もまた、失楽以前の自我と自然とのつながりを観念的に再生させるものであり、ワーズワスが "Intimations of Immortality" のオードで示したような「想起」

(anamnesis) の機縁としてある。それは都会においていつしか阻喪していた意気を蘇生させる、生の積極的価値なのである。そのような自然の連続性と類似性がこのソネットを生んだ素因であることは間違いないだろう。

キーツとハントのハムステッド

　「ああ　孤独よ！」がエグザミナーに掲載されてからほどなくして書かれたソネット "To one who has been long in city pent" では、孤独はもはや積極的価値と意識されることもなく独自の創造をなす想像力を掻き立て、眼前の風景を自己の内面世界の光景へと変容させることを可能となす。あるいはこう言ってもいいだろうか。眼前の風景は詩人の裡にある風景の修正された外在化である、と。外在する事象と内在する事象が重なり合うことについてはまた別の章で論ずるが、このような想像力はキーツに可能性としてしか存在しないはずのものを実在として実感させる状況をもたらす。たとえば "Ode to a Nightingale" の 35–68 行のように、詩人にとって存在することのない「地上楽園」とほとんど等価の状態が実現されるのである (Bloom, *Ringers* 137)。それは論理的な思考ではたどることができない状況であり、むしろ象徴活動の観点から神話や宗教を包括的に捉えるカッシーラー (Ernst Cassirer) の論ずるような「神話的意識」[8] にもとづく思考形式に近いと考えていいのであろう。

　後の章で詳しく取りあげることになるが、神話的意識とはいわゆる経験的概念や科学的思考を必要条件とはせず、表象されたものと現実の事物事象との截然とした差異に拘泥することがない。そのため、そこには願望と成就、あるいは像（心象）と具体的事物、との確固とした区別が生ずることもなく、夢の世界と客観的な現実世界は流動的に移行することになる。詩作に関していえば、不在なるものを現在させる力を想像力と考えることであり、夢が実体をもって具現化されることである。数多の国の神話が例証するように、人類の文明そのものはじつは夢の内実を具体化した結果であったことを考えればいい。詩人の第一義的な役割が夢解きであったとされることもま

た、この思考の流れに包摂される。想像力を「アダムの夢」にたとえ、また、「若者の姿をした幻像」"a Vision in the form of Youth" であり「きたるべき実体の影」"a Shadow of reality to come" であるとしたキーツの手紙 (*L* i 185) の内容は、すべて不在の現実を想像力が顕在化することの比喩である。キーツの詩想にはそのような神話的思考がしばしば明示的に顔をのぞかせ、神話的現在が絶え間なく紡ぎ出されて夢は現実と等価となる。よく知られるように、自我を滅して他の存在に自己の存在を同化する力である Negative Capability もまた自我を空間的、時間的に非在の我の内に投入、存在させて非我を在我となし、「夢即実」の関係を可能とするものである。この問題は、夢そのものが作品の枠組みとなる "The Fall of Hyperion: A Dream" を検証する最終章で、ふたたび考えてみたい。

　話が少し逸れたが、それでは言及したソネットを見てみよう。

To one who has been long in city pent,
　　'Tis very sweet to look into the fair
　　And open face of heaven,—to breathe a prayer
Full in the smile of the blue firmament.
Who is more happy, when, with heart's content,
　　Fatigued he sinks into some pleasant lair
　　Of wavy grass, and reads a debonair
And gentle tale of love and languishment?
Returning home at evening, with an ear
　　Catching the notes of Philomel,—an eye
Watching the sailing cloudlet's bright career,
　　He mourns that day so soon has glided by:
E'en like the passage of an angel's tear
　　That falls through the clear ether silently.

　長いあいだ　都会に閉じ込められた人にとり、

美しく広がる空の面をのぞき込み、──その蒼穹が

　満面に　ほほえみ湛える中で

祈りの言葉を呟くのは　なんと楽しいことか。

波打つ青草の臥所に　心地よげに

　疲れた身を沈め、愛とやるせない哀しみの

　楽しくも穏やかな物語を　読むときほど

幸せなことが　あるだろうか。

夕暮れに家路をたどるとき、その耳に

　小夜啼鳥の音が運ばれてくる、──その目に

たなびく小雲の　あかるい航跡が映ると、

　一日が余りに早く流れ去った　と人は嘆く。

澄みわたる虚空を　ひそやかに零れゆく

　天使のなみだの　ながれにも似て。

　ハントは1813年から15年にかけて、ハムステッドに関わる自作のソネットやオード、あるいはエッセイなどを折にふれエグザミナーに載せていたので、キーツのこのソネットもおそらくはハントに倣って書かれたものと考えられる。じっさい、主題の選択や措辞にはハントの影響が窺われるのだが、とりわけ1813年の8月や15年の5月に掲載されたソネットなどを読めば、比喩の用い方や情景の描写などが、「ああ　孤独よ！」も含めてキーツのソネット創作にハントが少なからぬ影響を与えていたことが容易に想像される。たとえば、13年8月29日のソネットは以下のようである。

Sweet upland, to whose walks with fond repair

　　Out of thy western slope I took my rise

　　Day after day, and on these feverish eyes

Met the moist fingers of the bathing air,—

If health, unearn'd of thee, I may not share,

　　Keep it, I pray thee, where my memory lies,

In thy green lanes, brown dells, and breezy skies,
Till I return, and find thee doubly fair.

Wait then my coming, on that lightsome land,
　　Health, and the Joy that out of nature springs,
　　　　And Freedom's air-blown locks:—but stay with me,
Friendship, frank entering with the cordial hand,
　　And Honour, and the Muse with growing wings,
　　　　And Love Domestic, smiling equably.

心地よい丘よ、あのお気に入りの散歩道を
わたしは来る日も来る日も　西の斜面から
　上ったものだ、景色をみつめすぎ熱くなった目を
湿った風の手が　やさしく冷ましてくれたものよ、——
お前が労せず手に入れる健康を、わたしが共有できずとも、
　あの緑の小路や、茶色の谷間、軽やかな風舞う空を
　私の記憶にあるがまま　取っておいてくれたなら、
戻ってきたとき　お前の美しさは倍加していることだろう。

そのときには、あの光あふれる丘の上で　待っていておくれ、
　健康よ、また　自然から生まれ出た喜びよ、
　　そして自由は　房髪を風がなぶるままに：——だが一緒にいるんだ、
友情よ、心温まる手を伸べ　気兼ねなく来て、
　また名誉と　さらなる翼を広げる詩神も、
　　それから　常に微笑み絶やさぬ家族の愛も。

　このソネットは、摂政皇太子の筆禍事件により収監されていたサザックの
獄舎[9]で書かれたものだが、「戻ってきたときに」の言葉どおり、彼は出獄
後ほどなくして新鮮な空気と野原の散策を求めて1816年の春からふたたび

ハムステッド・ヒースに居を定めていた (Hunt II 22–23)。前半のオクターブで描写される慣れ親しんだハムステッド・ヒースの風景は、後半のセステットではハントの標榜する「自由」「友情」「真心」「名誉」「詩」に関連づけられ、「家族の愛」で締めくくられる。ハントの政治と文学、そして生活の信条がハムステッドの自然と密接な繋がりのあることが示唆されている。そして、前半と後半を結びつける言葉が「健康」であるのは興味深い。都市の喧騒を嫌いヒポコンデリーに悩んでいたハントであれば、政治的な理屈を抜きにしても澄んだ空気に清らかな水[10]、そして緑あふれる草原の地ハムステッドに引き寄せられたのは、しごく当然のことであった。キーツの「長いあいだ……」のソネットのモチーフも、おそらくは夏の一日にハムステッド・ヒースに遊んだキーツ自身の体験の残像であったろう。このソネットで、キーツは若々しく新鮮な感受性をもって客体化した自己を広々とした自然の只中に解き放つ。街にいれば 19 世紀初頭の医療現場の悲惨さに向き合わされ、心身両面で重苦しい日常生活を送らざるを得なかったが、この地ではさながら豊饒の角から溢れ出たかのように豊かな自然の情景とその営為を、心ゆくまで賞翫することができた。それでも彼は「嘆く」。せっかく手に入れた喜びがするりと滑り落ちてしまうのではないか――。

　この詩の随所にはキーツが新たに習得した語彙や断片的な古典神話の知識が反映されており、フィロメル神話から連想される苦悩や悲痛の情感が、自身を取り囲む現実の状況を示唆するかのように表出されている。それでも、心地よい「波打つ青草の臥所」とは、すでに見た「ああ　孤独よ！」のソネットにある「覆いかぶさる大枝の中」にも比すべき苦悩とは無縁の空間であり、やがて書かれることになるエンディミオンと月姫シンシアとの秘められた交歓の場の象徴「あずまや」(bower) の萌芽が、詩行の背後に潜む。そこはエンディミオンの心の深奥に築かれ他から隔絶した場であり、その楽園で彼は過酷な現実世界にかかわる一切の束縛から解放されて、シンシアとの交情に耽溺する。青年キーツの求める生のありようが、エンディミオンのたどる生に重ね合せられるのである。ソネットの 1 行目は作品のタイトルにもなっているのだが、むろんこれはチャールズにいざなわれて繰り返し読んだ

Paradise Lost の一節からの翻案である。

> … one who long in populous City pent,
>
> Where Houses thick and Sewers annoy the Aire,
>
> Forth issuing on a Summers Morn to breathe
>
> Among the pleasant Villages and Farmes
>
> Adjoind, from each thing met conceaves delight,
>
> The smell of Grain, or tedded Grass, or Kine,
>
> Or Dairie, each rural sight, each rural sound. (IX 445–51)

> ……長いあいだ　都会の雑踏に紛れ、うち並ぶ家々
>
> 汚水の悪臭に　悩まされていた者が、
>
> 夏の朝　戸外に抜け出し　のどかな村里
>
> 農場ちかくで　胸いっぱいに
>
> 清気を吸えば、麦や干し草の香、牝牛、
>
> 搾乳場など　田舎の光景、田舎の音色、
>
> 五感擽るすべてが、歓びとなる。

　この場面は、イヴがみずからの意思で初めてアダムの許を離れ、ひとりで庭番の務めをはたそうと園に向かうおりに感じた心地よい解放感を、比喩的に描いたものである。この美しい園で、イヴはやがてサタンの誘惑を受けることになるのだが、ここでの街と田舎の較量は、サタン自身が経験した地獄と楽園の対置を想起させる。読者はキーツが感じていたはずのサザックあるいはシティーと、エドモントンのあるミドルセックス北部との対比をそこに読み込むことができるだろう。さらに、イヴはみずからの意思によりアダムから離れひとり園で仕事をすることに、ただただ誇らしさと嬉しさを覚えていたのだが、その素朴さは、詩作という未知の世界に足を踏み入れたばかりの若者の姿にも重ねられよう。しかも、そこはイヴのいた楽園と同じく、いまだ詩における失楽を知らぬ喜悦に満ちた世界なのである。

　"paradise" とはアヴェスタ語の *pairidaēza* を語源とする言葉であり「囲まれたところ」あるいは「庭」を意味する (*OED*)。それは外界から隔絶され閉ざされた場であり、内と外の区分は不能で、その中にいるかぎり時の流れは意識されず、したがって死も存在しない。楽園の囲みが破られ時間が発動しなければ、人は人として生きることはできない。楽園の内側では、肉体は生きていても精神は死んでいるのである。土塊 (*adhamah*) にすぎなかった人間の鼻腔に神の息 (*psyche* = spirit, soul) が吹き込まれたときに、初めて土塊は神の写し絵たる人間アダム (*adham*) になったわけだが、彼がいまだ囲まれた場にいることに変わりはない。楽園に誘惑者が入りこみ、人が禁を犯し現実の荒野に追放されたとき、初めて人は死ぬる運命と引き換えに精神の自由を得ることになる。真に人間性を陶冶する途が開かれるのである。

　探求ロマンス『エンディミオン』の展開を想起しよう。この作品で主人公は追い求める月姫シンシアと「囲まれたところ」でしか会うことができない。そのような場は外界から隔絶された四阿か、木陰、草叢、そして夢の中として描かれるが、これらはすべて "bower" たる楽園の変奏である。エンディミオンが現実世界と楽園を往還することにより物語は展開していくが、この往還とは欠乏と充足、あるいは懐疑と歓喜の反復の謂であり、この運動を繰り返すことによりエンディミオン自身も徐々に成長を遂げることになる。人が喜悦に浸り楽園に横溢する善を甘受しているかぎり、楽園は時間と無縁に存在し続ける。そこでは生の自覚は微睡みの裡に幽閉され、時は静止したままである。だが、調和を妨げる異質な力（キリスト教神話ではヘビとなる）がエデンから楽園に忍び入り[11]、無自覚であった人の能力を刺戟して行動に駆り立てるや、楽園の調和は破られ、物質世界に転落した人類の歴史がはじまる。人は眠れる自己の能力を覚醒させ、みずからの意思と力により独力で生の荒野に新たな楽園を築かねばならなくなった。楽園は失われたときに初めて真の意味を開示するという逆説的な意味において、閉ざされた場における眠りと現実への覚醒は物語自体に推進力を与えるのである。

　それゆえ、キーツもまた「覆いかぶさる大枝の中」や「心地よげに　波打つ青草の臥所」のように囲まれた場から足を踏み出し、詩人として成長し、成

熟を遂げなければならない。換言すれば、楽園、あるいは四阿への参入と退出とは、旧来の自己の破壊と新たな自己の創造という心的メカニズムの外在化にほかならない。自己の内なる創造的破壊が生み出す絶え間ない緊張状態という危うい刃の上で、詩人の創作行為は可能となる。よく知られる手紙の一節でキーツはシェイクスピアを意識しつつ詩人の性格を「自我がない——それはすべてであり、無である」(*L* i 387) としたが、詩人としてのキーツにも明確で限定的な自我というものは存在しない。

　「長い間……」のソネットを書いた 5 か月後に、キーツはチャールズにともなわれハムステッド・ヒースの Vale of Health に住むハントのもとを訪れ、彼に紹介された。すぐにキーツはハントの主催する文学サークル (Hunt's circle) に招じ入れられ、実質的にはこの時から彼は詩人として生きる決意を固めるようになった。そして、ロンドン郊外を本拠地としていたハントからいまだ直截的な影響を受けたというわけではないものの、ハムステッドが都市と田園地帯との境界に位置する郊外の地であったことは、詩人としてのキーツの存在意識に重要な意味をもつことになる。

　都市の住人が田舎の生活にあこがれるというパラドクスは——これをパラドクスと呼ぶのであれば——郊外の生活の利便性によって弁証法的な解決を見ることがよくあるとされる (MacLean 5–7)。その代表的な土地のひとつがロンドン北縁の海抜 440 フィートの丘に位置するハムステッド・ヴィレッジであった。ここは経済的にはシティーの圏内に属しながらもシティーとは明確に精神的な距離を置く、いわば *rus in urbe* の理想形態を現出した村であった。その魅力は *GM* などの定期刊行物やパンフレットの類でも世に喧伝されるところとなっていたが、1814 年にはパーク (John J. Park) によるハムステッドの地誌を網羅的に記した *The Topography and Natural History of Hampstead* が出版され、おりからの旅行ブームも手伝ってハムステッドの名はいよいよ広く世に知れ渡るようになった。遊戯や宿泊の施設もあり、Well Walk での散歩や社交場 Long Room でのコンサートには多くの人びとが集い、ヒースの丘では賭博やローン・ボウリングに興ずる者もあり、また、近くの Belsize では狩猟もおこなわれていた。要するに、この地

域は田園の環境の中に都市文化の華が咲いていたのであり、この特質が人び
とを魅了するところとなったのである。だから、夏になればホイッグ党の
Kit-Kat Club の例会が Upper Flask Tavern で開かれ、Jack Straw's Castle
近くでは競馬も開催されていた。1818 年の統計 (*GM*) によれば、このころ
のハムステッドは 887 世帯、5,483 人が住まう平和な郊外の村の様相を呈し
ていた。ちなみに当時のウェストミンスター地区は 18,102 世帯、162,085
人であった。デフォーはすでに 1725 年に、ハムステッドは「小さな村から
ほとんど都会」へと変貌しつつあるなどと言っていたようだが、村で活況を
呈したような商売でもシティーのような喧騒が伴うことはまれなことであっ
た (Weinreb 355)。

　18 世紀にもっともよく読まれた作品のひとつに John Pomfret の "The
Choice" (1700) があるが、これはエピクロスをも髣髴させるような隠遁生
活の魅力と実践を説き、一部に隠棲ブームまで招来してさえいたという[12]。
1811 年から 13 年にかけてハムステッドに住んでいたハントは、あるいは
ポンフレットを意識しつつであろうか、エグザミナーに載せた評論で郊外に
居住することの楽しみを説いていた。

　　　去年の夏、ハムステッドとプリムローズ・ヒルを一方に、キルバーンを
　　　他方に配した美しい野に歩み出たとき、わたしは自分がつくづく幸せ者
　　　だと思わずにはいられなかった。わたしは首都の住人であるというの
　　　に、ここはいまだ都市の汚辱にまみれることなく脱俗の気分を享受させ
　　　てくれる、そういう郊外の田園地帯なのである。(7 June 1812)

　たしかに、ここは古くから多くの文人墨客やリベラルな人びとを惹きつけ
てきた、魅力あふれる土地だった。アディソンやスティール、トムソン、ジ
ョンソン博士、コンスタブルなどもハムステッドに魅せられた人びとであ
り、また、クロムウェルの友人で政治家のヴェーン (Sir Henry Vane) がミ
ルトンやマーヴェルの来訪を受けてもいたように、早い時期から文筆を業と
する自由意志論者の伝統を育んできた土地柄であった。澄んだ空気に包まれ

る樹陰があり洗練された文化の香り高いハムステッドは、ハントのような本
流から外れた人間にとって、都会を根城とする保守本流に批判の征矢を射る
には、地理的にも精神的にも、まずは恰好といえる位置を占める土地であっ
た。経済的、社会的にシティーの一部に組み込まれていたものの、精神的、
文化的にはたしかにシティーと一定の距離を保っていたため、その周辺性と
もいうべき特質を利用して、ハントは自身の政治的、文学的な周辺性の理想
を追求していたのであろう。先に触れたように、歴史的に眺めてみれば、
rus in urbe を理想とする中産階級による郊外化の波が本格的に押し寄せる
のはまだ先のことではあったが、すでにこのころのハムステッドにはその兆
しが見えはじめていたと考えられる。

　しばしばいわれるように、ハントにとってのハムステッドは、ワーズワス
にとってのグラスミアであり、エミリ・ブロンテのハワース、ハーディーの
ウェセックス (Dorset) に比肩するような土地であった (Roe, *Fiery Heart*
166)。キーツもまたこの地の強い磁場に引き寄せられたひとりであり、サ
ザックからセント・ポール近くのチープサイドに転居したあともハント詣で
を続け、やがて短い期間ではあったものの実際にこの村で Well Walk の住
人となった。*rus in urbe* の典型たるハムステッドは、メリルボン地区に摂
政皇太子が進行させていた田園都市の建設をすでに先取りし、具現化してい
た土地であった。じつはプリムローズ・ヒルのすぐ南側にはメリルボン地区
が位置しているのであり、ハントと摂政皇太子はいわば不倶戴天の敵同士で
ありながら、都市景観への関心という観点からは呉越同舟ともいえる関係に
あったのだ。

　やがて *Poems* (1817) を出版し実質的に詩人として独り立ちをはじめる
と、ハントに対するキーツの感情は徐々に変化を見せはじめた。彼にも巣離
れの時期が訪れたのである。この詩集に収められた作品は、たしかに瑞みず
しさに溢れているがゆえに主情に流れることしばしばであり、それが多方面
からの批判にさらされる主因となったことはよく知られる。個々の主題とそ
れを表出する措辞の選択の問題や押韻、また緩めの統語法、限定的な形式な
ど、「ハント流」との言葉で括るのはたやすいが、大幅に改良を施さねばな

らない課題はたしかに山積していた。英詩の伝統や当代の詩壇を見渡してみれば、自身が詩人として力強く打って出るには大作と呼びうる作品を上梓することが、まずは絶対の条件であった。野心作の探求ロマンス『エンディミオン』は彼にとっていまだ手つかずのジャンルであり、作品の構想と詩想を醸成するためには、ハントの感化力から、そしてハムステッドという磁場の力からさえも、精神的、物理的に一定の距離を置く必要があった。詩人がハントの影響から脱し、ハズリットの硬質な著作と講演から哲学的思索や新たな語彙を吸収していく経過と結果についてはすでに別なところで述べたのだが[13]、ともかくも、若き詩人が自己の想像力の翼により自在に飛翔するためには、さまざまな意味で未熟な自己を修練する場が必要であったはずだ。加えて、彼にはここしばらく金銭的、家庭的に困難な状況と向き合わざるを得ないという、現実的な問題もあった。創作と生活にかかわる両義の困難から自己を解き放ち、抱懐する詩想の萌芽を詩行に開花させるために、キーツは『エンディミオン』執筆時にはたびたびハムステッドを離れ、都市と田園の境界を行き来する境遇に身を置くことになる。

　以下の章でみるように、これ以降、キーツはさながら『エンディミオン』の主人公の生き方をなぞるかのように、日常のロンドンと非日常の街や田舎とのあいだの往還運動から多くの詩行を紡ぎ出していった。都市から田舎へ、また田舎から都市への旅は、いうなればキーツ自身の日常の自我を未知なる存在様式へといざなう断片的な生活様式であり、旅路は彼に新たなる自我の目覚めを悟らせるが、それとてもやがては旧来の自我となり棄却されることになる。自我は現実から理想へとむかい、さらに理想から現実へと戻る周遊の旅の軌跡をたどるのであるが、旅のすべての軌跡はロマン主義の特質たる生成と破壊の同時発現というアイロニカルな作品世界につながる旅程となる。この時代のロンドンの景観がそうであったように、かれの作品世界もまた絶え間なく生み出され、破壊され、また生み出されるという、断片的で不定性の世界であった。「自我がない——それはすべてであり、無である」としたキーツ自身の言葉による詩人の定義にも同定されよう。

第 1 章

啓蒙時代と造形美術

啓蒙の時代と呼ばれる長い 18 世紀[1]のあいだに、イギリスではヘレニズム復興の潮流が顕著となり、この時代の波が古物蒐集家をはじめとして一般大衆のあいだにも古代ギリシア・ローマに対する強い興味と憧れの気持を植えつけていた。とりわけ、ヴィンケルマン (Johann Joachim Winckelmann) や「アテナイのスチュアート」(Stuart the Athenian)[2] らの出版物や古代芸術を扱った版画、絵画などが社会に広範に流布するようになると、その傾向に一層の拍車がかかり、彫刻を中心とした古代ギリシアの造形美術に本格的な再評価の光が当てられるようになった。それらに刺戟を受けた貴族階級や好古趣味をもつ人びとの中には旅行目的ではなく大陸に渡る者も出て、実物、複製を問わず古物を求めて精力的に大陸各地を遍歴するようになった。このブームはおもに文献の流入を通じて生じたルネサンス時代のヘレニズム復興とは異なり、具体的な芸術作品の鑑賞と売買を契機としたところに特色があった。じっさい、大陸遍歴者の主たる狙いは古代の彫像や壺、各種の装身具、装飾品などの発見とその購入であり、帰国後はそれらを豪華なカントリー・ハウスの室内に得意げに飾ったり、あるいは市場に出して他の古物蒐集家に高値で売却したりするのだった。このように、当時の古代遺物はまず私的な動機によって売買されて流通するところから始まったのである。1759 年に開館した大英博物館でも、展示物のほとんどは個人の収蔵品であった。しかしながら、19 世紀の声を聞くようになると文化の潮目は変わり、複製であれ原物であれ古代遺物は一般大衆の楽しみや教育のために、という利他的な動機によって蒐集されるという気運が高まってきた (Connor 187–210)。この傾向もまた啓蒙思想の流布によるところが大きく、パルテノン神殿の大理石像群 Elgin Marbles（通称エルギン・マーブル）をイギリスに運んだのは故国の芸術の発展のためであるとしたエルギン伯 (7th Earl of Elgin)[3] の言

葉は、オットマン帝国側の事情も考慮すればそのまま鵜呑みにすることはできないものの、ともかくも時代のエトスに符合するものであったことは間違いない。

　議会や論壇、美術界などにおけるエルギン・マーブルに関わる一連の大論争や社会的反響の詳細については、すでに別なところで論じた[4]ので重複する論述は極力、避けたい。本章ではおもに18〜19世紀初頭にかけて視覚芸術が、キーツはもとよりこの国の人びと一般の審美観に及ぼした影響を、詩人らの作品や発言も含めて多少なりとも複眼的に検証してみたい。なお、以下の章も含めて本書で扱われる神話上の固有名詞は、論述の性格にかんがみて基本的にすべて英語読みの表記とするが、その名称がすでに人口に膾炙する読みになっていると思われる場合は、ラテン語読みの表記とする。

＊＊＊＊＊＊

時代の文化的趨勢

　18世紀後半から19世紀初頭にかけてのイギリスは視覚芸術の全盛期を迎えており、古代遺物にかぎらず芸術作品一般に対する国民の関心はかつてないほど高まっていた。折もおり、この時期に刊行された『芸術紀要』*Annals of the Fine Arts* (1816–20) は、偶然のことながらキーツの詩人としての活動時期と重なっており、主幹 James Elmes[5] の編集方針は、とりわけ視覚に鋭敏であったこの詩人の創作上の傾向ともよく符合するものだった。じっさい、彼の "Ode to a Nightingale" が "Ode to the Nightingale" のタイトルで1819年7月に初めて発表されたのも、この誌上であった。

　古代ギリシア・ローマの遺物ブームの具体的な火付け役となったのは元ナポリ特命全権公使のウィリアム・ハミルトン (Sir William Hamilton) であった。彼は古美術愛好家協会 (Society of Dilettanti) 会員でもあり、1772年にそれまで蒐集してきた古代遺物のすべてを8,410ポンドで大英博物館に売却し[6]、現在のギリシア・ローマ遺物展示室の礎石を築いていた。ロマン派時代の詩人や批評家のほとんどは、多かれ少なかれこのような古典時代の

造形美術になんらかの影響を受けていたといってもよいほどである。

　じっさい、「長い」18 世紀のあいだに、おびただしい数の古代遺物がイギリスに流入してくると、関連する数多の書籍やパンフレットが出版され、それらがあたかも遺物や古典文化全般の注釈文献のように読まれるようになってきたのである。数多ある著作物から幾つか代表的でよく知られるところを年代順に挙げてみれば、まずドライデンの "A Parallel of Poetry and Painting" (1695)、第三代シャフツベリ伯 (3rd Earl of Shaftesbury) の *Characteristicks of Men, Manners, Opinions, Times* (1711)、トムソンの *Liberty* (1734–36) などが挙げられる。これらに加えて、ヴィンケルマンの *Reflections on the Imitation of Greek Works in Painting and Sculpture* (1755) はスイス生まれの画家で彫刻家のフューズリ (Henry Fuseli) が 1765 年に英訳出版しており、アテナイのスチュアートの *The Antiquities of Athens* は 1788 年のスチュアートの死後も含めて 1762 年から 1816 年にかけて全 4 巻が出版されている。また、クーパーの評伝などでも知られるヘイリー (William Hayley) は、師であるロイヤル・アカデミー（Royal Academy, 以下 RA）初代彫刻科教授フラックスマン (John Flaxman) に宛てた書簡集を、*An Essay on Sculpture* として 1800 年に世に送り出していた。1809 年には、古銭蒐集家であり当時は美術評論家としても名を馳せていたペイン・ナイト (Richard Payne Knight) が克明な彫刻図版を多数収録した二つ折り版の美術史 *Specimens of Antient Sculpture* を出版し、エルギン・マーブル論争に一石を投じた。さらに、1697 年から 98 年にかけて出版されたポッター (John Potter) の *Archaeologia Graeca* 二巻本は、1813 年に簡約ギリシア史とポッターの略歴を付した新版として、エディンバラの王立協会特別会員ダンバー (George Dunbar) によって再出版された。ポッターのこの本はギリシアの神話、歴史、地理、政治、宗教、そして習俗などについてさながら百科事典のように網羅的に記述されたものであり、ダンバーの序文によれば「ギリシア文学の宝庫を開く鍵」と呼ぶにふさわしい書物であるという。とりわけキーツは "Lamia" や "The Fall of Hyperion" の場面描写のそここここに、この貴重な著作から得られた知見を巧みに鏤めていた。

　きわめて大雑把な言い方になるが、おおむねこのような文化的、知的背景のもとに、キーツとハントの出会いもあったのだった。"Sleep and Poetry"の詩行にはハントの書斎に飾られていた絵画や影像の様子が語られているが、それらの作品が、とりわけ初期の段階で、ある程度キーツ詩の特質を方向づけたことも充分に考えられる。ロウによれば、ハントは RA 院長のウェスト(Benjamin West) を伯父にもち、幼少時からしばしば伯父の家に出入りして芸術的な空気を吸っていたため、彼の審美観に新古典主義の色合いが強く感じられるようになったとしても無理はないという (Fiery Heart 37–38)。だから、ウェストに倣っておそらくハントの家にも「メディチ家のヴィーナス像」Venus de Medici (紀元前 1 世紀後半頃) や「ベルヴェデーレのアポロ像」Apollo Belvedere (紀元前 4 世紀頃) を含む古代彫刻の複製石膏像などが置かれていたか、それらの版画が壁面を飾っていたであろうことも充分に想像される。プリンス・リージェントの筆禍事件によりサザックの監獄に収監されていたときでさえ、ハントはその獄舎にピアノを運ばせ、壁面をさまざまな版画や絵画で飾り立てるほどの趣味人間でもあった。このことを考えれば、日常生活を送る我が家はとうぜんのことながら自己の芸術信条を実践する場でもあったとしても不思議はない。ただし、じっさいにキーツが古典の造形美術にかかわる知識の多くを得ていたのは、英語で書かれたトゥック (Andrew Tooke) の Pantheon やスペンス (Joseph Spence) の Polymetis、またランプリエール (John Lemprière) の Classical Dictionary を通してであった。

　古典世界の作品がもつ倫理性は基本的には左右両派からの支持を得ていたのだが、1790 年代という政治的な緊張が高まっていた時期にあっては、とくに中・下層階級の人間が古典に親しむことを保守派エリート層は危険視していた。いうまでもなく、それはフランス革命の例にあるように、古典文化が非エリート層に共和主義の精神を煽りたてることへの恐れからであった。その上、ハントもまたクライスツ・ホスピタル時代に上述の禁書の英語版を読んでいたのだが、その男が急進的なエグザミナー紙の主筆となり保守派攻撃の先陣を切っていたのであれば、伝統的な高等文化が存亡の秋にあると見なされたのも無理はない。これに対し、まさに高等文化の環境の中に育った

バイロンやシェリーのような詩人にとって、とりわけギリシアのような古典世界はむしろ観念的な意味合いが強かった。かつては高い政治性と自由を謳歌し、至高の芸術と文化を育む宝庫であったその国が、今やオットマン帝国の支配下に置かれてしまい、盛名も文化の活力も奪われてしまったのである。さながら生ける屍のように貶められたこの国の惨状は、いうなれば人類の歴史の汚点そのものではないか。とりわけ「太陽の国」への郷愁を掻き立てられていたバイロンにとってこれは由々しき事態であったが、ましてや、そのような国の神殿遺跡から彫刻群を盗み持ち帰ったと見なされるエルギン伯の所業などは、論の理非は一時、措くとしても、満腔の憤怒をこめて断罪すべき横道であった。エルギン伯の一行がこの都市に対してなした容認しがたい蛮行とは、

世界有数の都市の中で蛮行によりもっとも深手を負った都から、もっとも貴重かつ堂々たる遺物の荷を三艘、四艘と運び去ったときのことよ。時を超え世の称賛を浴びてきたるかの至宝を掲げられたる高みから引きずり降ろすべく試みて、いかにしても叶わぬことを奴ら［エルギンら］は思い知らされたのだ。然しも卑劣な破壊行為が許されたのであればその目的とは何であったのか、途方もなき行為に及んだ者らを何と呼べばよいのか、吾は知らぬ。如何に鉄面皮、不埒な行為であろうと、アクロポリスの丘の壁面にあの盗賊らの名を掲げることに若くものなどありはせぬ。そして、神殿の一画を飾る浅浮彫 (*basso-relievo*) のすべてが無慈悲、無益に汚損された惨状たるや、あの悍しき行為に及んだ者の名を呪いの言葉なしに口にすることなど断じて許されまいぞ。

(Byron's Note to *Childe Harold's Pilgrimage*, II)[7]

さらに、バイロンの友人であった小説家のゴールト (John Galt) も、旅日誌 *Letters from the Levant* (1813) で略奪者らの無慈悲な破壊がパルテノンに残した爪痕の惨憺たる有様を描き、これこそがこの国の凋落を物語る証しに他ならないと述べていた。[8] バイロンが、そしてシェリーも等しく切望してい

たのは、ヨーロッパ世界の眼前で貶められたギリシアをプロメテウスのように、その屈辱の桎梏から解放することであった。それこそが、ヨーロッパ全土に失われた自由と秩序、平等を取り戻すことにつながる大いなる一歩となるのである。

　先に述べたように、ハントの初期の審美観は伯父ウェストの家の陳列室や工房を飾っていたグレコ・ローマン様式の作品あるいはそのレプリカによって培われたものであったため、紀元前5世紀ごろの作と伝えられるエルギン・マーブルの芸術性そのものに彼はさしたる興味を示していなかった。それでも、当時のほとんどの左翼の人びとと同様、彼もまた自由・平等の理想的精神を体現する古典世界の復活を歓迎するに吝かではなかった。加えて、社会改革を唱道するエグザミナーは政治・経済はいうに及ばず美術・文学方面にも力を注いでいたため、エルギン・マーブルに具現化された美を評価する新しい審美観を社会に流布させることは、その政治理念にもかなった行為であるといえた。エルギン・マーブルの美はたしかに18世紀の上流階級や伝統主義者らが唱道するところとは根本的に異なる美学に属するため、同紙は1809年10月8日に国家による石像群の購入に初めて公的に賛同する声明を掲載した。ハントは初心を貫き、ハズリットや歴史画家ヘイドンらとともに、論敵のペイン・ナイトらの反対の声もものかは、購入を促すキャンペーンを1816年の購入決定まで張り続けたのである。

　さて、キーツのポートレートはしばしばギリシア的であるようにいわれたこともあったようだが (Plumly 35)、事実はどうだったのだろうか。現在残されているポートレートから判断するしかないのだが、よく知られるところでは1816年にヘイドンと友人の画家セヴァーン (Joseph Severn) がそれぞれ別な機会に描いたキーツのプロフィールがある。これに、ブラウンが1819年にシャンクリンで描いたプロフィールと、手元にあるシルエット[9]も加えて観相学のまねごとなどして観察すれば、いずれも額の上辺から鼻骨の突端までがほぼ一直線上に捉えられるようであり、あたかもギリシア人の特質を強調して描かれたかのような印象を受ける。観相学上の見地からの評言は措くとしても、キーツがとりわけ頻繁にギリシアに心を向けていたよう

な印象を与えるのはたしかであるが、それはなぜなのだろうか。

　エルギン・マーブルが強い衝撃を伴い 1817 年にキーツの前に初めて立ち顕れたとき、彼は「病める鷲が空を見つめるように」、時を超え芸術性の遥かなる高みに際立つ群像に言葉を失ったのだった ("On Seeing the Elgin Marbles")。詩作の大海に漕ぎ出しこの年の 3 月に第一詩集を上梓するばかりとなり、次作 Endymion の構想を練っていたはずの詩人にとって、群像との対面は衝撃的であり、彼の審美観の醸成に多大な影響を与えていたことは間違いない。その後の詩人の創作において、主題も含めてさまざまな作品の随所に配されたギリシア的な要素は、彼のギリシア的なものに対する志向性を裏づける。詩人としての初期段階において、キーツにとっての古代ギリシアはいわば黄金時代であり、淪落以前の人類の姿が美しく保たれていた時代なのである。すなわち、そこは狂乱と陶酔を賛美崇拝するバッカス的な世界ではなく、あのギリシアの古壺に読み込まれたように、時の流れを知らず静謐を醸し出す彫刻にもたとえられるアポロ的な世界であった。沈黙の支配するその空間はかつて T. Rajan が「純粋空間」"pure space" と呼んだように (150)、喧騒の歴史や持続といったものとも無縁のアポロ的芸術の具現化である。そのように無時間、無音の空間に、無限の時を看取し妙なる音を聞き分け、生のありようを視覚化するのが、単純化してみればキーツの芸術性なのである。このことは後の章でさらに詳しく検証することにしよう。

　ここで、キーツの対象の捉え方そのものに関して少し触れておきたい。ただし、この問題は観照との兼ね合いにおいて後段の章で詳しく論ずることになるため、ここではウェストがギリシア彫刻の創作原理に言及したおりの言辞に幾分か関連づけて注目する。なお、本論ではとくにことわりがないかぎり、「（古代）ギリシア彫刻」とは紀元前 5 世紀とそれ以降に生み出された彫刻をさす。ちなみに、この世紀はよくいわれるように、まさに国家と文化の隆替が軌跡を同じくしていた稀有な時代であり、ギリシア芸術一般の水準も絶頂に達していたと評される時代である。

　さて、ウェストはエルギンに宛てた手紙（1811 年 3 月 20 日）の中で、まるでピュグマリオンとガラテアの神話でも髣髴させるかのように彫刻を「か

図1.「セレネーの馬車馬」（エルギン・マーブル）

の裡なる生命の可視的なしるし」"visible signs of that internal life" である
とする洞察を示していた。

[前回の手紙で] わたしが言おうとしたことの要点はすなわち、かの裡
なる生命の可視的なしるしということであります。生きとし生けるもの
にはそれぞれに与えられた目的を達成するために用いるべき、裡なる生
命が具わっています。エジプトから彫刻が入ってきてからまだそれほど
経っていない頃に、エジプト様式から離れ切れない作品を制作していた
ギリシアの彫刻家らに哲学者たちが推奨したのは、存在の裡に秘められ
たこのような生命の情感を表現することでありました。爾後、ギリシア
の彫刻作品には、この助言の効果が窺われるようになりました。じっさ
い、卿の蒐集されましたアテナイ彫刻群の中にあります馬頭 [＝東側ペ
ディメントの月の女神セレネーの馬車馬＝図1] から真正の生命の動き
と表情を読み取らずに鑑賞することなど、誰に出来ましょうか。生ける
馬が生命のエネルギーを溢れさせようとするその瞬間に、人間の手では
なくあたかも魔法の力が馬頭を石化させたかと感じられない人などいる
のでしょうか。[10]

　ゲーテもまたこの像を「偽らざる真実が高次の詩想と迫真性に融和したもの」と、絶賛の言葉を惜しまなかったと伝えられるが (Connor 191)[11]、ウェストの意図は美の形象の内面の意味を読み取るということにほかならない。それはとりもなおさず、形態が作者の内なる精神と有機的に結ばれている、あるいは精神が素材から形態を引き出した、ということである。換言すれば形相と質料の問題、あるいは内なるものの顕在化という創造原理の問題になる。この原理は芸術作品一般、とりわけ彫刻に関してすでにアリストテレスがその教育思想の中で開示していたものであり、近代ではポープやアディソンなどもこの原理に言及しており[12]、取り立てて目新しい見解であるというわけではない。重要なのは、この原理の実際をギリシアの彫刻家がその作品で証明していたということである。彫刻を言葉で刻む詩人の役割もまた、形態に託された裸なる精神の働きを読み取ってそれを言語化することである。コウルリッジが彫刻を形態に託した詩であると断じたのは、まさにこのようなことを念頭に置いていたはずである。[13] これに倣っていえば、キーツが "Ode on a Grecian Urn" において唇を重ねようとする二人の恋人たちの姿態に読み込んだのは、直截的な空間がはらむ時と永遠の撞着融合の状態であった。二人の唇のあいだに微細な隙間が存在するかぎり、行為の完遂を目的とする内側からのエネルギーは放出寸前で押し止められたままとなり、行為そのものは凍結された状態で未完のままに残される。二人の恋人たちのいる空間には永遠の現在が満ちている。

> Bold lover, never, never canst thou kiss,
> 　Though winning near the goal—yet, do not grieve;
> 　　She cannot fade, though thou hast not thy bliss,
> 　For ever wilt thou love, and she be fair!　(17–20)

　　奔放な恋人よ、お前は決して、決してくちづけはできない、
　　くちびるはすぐそこにあるけれど――だが　嘆くことはない。
　　お前に至福は得られないが、乙女の麗しさが褪せることはない、

　　　永遠にお前は愛しつづけ、永遠に乙女は美しい！

　動かぬ形態に内包されたエネルギーは、なお微細な距離を無にしようとする。動をはらむ静止状態の意味はまた後の章でも論ずるが、ここではこれが“stationing” というキーツの好むミルトン的なイメージの配列でもあることを指摘しておこう。このような読み込みを可能とする形態により内と外は有機的に結ばれ、ギリシア彫刻に対するウェストの評言と軌を一にする。

コウルリッジの審美性と想像力

ここまで見てきたことを整理すれば、彫刻の形態は内部に宿る精神の表現形式であるのだから、形態に意味を与える精神のありようが作品の美質と奥行を決定するということになろうか。いずれこの解釈ではまだ不十分であることが明らかになるが、それでもこのような解釈はヘレニズムが復興する啓蒙時代の芸術家にほぼ普遍的といえる共通認識として受容されていたことを、ここでは指摘しておきたい。内と外との統合ということを考えるときに有効な概念は、おそらくコウルリッジの唱える「有機的統一」“organic unity” であろうと思われるので、ここからはしばらくコウルリッジの芸術論を援用しながら、ロマン派の審美観の特質といった問題について考えてみたい。

　古代ギリシア劇を論ずるにあたり A・シュレーゲルの *Lectures on Dramatic Art and Literature* (1809–11) の例に倣い、コウルリッジは *Lectures and Notes* 中の “Poetry, the Drama, and Shakspere”[14] と題する論考で、造形美術、とりわけ彫刻こそが形態と精神の調和をあらわす具体的表現であると説いている。

　　厳粛な詩［＝悲劇］の理想とは、感覚が精神と結合して調和を保ちつつ溶けあい、融合すること、すなわち、動物である人間が理性と自己統治の力を具えた者になることに等しい。これをもっとも明白にあらわしているのが造形美術、すなわち彫刻である。完璧な形態の彫像は、内なる

観念が完璧であることの象徴となる。そこでは体躯が間然する所なく魂に貫かれ、神の栄光の顕現さながらに霊化される。そのため、本来は闇である物質がさながら透明な素材であるかのようにすっかり光を通しながら、なお光を定着させるものとなる。つまり、光が物質の美を発現させ、さまざまな色彩の豊かさを開示する手段となるのだが、それでありながらなお光は統一を妨げられることなく、それぞれの構成要素に分離することもなくなるのである。(*Lectures and Notes* 189–90)

　彫刻の裡に宿り外なる形態に意味を与える精神の働きをギリシア人はよく理解し、身体と精神の完全なる統合を神々や人間の彫像に表現した。キリスト教はコウルリッジの思索に深く根を下ろしており、彼のキリスト教にむかう動機づけがヘレニズムへの動機に勝っていたことはまず疑う余地がないと思われる。それでも、こと美術と宗教、文学との関わりという問題に広く思いを巡らせるとき、ギリシアの形態に具現された蝕知できるような明示的な美が、ゴシックの陰翳に包まれたキリスト教の到達不能性とはまた別な意味で、コウルリッジの思考に影響を及ぼしたと考えるのは自然なことであろう。明瞭な輪郭線 (contour) で縁取られた美しいギリシアの神々と朦朧たる陰翳の畏怖をいざなうキリスト教の神との差異が、入り組んだ思考の脈絡と心理の過程を経たのちに、空想と想像力の定義となって生み出された、とララビー (Stephen Larrabee) は解釈する (137–38)。これだけでは文学評としては舌足らずであり、コウルリッジが空想と想像力それぞれに与えた「集成」(aggregation) と「統合」(unification) ないしは「統制」(modification) という機能の差の内実を解釈したことにはなるまい。ただし、あえてララビーに肩入れすることもないのだが、これはこれで啓蒙時代の寵児たるコウルリッジの芸術論として一端の真理を衝く評であることに違いはないだろう。[15]

　よく知られるように、コウルリッジは *Biographia Literaria* (1817) の中で想像力を「統一体にまとめる」力と定義するおりに *esemplastic* という造語を用いていた。この語をギリシア語の原義に照らし合わせてみれば *es* (into) + *em* (one) + *plastikós* (that may be moulded) ということになるのだが

(*OED*)、コウルリッジ自身の説明によればこれはドイツ語の *Ineinsbildung* すなわち「ひとつに形成すること」であり、*OED* でも "[h]aving the function of moulding into unity; unifying" と定義されている。この語を用いる前の 1799 年ごろ、すでにコウルリッジは「彫塑的」という意味のドイツ語の単語 *plastisch* を *statuesque* という造語に翻訳し、この術語を用いてギリシア劇の特質を説明していた。*esemplastic* と *plastisch* の語幹はともに英語の "plastic" と同根であり、無形のものを知覚できる、あるいは触知できる、形態に型取り塑造するというような意味になる。シェイクスピアが劇中で言及した想像力と詩の機能とはまさにこの意味に重なる。すなわち、「想像力が　いまだ知られざるものの／形象（かたち）を生み出すように、詩人の筆は／姿かたちを整えて、捉えどころのなきものに／この世の棲処（すみか）と名を与う」(*A Midsummer Night's Dream* 5.1.14–17) という一節がそれである。想像力のはたらきは「この世の棲処と名」を通じて人に感知されるのだが、それは象徴の機能とも関わりをもつ。

　コウルリッジによれば、想像力とされるこの形成する力は生ける力として観念と像を、また思考とモノを繋ぎ合わせる、いわば神話的な力とほぼ同義の機能をもつ。別な言葉でいうならば、自己意識、すなわち「個別の我（われ）」(individual I am)、の投射として外在する自然と投射行為そのものを統合する活力のことであり、そのような心のはたらきを伝達する役割を担うのが象徴なのである。すなわち想像力は内在する精神と外在する形態との有機的統一に生命を与える力であり、この統一にいたる過程はギリシア彫刻の造形理念に符合する。観察と省察を繰り返すあいだに、ギリシアの彫刻家は自然をいわば自身の思索の所産とみなすようになり、その所産を第二の自然として形態に彫り上げようとした。フェイディアス（Pheidias また Phidias）の仕事についてよくいわれることでもあるが、彫刻家が鑿をふるうのは眼前のモデルの姿そのままを彫るのではなく、彼がそれまで修練を重ねてきたさまざまなモデルに通底する、いわば形態の精髄としてある普遍的な姿形をモデルの姿として彫るのである。そのようにして現出させられた彫像は、コウルリッジが神の言葉（聖書）という文脈で想像力が「生ける抽出物」"living *educts*" (*The Statesman's Manual*) として取り出したとするものと、おそらくは径庭をみない。彫刻家が想像力により自身の精神の裡なる創造空間から精髄として抽出したものは、想像力の形成的な力の等値、外延において一致する概念であるといえる。

　1811 年から 12 年にかけておこなわれた "On Shakspere and Milton" の講演では、古代ギリシアの彫刻原理が舞台に架けられた劇の効果という見地から説明されている。

> ギリシア劇と同様に、影像もまた群像であったとしても人物の数は少なくてはならない。なぜなら、影像の要諦は高度な抽象作用であるのだから、多数の人物を同じ特殊効果の中でひとまとめにしてはならないのである。荘重なニオベ群像の中に、あるいは古代の他の英雄的な主題の群像の中でもいいのだが、そこに歳老いた乳母などを混在させたなら、どれほど情感が損なわれることか。人物の数を厳しく制限しなければならないのはもちろんだが、また威厳あるものと威厳を欠くものとを混在させてはならない。抽象概念となりえぬ人物を導入してはならない。ある場面にすべての登場人物をいちどきに晒してはならないし、群衆の効果が求められるにしても、その場面にそぐわない人物を混在させてはならない。(*Lectures and Notes* 121)[16]

　影像そのものが具象であることはいうまでもない。しかし、具体的な形象を生み出すために彫刻家は自然界のさまざまな模範（モデル）を観察し、そこにある偶有性を鑿で削ぎ落し普遍性を残さなければならない。そのような抽象作用の結果として生まれた彫刻は、個の正確な写しではなく個の中にあらわれた普遍となる。人体の場合、それは必然的に衣を脱いだ裸体像となる。時代的、文化的、あるいは地域的な属性を剥がれた形態はたんに感覚的なものを超え、特殊はより大いなる普遍の美に包摂される。まさにそのような形態こそ、ヴィンケルマンが言う「高邁なる明快と静謐なる壮麗」 "noble simplicity and quiet grandeur" (*Reflections* 33) を具現したギリシア彫刻の白眉なのである。

同様の文脈でドライデンは詩文と絵画の類縁性を説いた小論でキケロを引用しつつフェイディアスの彫刻の技法を説明している ("A Parallel" II 383–84).[17] フェイディアスがユーピテルやパラスの像を彫ったとき、彼はモデルとなしうるいかなる像や人体のことをも考えず、ひたすら心中に秀逸で賛嘆すべき美の形象を思い描き、その姿が刻印された精魂の命ずるままにおのれの手を動かしたという。自然 (nature) ではなく観念 (idea) に従ったのである。ペイン・ナイトはエルギン・マーブル購入をめぐる一連の論戦では一敗地に塗れはしたものの、さすがにギリシアの彫刻家がもつこのような特性を見逃すことはなかった。ホメロスが人の心や行動のありようを見事に詩に描いたように、彫刻家はいかようにしてあのような迫真の像を彫りえたのか。彼は言う。

> 彫刻家がその作品に対象の特質を超えるものを付与できたのは、個々の本性をただ模写したからではない。かれらはそれまでに対象の特質を細部にいたるまで観察、研究し、それを完璧に把握したため、やがてひたすら記憶をたどりそれを自在に分解したり組み替えたりできるようになったのだ。そのときにかれらの頼みとする想像力は、対象を純化、潤色し、また高みに引き上げもするのだが、真実から逸脱するような愚に走ることはない。(*Specimens* Sect. 73)

このような審美眼があったからこそ、ギリシア彫刻の精髄と呼ぶに値する作品は生み出されたのである。かつて素朴な文化の存在論に拠って生きていた人びとの思考や行動は元型的で、範例を踏襲しようとする性向があった。他者と同じ考え方や同じ行動に倣うことで自己存在の同一性を確認していたのである。そのため、かれらは私を棄てて他に附くかぎりにおいて自己という存在を確認できたのであり、他者と異なる思考や行動は不可避的に自己疎外を招来することになるのであった (Eliade 34)。この逆説的な存在論に哲学的な普遍性と妥当性を与えたのがプラトニズムであれば、ギリシアの造形美術の基底にプラトニックな審美観があったことも了解できるだろう。このよう

な背景のもとに、彫像の美しい形象は外面的で物質的な美しさではなく、内
面的、精神的な美しさの具象化であると考えられたのはもっともなことであ
った。そして、おそらくはこのことゆえに、ギリシア彫刻の美は倫理的、宗
教的な意義をも帯同すると考えられるのである。

啓蒙時代の詩文と造形美術

　たとえばトムソンの *Liberty* (1734–36) が叙述的であったように、18 世
紀中葉にいたるまで、とりわけ彫刻や絵画の美術評論には散文よりも詩が重
要な役割をはたしていたようである。そこでは詩そのものを味読の対象とな
すというより、むしろ姉妹芸術が基底にはらむ言外の意味を語るものとして
読まれ、そのような意味で鑑賞されることが多々あった。時の経過にともな
いこのような読み方は徐々に廃れていったのだが、ポープのヒロイック・カ
プレットを模して書かれた E・ダーウィンの *The Botanic Garden* (1789,
1791) や、ヘイリーの *An Essay on Sculpture* (1800) などを読んでみれば、
そのような読み方が世紀の転換期あたりにいたるまでもなお有効であったこ
とがわかる。

　一例として、ヘイリーの論を考えてみよう。これはギリシアやエトルリア
の彫刻の歴史的価値と重要性の解釈に焦点を定めたものであるが、彫刻の変
遷をたどりながらそれなりにギリシア・ローマの歴史便覧ともなっている。
だが、おそらくヴィンケルマンやアテナイのスチュアートの影響もあるのだ
ろうが、自身の著作が他の手引書とは一線を画するものだとする意図は明瞭
に伝わってくる。彼が重要視するのは、おもに紀元前 5 世紀と 4 世紀ギリシ
アの彫刻家とその作品であり、いずれも人口に膾炙していると思われるのだ
が、いちおうここでざっと目を通しておこう。まず、武骨な形態に活力の満
ちた気品を与えた「円盤を投げる男」*Discobolus* で知られるミュロン
(Myron 前 480–440 年頃)、有名な「槍をもつ人」*Doryphorus* をはじめ男性
像の理想といわれる作品を多数残したポリュクレイトス (Polyclitus 前 5 世
紀頃)、ヴィーナス像にみられる優美な女性裸像をあまた残したプラクシテ

レス（Praxiteles 前 350 年頃）、それにリュシッポス（Lyssipus 前 360–316 年頃）はアレクサンドロス大王の宮廷彫刻家であり、フェイディアスについてはもはや説明する要もない。これらに加えて、ヴィンケルマンの評価にしたがったものとも思われるが、ヘイリーが「傑作」と称して取りあげるのは前 2 世紀ごろの作と思われる先述した「ニオベ」*Niobe*、前 3 世紀後半の作と伝えられる「瀕死のガリア人」*Dying Gaul*（または *Gladiator*）、紀元 1 世紀ごろの作「ラーオコーン」*Laocoön*、前 4 世紀後半の「ヘラクレス」*Hercules*、それから、ともに制作年は不詳だが「ベルヴェデーレのアポロ」*Apollo Belvedere* と「メディチ家のヴィーナス」*Medicean Venus* などである。

　Discourses (1769–90) 第 10 章で RA 院長レノルズ (Joshua Reynolds) はこう言っている。対象ほんらいの姿を表現しようとするときに彫刻家は外面の形状を模写するのではなく、姿勢（ポーズ）や表情にあらわれた情感や性格を伝えるのである、と。のちにフラックスマンも *Lectures on Sculpture* (1829) においてレノルズやウェストと同様に、内と外との調和と統一の重要性を説いている。かれらの発言の意図を一般の鑑賞者の側から解釈してみれば、われわれに求められるのは作品に体現された作者の精神や性格を読み込み、その制作意図にわれわれ自身の思いの一切を委ね、そこに同化するということになるだろう。ロマン派詩人たちは、彫像自体が作者の直截的な制作動因と精神のありようを語る芸術的なテキストであることを感じ取り、古代の彫刻家たちに倣っていわば目には見えぬ彫琢の鑿をふるい、自身の視覚的な彫像体験を具体的な詩作品へと昇華させたのだった。

　このように、彫像の裡なる精神という主題は詩人が言語によって彫刻的な作品を書くというエクフラシスの動機づけとなり、先にあげたトムソンの『自由』などのようにそのような動因により執筆された作品があまた世に送り出されることになった。これ以外にも詩人と彫像やそれに準ずる造形美術との結びつきの例をもう少しあげてみるならば、ダーウィンと前 1 世紀ごろの「ポートランドの壺」*Portland Vase*、バイロン、ヘマンズと「瀕死のガリア人」*Dying Gladiator*、シェリーと前 13 世紀ごろの「ラムセス II 世像」*Rameses II*、そしてキーツと「エルギン・マーブル」、それに、いまだ議論

の余地が多々あるのだが、前 420–400 年ごろにアルカディアに建立された
アポロ神殿にほどこされた装飾彫刻「バッセイ・フリーズ」*Bassae Frieze*
なども、キーツの作品にうっすらと影を落としているように思われる。

　これらの他にも内面の精神と外面の形態との緊密な結びつきを述べた好例
は、道徳哲学者でロックの弟子であったシャフツベリの先掲書にもみること
ができる。これは 18 世紀でもっともよく読まれた本のひとつで、幾度も版
を重ねその内容は大陸でも評判をとったほどであった。「無私なる心をもっ
て」という "disinterestedly" との言葉が初めて使用されたのはこの著作に
おいてであり (*OED*)、彼はマンデヴィルの折々の発言や問題作 *The Fable
of the Bees* (1714) などの表層的な解釈により世上に流布するようになった
功利主義に背を向け、博愛と道徳観の陶冶の必要性を説いていた。しばしば
衒学的などと揶揄されることがあったものの、シャフツベリの論を支えてい
たのは「無私」と「寛容」の精神であったことはもちろん、社会に「調和」
や「普遍的な融和」をもたらせようとする意識であった。彼の用いたこれら
の言葉がはらむ精神構造は、18 世紀の審美ならびに倫理を形成するおりに
少なからぬ役割をはたすキーワードとなったのである。彼にとって調和の美
をもたらす内と外との緊密な結びつきという概念は、ほとんど自明の理であ
った。「カロカガティア」*kalokagathia* というギリシア語由来の言葉がある。
元は καλοκάγαθος から来ているようであり、ブリタニカによれば、これは
「美」*kalo*「と」*kai*「善」*agathos* の原理的同一性をあらわし、この言葉の理
念を実現することが「調和」を求めるピタゴラス学派の人間完成の理想であ
るとされた。シャフツベリの次のような一節にも窺われる審美と倫理の融和
という方向性は、まさにこの言葉の示すところに重ねられるだろう。

　　〈美〉は「調和」であり「均斉」であること、そして調和し均斉が取れ
　　ているものは〈真〉であること、したがって、美しくかつ真であるもの
　　は好ましく〈善〉である、となることは了解されるのではないか。
　　　ならば、この〈美〉ないし「調和」なるものは、どこに見出せようか。
　　どのようにしてこの〈相称〉を見つけ、どのようにそれを適用したらよ

いのか。内なる律動と均衡の考究を旨とする〈哲学〉を除いて、他のどのような業をもってすれば調和という美を人生において示しうるのか。他ではできないとするならば、では、だれが〈哲学〉の恩恵を被らずにこのような〈審美眼〉などもちうるのだろうか。外見にあらわれた「美しさ」を愛でて、ただちに内面の美しさに思いをはせてそれを愛でない人などいるのだろうか。内面の美こそもっとも実体的、本質的であり、利益や利点と同じく自然に人の心を動かし、最上の喜悦をもたらすものであるというのに。(III 111-14)

シャフツベリの審美観の核の構成には、信仰と理性の調和を課題とした17世紀ケンブリッジ・プラトニズムの影響があるとされるが、彼の言葉を敷衍すれば、コウルリッジが "On Poesy or Art" で語っていた言葉も想起される。芸術家は「モノの内側に存在し、形態、形状を通して能動的に、象徴によりわれわれに語りかけてくるものを、写し取らねばならない」という美学である。言い換えれば、芸術家たる者は所産的自然 (natura naturata) を模倣するレベルに留まっていてはならず、いわばただの塊にすぎない素材から息づく形態を生み出す業の精髄たる能産的自然 (natura naturans) に通暁していなければならないのである。

　さて、コウルリッジはしばらく不調であった心身の療養に努めるべく1804年にマルタ島に渡り、高等弁務官ボール (Alexander Ball) の私設秘書（翌年、公設秘書代理）として働いていた。この間に、彼は造形美術の傑作とされるさまざまな作品と出会い、それぞれがもたらす感動を味わっていた。興味深いことに、ここで彼の心を捉えたのは「メディチ家のヴィーナス」やカノーヴァ (Antonio Canova) あるいはその後継者と目されたトルヴァルセン (Bertel Thorvaldsen) などの手になる新古典主義の作品からの印象よりも、むしろミケランジェロの「モーセ像」Moses（1513-15年頃）から伝わってきた宗教的な荘厳さだったようである。彼が1802年に友人のサザビー (William Sotheby) に宛てた手紙（9月10日）の中には、ギリシアの神とヘブライの神との違いを空想と想像力の機能の差にたとえて叙説した興味

深い一節が含まれる。

　　誰にでも思い当たることであろうが、ギリシアの宗教詩がつねに語りか
　　けるのは人や土地、制度などの守り神 "Genii" であり、また森や樹木の
　　精 "Dryads"、あるいは水の精 "Naiads" などである。そのように自然界
　　の事物とはみな生をもたぬ虚ろな彫塑であると考えられ、それぞれにご
　　く限られた力をもつ低次の「男神か女神」"Godkin or Goddessling" が
　　宿るばかりなのである。これに比して、ヘブライの宗教詩［詩篇］には
　　このような馬鹿げたものは見当たらない。想像力が真正ではなく貧弱で
　　あれば、知性も凡庸となる。それは、せいぜい心の集成的な機能として
　　の空想にすぎず、修正し、統合する機能としての想像力ではないのであ
　　る。ヘブライの詩人は他のどこの詩人にも増してこの機能［想像力］を
　　豊かに備えているように思われるし、その次に位するのはイギリスの詩
　　人を措いてほかにはあるまい。

　この言説を全面的に認めることはできないにせよ、少なくともコウルリッ
ジの精神的な基幹を育んだのが古典ではなくキリスト教であり、キリスト教
こそ彼の審美観にとっての格率ないし準則であったと理解することは充分で
きる。先にも述べたように、コウルリッジの性向ないし体質はギリシア的と
いうよりゴシック的、すなわち異教的で古典的なものを求めるよりもキリス
ト教的であり、神秘的なものを指向し、後者をより高く評価するものであっ
たことは間違いない。では、コウルリッジはギリシアの造形美術には関心を
もたず、また、古典的造形美術はコウルリッジの審美観を陶冶する役割をは
たすことはなかったかといえば、そうではない。ないどころか、大いにあっ
たというべきだろう。先にも触れたことであるが、コウルリッジといえばど
うしてもキリスト教と神学のイメージが先行するため、個人的には筆者もか
つては無知と偏見ゆえに「コウルリッジ即キリスト教文化」などと能天気に
考えていた時期があった。まさに汗顔の至り。当然のことながら、彼の審美
観のありようはそれほど単純化して考えられるものではない。個人的な話を

すれば勝手なもので、いざ自分が古典時代の視覚芸術に嵌ってしまうと、コウルリッジの発言がどうにも気になって仕方がなくなり、じきにあの "organic unity" と "statuesque" という言葉が古代ギリシア彫刻の創作原理に重なって見えるようにさえなってきたのである。古典時代の哲学者たちがコウルリッジの知的能力の醸成に大いに影響を及ぼしたように、視覚芸術の感化力もまた彼の審美的意識に好ましく作用したのであろう。このことも納得できた次第である。じっさいコウルリッジ自身も「メディチ家のヴィーナスとベルヴェデーレのアポロは『イリアド』やシェイクスピアとミルトンの作品とともに、人間の天稟が生み出した最高傑作である」("On the Principles of Genial Criticism") と熱を込めて語っていたのである。すでに見てきたことであるが、彼の詩論や芸術論、あるいは美学に関わる論評などから伝わってくるのは、いずれも古典美術に対する深い造詣と見識をも彼がもち合わせていたということである。かつての罪滅ぼしというわけでもないが、ここでコウルリッジと彫像にまつわる愉快な、と言っては失礼なので興味深いエピソードを紹介しておきたい。

ヴィーナス像の魅力

　1804 年 3 月、マルタ島で新しい職に就く前に、当該地の情報を得るべくコウルリッジはパトロンで風景画家のボーモント (Sir George Howland Beaumont) の紹介によりペイン・ナイトに会っていた。ところが、ナイトと旧交のあったシチリア島の公使ハミルトン (Sir William Hamilton) は前年に逝去していたため、ナイトはハミルトン夫人であったエマに依頼して、同島のネルソン提督の領地監督官に宛ててコウルリッジの紹介状を書いてもらったのだった（エマが提督の愛人であったことは周知の事実）。[18] ナイトの館を訪問したおり、コウルリッジは館の主の膨大な数を誇るブロンズ像のコレクションを見学する機会を得たのだが、その中にあったヴィーナス像の美しさにすっかり心を奪われてしまったという。訪問後ほどなくして、彼はボーモントに宛てて、自分の見たヴィーナス裸像のポーズがたぐい稀なる美し

さを湛えていたと語る手紙を書き送っていた。コウルリッジは熱を込めて言う、「わたしは、1 体のヴィーナス像に、いや、ヴィーナスのような姿態の像に、ぞっこん惚れ込んでしまいました。あれは風呂から上がるときに片足立ちになって、上にあげたもう一方の足にサンダルを履こうとするポーズを取っているところでした」(Beaumont I 57) と。石部金吉金兜ではないけれど、あのコウルリッジ先生にしてこの発言とは……微笑ましいというべきか。参考までに、グレゴリオ聖歌の名祖となった聖グレゴリウス I 世 (Pope Gregory the Great) は、教皇在任中 (590–604) に裸体彫像に劣情をいざなわれて道を踏み外す者が出ぬようにと、美しい彫像の数々をティベール河に投棄するよう命じたと伝えられる (Haskell 14)。世上の風説であれば真偽のほどは確かめようもないのだが、さて先生はこのような逸話をご存じだったのだろうか。

　問題のヴィーナス像は、一般には前 1 世紀ごろのローマ時代の作とされる「サンダルの紐を結ぶアフロディテ」*Aphrodite Fastening Her Sandal* のブロンズ像であったろうと考えられるが、それはヴィーナス像の元型であったとされる前 4 世紀ギリシアの美貌で知られた高級娼婦フリュネー (Phryne) を模したものではなかったか。彼女が群衆の目の前で裸になり風呂に入ったという逸話は、広く知られるところでもある。コウルリッジが古典世界の視覚芸術の美に魅入られたかのような反応を示したのも無理からぬことかも知れないが、造形美術そのものに対する興味の背景には、友人でパトロンのウェッジウッドからの影響もあったと考えていい。ウェッジウッドはギリシア・ローマの美しい形象を生み出した精神を、それまではあまりに貧弱であったとされるイギリスの日常生活の用品に活かし、茶器をはじめすでに多数の美的で有用な作品（製品）を世に送り出していた。それゆえ、古代の視覚芸術の作品が審美性に留まらず日用の役割をも果たしていたことは、コウルリッジもよく理解するところであった。あのヴィーナス像に対するコウルリッジの賛嘆の声が、あるいは 19 世紀後半モリスらの美術工芸運動に言霊となって響いていたとしてもそれほど不思議なこととは思われない。もう 30 年ほど前の話になるが、筆者はモリスが十代の頃に過ごしたロンドンの家（当時

は "Water House" と呼ばれていたようだ）を改装したモリス・ギャラリーを訪れたことがあった。館の ground floor の部屋の壁には扁額が飾られていて、そこには彼のモットーが記されていた："Have nothing in your houses which you do not know to be useful or believe to be beautiful." たしかにここには美と用の融和が表現されている。

　コウルリッジも言っている。

　　一国の偉大さがその国民一人ひとりの美質ときわめて緊密に結ばれていることは、しばしば実感されるところである。また、われわれの祖国の名をこの文明社会の中で高めてくれるのであれば、何であろうとそのモノを生み出したことゆえに祖国は国民にとっていっそう敬愛し尊ぶべき対象となるであろうし、結果として国はさらに繁栄し、民のさらなる愛と崇敬を受けるにふさわしい存在となるであろう。加えて言うならば（偉大なる商都においては価値なきこととも不当なこととも思われまいが）、造形美術はこれまでにも増して直截的な有用性を日常生活にもたらす効果がある。この国では、ウェッジウッド氏が、ギリシアやローマのこの上なく美しい形象を日常生活の用品の意匠に溶け込ませているし、ボイデル[19]はひときわ優れた版画が生み出される衝動を与えた。そして、他に例を見ぬほど優れて美しい意匠の綿製品、家具、楽器などがこの国に存在するのは、われわれが示してきた秀逸なる審美観と同様に、われわれの記録に千鈞の重みを残すほどの通商がおこなわれてきたことの証しそのものなのである。

　　　　　　　　　　　　　　　　　("On the Principles of Genial Criticism")[20]

一読すると、国家と国民の進むべき方向が一様であるべきだとするような、なにやら全体主義の虚妄に通じるようなうさん臭さも感じられなくはないような主張である。しかしながら、この論評が書かれた 1814 年のイギリスには、前章で見たように国家全体に早くも対仏戦に勝利をおさめ終戦を迎えたかのような高揚感と安堵感が広がっていた。時代のエトスを考えれば、彼の

発言のありようもあながち不当なものとはいえまい。さらに、コウルリッジの審美観の変遷という文脈の中に置いてみれば、この時の彼の意識は政治と芸術が互いに手を携えて高みに上った前 5 世紀のギリシア（＝アテナイ）の姿に向けられていたのであり、造形美術が社会においていかに直截的な有用性を発揮するものか、その意義を説くところに発言の本意があったはずだ。彼の論調にはたしかに率直で愛国的な情調が強く感じられるのだが、重要なのは、軍事的、経済的に世界の覇権を一手に掌握しようかというこのロマン派の時代のイギリスにおいて、文化的な行為の有用性を高く評価するような時代精神が確かにあったという事実である。国論を二分するほどの論議を呼んだあのエルギン・マーブルが最終的に国家によって購入されることになった経緯を考えてみても、このような時代精神のありようを一国の繁栄から切り離すことはできない。すでに啓蒙時代も末期となったこの時期に、イギリスでは文化と国力の隆替が共存しており、まさにヴィクトリア朝期の繁栄にいたる序曲が奏でられているかのような様相を呈していたのである。

　大英博物館の管財人も務めた保守派政治家のバンクス (Henry Bankes) は、エルギン・マーブルの国家購入の是非を審議する 1816 年の特別審議委員会の議長に就任していた。彼は議論百出の委員会を統括し、戦後経済の混乱期にありながらもなお大理石群像の購入を強力に推進すべきであるとの最終報告書を提出している。報告書の前文の一部をここに引用する。

　　　［エルギン・マーブルを国家が購入するという］この興味深い問題を、議会の慎重な審議にゆだねることなく退けることは不可能であるということは、本委員会の理解するところであります。秀でた芸術を奨励し、涵養することが、どれほどその国の名声や特質、また品位といったものの醸成に裨益してきたことでありましょうか。知識体系や文学、哲学の各分野の開明と芸術の発展がどれほど緊密な関係で結ばれていたことでありましょうか、このことをとくとお考えいただきたく存じます。アテナイのごとき小共和国が、その市民の天稟と活力により如上の分野に重要かつ顕著な貢献をなしたのであります。アテナイ市民が、取るに足ら

ぬ都市国家をその固有の価値と壮麗さにおいて卓越せる宗社となし、そ
れぞれの分野の営為においてその名を不朽のものとなした事実にかんが
みますれば、広大な帝国や強大な征服者の記憶と名声などがいかに移ろ
いやすきものであるか、このことをわれわれは明確に認識すべきである
と申しあげねばなりません。

　議会で圧倒的な多数をもって購入案が可決[21]される結果を予想していたかの
ように、ザ・タイムズ紙はバンクスの報告書を「力強くも啓蒙された所見」
（4月7日）であると評したが、たしかにこの報告書は見識と洞察に満ちた
論評であったといえる。国力と文化の隆替が軌跡を同じくするというような
文脈は図らずもコウルリッジの論と軌跡を一にする。これはかつてヴィンケ
ルマンが *History of the Art of Antiquity* でギリシア芸術と政治の関係に対し
て加えた鋭敏な洞察そのものを、まさに再言するような論であった。その洞
察はまた、この時代に生きる文化人からなる委員会の、なかんずくバンクス
自身の、見識の高さを示すものであったといえよう。このような卓見を開示
する精神が啓蒙時代後期のイギリス社会でも育まれていたのであり、彫刻、
絵画そして詩という姉妹芸術が同様の精神を支え、発展させていくのに大き
な力となったのである。再言するが、そのような精神の濫觴は古代ギリシア
という文明の源泉にあり、キーツの詩想もその豊かな恩恵を被っていたこと
はいうまでもない。啓蒙時代の寵児コウルリッジもまた内と外との有機的統
一という概念の精髄を、同じ泉から汲み取ったことであろう。
　かくして、バンクスの報告書はエルギン・マーブルに関わる抽象的な芸術
論に留まることなく、ロマン派芸術一般の特性となる断片性そのものに対す
る時代感覚にも、大きな変更がもたらされたことを如実に示す宣言書となっ
た。ロマン派の審美観が断片に独自の芸術性を認めることになったというよ
り、ロマン派芸術の本質が断片性にあるとする審美観がやがて定着するよう
になるのである。そして、そのような審美的気運を惹起した淵源のひとつに
エルギン・マーブルがあったことは、紛れもない事実である。後の章で取り
あげることになるが、ロマン主義の断片性や不完全性に関わる議論の本質を

論じた Levinson の慧眼 (231) は、さすがに如上のバンクスの論点を見過ごすことはなかったようである。

第2章

美との交錯

人は神により与えられた知恵 (*sapientia*) がありながら、なお知識 (*scientia*) を求め禁断の木の実を摂ったため、恩寵を失い楽園を追放されることになったという。弁神論の見地からは、これは人が人として生きる能力を陶冶するために神が企図した「幸運な失楽」(*felix culpa* = fortunate Fall) と解釈される。すなわち、人が人として生きるとは、楽園喪失の意味をかみしめこの世の生を全うしたのち、神の御許に戻ることを意味する。だが実際のところ、神の定められた楽園の高みから "Fall" の字義どおりこの物質世界に落とされた人間は、爾来、さながら遍歴の騎士のように、失楽をもたらせたはずの知識を追い求め、その知識によりこの世で楽園（＝地上楽園）を構築すべく果てなき旅路をたどることになった。あるいはまた、そのような旅は全一なる者から流出し遥かかなたに送り出された人間が、郷愁を胸にいだきつつ物性の断片と化した淪落の世をへて流出の根源たる全一の調和に戻りゆくという、生のメタフィジカルな軌跡を地上のレベルでなぞることなのだろうか。それはすなわち精神的循環の生を意味するのであるが、いずれにせよ、このようにアレゴリカルな解釈をほどこす意識の基底には、濃淡はあるもののネオ・プラトニックな下絵が透けてみえる。そして、この下絵そのものが、ヘブライ・クリスチャンとグレコ・ローマンの思考様式に分かちがたく結びついている。完成された終局状態（存在）ではなく絶え間なく生の発動を繰り返す行為（生成）の裡に生存の本義をみるロマン主義の視座に拠っても、旅の第一義的な形態はやはり円環の構造に落ち着く。しかもなお、あの老水夫の話にも顕著であったように、旅の円環は一度かぎりの旅程で完結して閉じるものではない。また、たとえ帰還するはずの場が今生にあるとは限らなくとも、一地点、一時点、に拘泥することなく流離する旅そのものを、この世のならいとして慈しみつつ生きるということにも、また意味はあるだろう。

詩人みずからが旅人となるのであれば、旅自体が断片的なこの世の生を表出する自身の創造行為に重なるばかりでなく、その生に創作の原拠と滋味ゆたかな糧を与える営為となるはずである。ともあれ、人はみな今生の旅において究極の片道切符を手に入れるまで、繰り返し日々あらたな円環の軌跡をたどり続けるのである。

＊＊＊＊＊＊

人生という旅

　「巡遊」(tour) の語源である「トルノス」τόρνος (turn = circular movement) が示すように、旅とはある地点を出発した旅人を最終的に旋盤のように出発点にまで連れ戻す循環的な運動である、とかつて Abrams は定義した。 (Abrams chs. iii–v) 人類の楽園喪失から楽園回復にいたる神話を大掴みに〈流出〜拡散〜収斂〉という図式に纏めることができるのであれば、グレコ・ローマンとネオ・プラトニックなヘブライ・クリスチャンの神話に見られる神と人間との空間化された倫理性は、エイブラムズの定義とは若干、異なるものの[1]、まずは大筋で通底すると考えることができるだろう。ただし、円環の旅路を経て帰還した出発点が元の場と空間的には同じであったとしても、旅人の目には旧来の意味を帯びたままに映ずることはない。換言すれば、空間的な地図と意識裡にある地図はもはや重なることがないのである。円環構造をもつ旅の元型である *Iliad ~ Odyssey* の構成する壮大な叙事詩や、古代から語り継がれてきた「放蕩息子」のたとえ（ルカ福音書）などをみても、一は待ち受ける環境の変化により、他は主人公の意識の覚醒により、それぞれ帰着点は意味の変貌を遂げて主人公の前に立ち顕れる。日常とは異なる時空間を体験するうちに、人の日常性の異化 (defamiliarization) はすすむ。人は旅路にあるとき日常の自己とは異なる視座からさまざまな事物を見分する機会を得る。それらの事物が既知のものであろうと未知のものであろうと、また、その事物を否定的、肯定的のどちらの意義において受容しようとも、人は従前とは異なる未知の、あるいは潜在していた、自己の視点

と姿を見出す。新たな自己と旧来の自己とが切り結ぶ環境のありように「覚醒する」のである。

　グランド・ツアーの漫遊記や未開の地の探険記なども含めて政治や経済、文化一般、芸術など、ほとんどの社会事象の要素をはらむ広義の「旅行記」は、ロマン派時代の出版物の一大ジャンルを構成し、時代精神（意識）の醸成に端倪すべからざる影響を及ぼしていた (Thompson *ROG*)。[2] 主題の軽重を問わずロマン派時代の紀行文学あるいは旅日誌風の物語を読んで実感するのは、上述したような自己発見の多様性と描かれる事象が織りなす綾の妙である。しかも、そこに記された新たな自己の発見や新生への覚醒などは、日常を離れた未知の場で体験する世界との相互作用に鋭敏に感応できる者にのみもたらされるのであろう。この章で扱う北方への徒歩旅行に出かける前に、キーツもまたこの旅を「これからたどろうとする〈人生の序章〉のようなものにするつもりだ」(*L* i 264) と言っていたが、それは、日常から離れた旅の体験を詩作における新境地を切り開く契機にしたいという期待感のあらわれであった。期待が現実となれば、詩人の新たな心模様からほどこされた作品の拵えに、読者もまた未知の世界の体験の手応えを読み取ることになるであろう。

　この旅を計画した時点で、すでにキーツは詩集 *Poems* (1817) と物語詩 *Endymion* (1818) の二冊を世に送り出しており、一部の酷評を別にすれば、ある程度、好感をもって世間に受け容れられていたとの自負はあった。しかしながら、それは彼が得たいと願っていたような評価、名声とは大きな隔たりがあった。〈序章〉の先にあるはずの詩人の生がどのようなものになるにせよ、自己の詩作の閉塞的な状況にともかく風穴を開ける必要を詩人は感じていた。未知の世界と自己の相互作用という意味で、たとえば旅の途上にある詩人が書き留めた事象や体験の印象には、日常の営みの中で生み出された記述とは懸絶と言わぬまでも、おのずと生ずる差があることは予想される。『エンディミオン』執筆時にも詩人は新たな主題の構想と詩想の醸成を求めて各地への短期間の旅をしており、じっさいそれなりの収穫を得て作品に反映させてはいた。それでも、すでに多くが語りつくされた感があるのだが、

Blackwood's Edinburgh Magazine（以下 *BEM*）や *Quarterly Review*（以下 *QR*）など保守派の定期刊行物の攻撃はたしかに苛烈なものであった。ハントを師と仰ぐコックニー詩派 (Cockney School) 攻撃の論拠としてもっぱら挙げられていたのは、この詩派の詩人らに特徴的であるとされた政治的な急進性、古典教育から乖離した粗雑な教育と薄弱な教養、さらには社会的地位に起因する歪んだ審美性や倫理性の難点、などであった。[3] しかし、苛烈であったとはいえ、キーツに向けられた論評すべてが悪意にみちた的外れの論評であったと片付けるわけにはいかない。

　1817 年の『詩集』に窺われた欠点はたしかに詩作初期の師匠たるハントから吸収したものが多かったし、批判の内容自体にもっともなところがあったのはキーツにもある程度は了解できた。だからこそ余計に「ハント一派」の括りで自分が論評されることは不本意だったのであろう。独自の想像力を存分に飛翔させるべく臨んだ野心作ではあったが、『エンディミオン』は作品の序文初稿でなされた自己批判からもあきらかであるように、やはり旧弊から脱することはできなかったのである。しかしながら、序章でも触れたように、『エンディミオン』を執筆するころキーツはすでにハントから距離を置きはじめていたのである。それゆえ、キーツの今回の徒歩旅行は、たしかにこれまでの主情に流れがちで狭隘な体験と視野に基づきなされたような詩作の様態に、可能な限りの変化をもたらすべく計画されたと考えていい。未踏の北方への旅が偉大なる作品を生み出すべくみずからが課した「流亡」"exile" であったとする Ward の評 (113) は、当時のキーツの創作心理の核心を衝くものだ。ならば、この旅路の果てに、はたしてキーツは「約束の地」にたどり着くことができたのであろうか。

　当時、遠方への旅の主たる交通機関といえば駅馬車であったが、その車両自体に関わる各種改良の進展と歩調を合わせるように道路整備は進み、また全土を結ぶ運河交通網の整備もこのころ完了に近づいていた。鉄道が時代を牽引するようになるまでには今すこし間があったが、人びとの移動は従前には見られなかったほど頻繁になってきていた。以下で検証するように、18 世紀後半から沸き起こった旅行ブームの波に乗るかのように、詩人キーツも

また自己にとっての未踏の地へとしばしば足を運び、旅の途上や滞在地での体験や印象などを弟妹に宛ててこまめに書簡に書き綴っていた。それらの記述は紀行文学の範疇に入れてもよい程のものではあるが、そう明確に定義づけするにはあまりに断片的な記録でしかない。それでも、今回キーツが足をむけた北方への旅は、ある特殊な状況に身を置いたことにより創作上の審美と倫理との葛藤を生み出すものとなった。

　1818 年の夏、友人ブラウンとスコットランドへの徒歩旅行に出かけたキーツは、旅路をたどりはじめてしばらく経ったころ友人 Bailey に宛てて旅の目的をしたためた手紙を送っていた。彼はこの旅のあいだに「これまで以上に経験を積んで偏見を拭い去り、さらなる苦難に慣れ、美しい風景に共鳴して…（中略）…家に留まり本に囲まれて過ごすよりもはるかに遠くまで、力強く詩の領域を掌握するようになるだろう」(L i 342) という内容である。日常から離れた未知なる風景との邂逅が自己の詩心に発展的な影響を及ぼすことに、大いなる期待を膨らませていたことが窺われる。仮にそのような心と自然の、あるいは内面と外界の、相互作用が、新たな知を詩人にもたらし教導することになるのであれば、旅はたしかに想像力を錬磨し詩魂を陶冶する貴重な体験となる。探求ロマンスの形式に収められた "The Eve of St. Agnes" の内実がポーフィローとマデラインの精神的成長を描いた *Bildungs-roman*（教養小説）に比肩しうるものと考えれば、この徒歩旅行はさしずめ詩人の審美観を涵養し、詩想を深化させた *Bildungsreise*（教養旅行）と名づけることができるだろう。すなわち、この旅行中にキーツはさまざまな思索をめぐらせ詩想を形成する過程で、爾後の詩作の本義にかかわるような、ある種の思考様式を自覚したように考えられるのである。それはいわば詩人の創造的本能と倫理的意思とのあいだに生じたささやかな騒擾を通じてのことなのだが、キーツ詩の本質に深くかかわることになる出来事として記憶に留めておかなければならない。

　このような道筋を念頭に置き、ここからは、まずロマン派の時代に興隆した旅行ブームの一端を自身でも体験したそのことが、具体的にキーツの詩人としての生の衝動とどのように感応、呼応し、作品に結実していったのかを

見ていく。ただし、論述の性質上、この章では（後段の章にあるように）預言者や仲保者などの介在による宗教的、神話的な救済の当否にかかわる迷宮に入り込むことなく、あくまでも具体的な事実に基づいて詩人の創造的な視座に収斂させるべく考察していこうと思う。

国内旅行ブーム

　1773 年から 1784 年にかけてのブリストル図書館の記録によれば、貸し出し本の人気上位二点は旅行記であったという (Butler *CR*)。港湾都市ブリストルはかつてイギリスの奴隷貿易の母港のひとつとして栄えたところであったが、　キーツが訪れたころには旅行関連産業が殷賑をきわめていた。上述の図書館の記録は 18 世紀末にかけて国内、国外を問わずこの国の人びとの旅行にかける思いの高まりを裏書きするようなものであった。

　フランス革命の勃発とともに、グランド・ツアーに代表される大陸旅行全般の人気は下火となり、戦火を避ける人びとの目は必然的に国内旅行に向けられることが多くなってきた。この傾向は 1798 年の英仏間での開戦以降にいっそう顕著になったが、それでも、シェリーと妻メアリーのように戦後のフランスに渡って革命の帰結を目の当たりにし、貴重な記録[4]を残した詩人らもいれば、きわめてラディカルなマライア・ウィリアムズのように革命の興奮冷めやらぬフランスを訪れ、その後も大陸に留まり革命フランスの状況について発言を続けて市民権まで得た作家もいた。"geopolitics" という言葉はまだなかったが、地政学的な見地からいえば、なお大陸旅行への憧憬を募らせる人びとの多くが、より安全と思われるオットマン帝国（オスマン・トルコ）の支配領域に目を向けたのは当然のことであった。

　もともとトルコは宗教も政治体制も異なるイギリスとフランスとはそれぞれ友好的な関係を築いていたのだが、フランスが 1798 年にエジプトに侵攻していらいフランスとトルコの関係はぎくしゃくし始めた。これに反して、革命フランスとは交戦状態にあったイギリスにしてみれば、この機に乗じてトルコとの絆をさらに太くしてアジアへの足場を確保しておくことに如くは

無かった。このような政治的状況の中で、古典世界の遺産を随所に保持する
イタリアおよびトルコの支配下にあるギリシアは、数少ない危険度の低い目
的地として大陸旅行の魅力を保ち続けていた。

　すでに名誉革命以後には、識者のあいだで古代ローマ初期の共和制とイギ
リス政体の類縁性を指摘する声があがっていた。[5] すなわち、王権制、寡頭制、
民主制という統治形態が、それぞれの比重の度合いは異なってはいても、イ
ギリスにはローマのようにバランスよく混在していると理解されたのである。
このため、18 世紀の早い時期から、それぞれの長所を生かした健全な混合政
体のありようを模索する議論もなされていた。それを裏づけるように、世紀
の折り返しごろまではローマの歴史と政治を扱ったパンフレットや書籍が多
数、出版されていたという。啓蒙思想の波に乗り、世紀の後半にはアメリカ
の独立とフランスの革命が達成されることになったが、かれら近代の共和主
義者の理想的政体の原型として標榜されたのも、ローマの共和制であった。
ところが、近代の共和主義は激しい戦いの過程で過激化し、ナポレオンの擡
頭までも促すことになったため、とりわけバーク (Edmund Burke) などのイ
ギリス保守派の人びとには、共和主義そのものが恐るべき古代の亡霊として
捉えられることになったのである。

　これに比して、ギリシアはローマと同じ古典世界からの文明の伝統を受け
継ぎながら、今や帝国支配の属国と化した憐れむべき状態に置かれていた。
もともとイギリスは西ローマ帝国に属していたため、古代ギリシアやギリシ
アを併呑した東ローマ帝国などはイギリスとはまったく別の世界であった。
その後、14 世紀に東ヨーロッパに攻め込んだオスマン・トルコが 15 世紀に
ギリシアを属国とすると、イギリスにとって古代ギリシアとは言語的な意義
以外にはほとんど伝説としての意味しかもちえないようになった。この状況
に大きな変化が生じ古代ギリシアに再評価の光が当てられたのは、啓蒙思想
の流布とともに数多の視覚・造形美術作品がイギリスに流入するようになっ
たからである。古代ローマ時代の作品とされた彫像の多くが、じつは古代ギ
リシアのコピーであったことが判明すると、古代ギリシアに対する興味と評
価は、名実ともに 18 世紀まで盛名を謳われていたローマを凌ぐ高まりを見

せるのだった。その結果、ギリシア関連の出版物の点数は 19 世紀を通じて
ローマ関連のそれをはるかに上回るようになったという。19 世紀の中葉か
ら英語ではキューピッドやダイアナなど神話のラテン名がそれぞれエロスや
アルテミスなどのギリシア名で呼び習わされるようになったのも、啓蒙期い
らいイギリス文化の深層に浸透してきたギリシア文化の影響によるものであ
った。

　先に見たように、パルテノン神殿を飾る大理石群像であったエルギン・マ
ーブルの紹介により、ギリシア文化にむかう興味の潮流を呼び込んだ立役者
のひとりが、前章で見た第 7 代エルギン伯トマス・ブルースであった。伯
は 1799 年にイギリスの特命全権大使としてオットマン帝国の大宰相府に赴
任しており、本来の使命はコンスタンティノープルに置かれた帝国政府の認
可を取りつけて、黒海にイギリスの通商航路を開くことと、スエズに通信基
地を設置することであった (St. Clair 11)。そして、エルギン伯の名が広く
知られるところとなったのもその外交手腕によるのではなく、もっぱら如上
の群像をイギリスに持ち帰った功績によるところが大きかった。注目すべき
は、この彫刻群像こそが、イギリスにもたらされた初めての純正なギリシア
彫刻であったことである。

　「純正な」と書いたが、「完璧な」とか「非の打ちどころがない」ではない
ことに注意してほしい。エルギン・マーブルが初めてイギリスにもたらされ
たとき、人びとがまず驚嘆したのは群像の形態的醇美や芸術的技巧の秀逸で
はなく、完全に原型を留めているものがほぼ皆無であるという群像の断片性
なのであった。メディチ家のヴィーナス像やベルヴェデーレのアポロ像に具
現された「理想美」を美の規範とする 18 世紀的審美観に馴染んでいた人び
とにしてみれば、断片性などという属性はかれらの芸術観の範疇にさえ入ら
ぬものなのであった。手足や首を捥がれた残骸のような彫像に二流以下の駄
作の模倣と断じたペイン・ナイトの評言や、また瓦礫の塊と名づけたバイロ
ンの声などに人びとが賛同したのも、まずは無理からぬことだったといえよ
う。ところが、これらの群像の特質でもある断片性こそが、ロマン派とそれ
以降の時代の審美観に大きな影響を与えることになったのである。この彫刻

群像をめぐる論争は数多の芸術家や鑑定家、ジャーナリスト、また政治家、一般大衆までも巻き込んで展開されることになった。とりわけバイロンやヘマンズ、キーツなどをはじめとするこの時代の詩人や批評家、その他広義の芸術家までもが、肯定、否定を問わず積極的にこの彫像にかかわる評価や作品をおおやけにするようになると、それまで芸術作品などに縁のなかった人びとまでもが「ギリシア芸術」への興味を掻き立てられることになったのである。

　最終的にイギリス政府がこの群像を国費で購入することを議決するまでの騒動の顛末は、すでに別なところで論じたが[6]、この騒動は 18 世紀後半に始まったヘレニズム再興の文化潮流の方向を集約的に物語るものであった。その潮流にそもそもの発動力を与えたのは、ルネサンス期に盛んに導入された古典文献の考証ではなく、古代ギリシアにかぎらず世界各地から陸続と流入してきた造形美術作品や遺跡からの出土品の流布であった。過去と現在の文明のありように関わる情報は、文献に頼るよりもあまた流入してくる文化遺物の現物にあたり、その分類と整理を通して求める姿勢が主流となったのが啓蒙時代の特質なのだ。そして、止まるところを知らぬ進歩への欲求が、さらなる新たな遺物発見を促すことになったのである (Sloan 25)。[7]

　だいぶ寄り道をしてしまったが、この辺りで話を本題にもどそう。

　さて、これらの芸術作品や遺跡をあまた擁していたバルカン半島では、1829 年にギリシアがトルコ支配から解放されて独立をはたすまで、政情不安が続くのだった。歴史的スパンで俯瞰すれば、その間の大陸旅行の経路がきわめて限定的なものとなっていたことは否めない。これに対し、フランス革命の勃発はすでにアメリカ独立戦争の教訓を弁えていたヨーロッパ諸国に愛国主義的な感情を掻き立てていた。その影響がイギリスにも伝播すると、人びとはあらためて自国の歴史と風土に目を向け、さまざまな思いを巡らせることになるのだった。イギリスの国内旅行に対する興味の高まりは、大陸と自国の諸事情を考慮すればしごく当然の成り行きであったといえる。よく知られるジョンソン博士の *A Journey to the Western Islands of Scotland* (1775)、ペナント (Thomas Pennant) の *A Tour in Scotland and Voyage to the Hebrides* (1774–76) などの旅行記や地誌の類、また *GM* の "topographic sketches" をはじめとし、各種の雑誌や冊子掲載の旅行案内記事などにイングランドの人びとは刺激を受けたのである。その結果、かれらは新しい遊山地を求めてスコットランドやアイルランドなどに足を運び、未知の魅力あふれるイギリス諸島の各地、辺境の地を好んで回遊するのだった。ギルピン (William Gilpin) に関しては個別の作品名を挙げればきりがないほどであるが、彼の *The Wye and South Wales* (1782) を皮切りに数多く出版された各地の風景版画入りの旅行記や、プライス (Uvedale Price) の *An Essay on the Picturesque* (1794) などは、18 世紀後半から始まった国内旅行熱をあおり、いわゆるピクチャレスク・ツアー隆盛の指導的役割をはたした著作であった。

　ナポレオン戦争が終息にむかうころ、「飛ぶように早い」と謳われた鉄輪を履いた駅馬車は、"Flying Coach" の呼称に違わず「12 時間で 40 ～ 50 マイル」をカバーする速さを誇り、しかも安価にイギリス各地へと旅客や郵便物を運んでいた。交通網が整備されたことの背景には新道建設と維持補修への確実な技術革新があったわけだが、そのおかげで 1830 年代にはバース、バーミンガム、ノリッジなどへは 1 日で、またエディンバラでさえ 3 日で行けるようになった (Daiches 179) とされるが、1815–16 年当時の刊行物によればもう少し早かったようである。[8] 1700 年に推定 5,475,000 人とされたイングランドとウェールズの人口は、1770 年には 7,428,000 人と推定され、最初の国勢調査がおこなわれた 1801 年にはスコットランドを加えた総人口が 10,472,048 人と算定された記録が残されている (*GM* 1822–Sup I)。この急激な人口増と新興中産階級の繁栄にともない国内旅行者の数もまた膨れ上がり、1773 年に 183,000 マイルであった旅客マイル (passenger miles) は 1816 年には 200 万マイルを超えるまでになっていた (*OCR* 736)。時代はまさに一大国内旅行ブームを迎えていたのである。

　国内旅行ブームを支えたもうひとつの要因であるピクチャレスク趣味の流行についても、ここで少し触れておかなくてはなるまい。18 世紀の早い時期から、プッサン (Poussin) やデュゲ (Dughet)、また、クロード (Claude Lorraine) やローザ (Rosa) などヨーロッパの巨匠の手になる古典的風景画

は——原画はいうに及ばず複製画の形でも——芸術家や鑑定家ばかりでなく、大陸旅行を体験した上流階級の人びとや教養人のあいだにも、広範に行き渡っていた。たとえば、イギリスの競売場で 1711 年から 1759 年のあいだに扱われたデュゲの作とされる風景画は 300 点を下らなかったというし、また 19 世紀初頭までにもち込まれたクロードの作品は 80 点以上、ローザも 100 点を超えたとされる (Andrews 26)。さらに、エッチングやメゾチントの技法による版画が流布するようになると、一般大衆にもこれら巨匠の作品が安価に鑑賞できるようになったのである。いわゆるピクチャレスク・ツアーの時代がはじまると、その審美的背景を強力に後押しするようなイギリスの画家や詩人もじきに擡頭することになる。

　トムソンはいかにも 18 世紀的という意味で教訓的な詩人なのだが、すでにイギリスの魅力あふれる風景の描写を The Seasons (1726–30) の詩行に鏤め、風景そのものに対する人びとの興味を掻き立てていた。さらに The Castle of Indolence (1748) においては、如上の大陸画家の名前をあげてその作風の特質まで具体的に言及しており (XXXVIII)、当時これらの画家の作品が相当ていど社会に知れ渡っていたことを窺わせる。その後ほどなくして、かれらの作品に新古典主義が理想とする表現のありようを認めるロイヤル・アカデミー院長のレノルズは、巨匠らの手になる風景画を詳細に分析し、若き学徒らにそれらを徹底的に観察し模倣すべきであることを繰り返し説いた。ただし、「理想美」(béau idéal) を天上にではなく地上に求めるべきだとするレノルズの言葉 ("3rd Discourse") はたしかにロマン主義の時代の到来を予感させるものではあったのだが、彼ほんらいの視座はおおむね 18 世紀的審美観の枠内にとどまるものであった。すなわち、個性よりも普遍性を重んじ、伝統的な歴史画を絵画の頂点に位置づけてその優位をことあるごとに唱えていたのである。

　イギリスにおいて詩の分野で至上の地位を占めたのはいうまでもなくシェイクスピアでありミルトンであるが、グレイのピンダロス調オード "The Progress of Poesy" で謳われていたように、この二人はすでに 18 世紀までにはホメロスとウェルギリウスに比肩される存在と位置づけられるようにな

っていた。『エンディミオン』第 IV 巻の劈頭でキーツがイギリス文学を世
界文学中の頂点に位置づけたのも、前の時代のこのような文学的筆致に倣っ
たものであり、この傾向はイギリスのナショナリズム高揚と歩調を合わせる
ように強まっていくのだった。そのようなイギリス詩の趨勢にピクチャレス
クのジャンルが加わったことで、イギリスの風景も題材として詩行に読み込
まれるようになったのである。その一方でイギリスの視覚芸術はといえば、
とりわけ風景画と彫刻の分野において、大陸との格差は如何ともしがたいほ
どの状況を呈していた。

　風景画に関していえば、この方面はすでに 16 世紀のオランダ南部で絵画
の一ジャンルとして確立されて大陸に広まっており (Rynck 216)、イギリス
でもロイヤル・アカデミー開設者のひとりで、クロードの影響を受けていた
ウィルソン (Richard Wilson) が、ゲインズバラに先駆けて 18 世紀の早い時
期から活動を始めていた。ところが、当節は歴史画を別格としてホガースな
どの風俗画が全盛の時代であったため、風景画が脚光を浴びるようなことは
まず望めなかったようである (Chesneau 110)。この世紀の中ごろにはウォ
ルポールが自身のストロベリー・ヒルの風景庭園でピクチャレスク趣味を実
践していたのだが、彼は言う。「クロードやギャスパー [＝デュゲ] の種がこ
の国に蒔かれているのなら、かれらのような画家が出てこなくてはならな
い」(“On Modern Gardening”)。[9] このように評されていたこと自体、当代の
イギリスでは風景画のジャンルがいまだ確立されていなかったことを物語
る。風景画に光が当てられるようになったのはようやく 18 世紀も後半にな
ってからのことであり、湖水地方の風景画で知られロイヤル・アカデミー創
立の一員にも加わったファリントン (Joseph Farington) やギルピンの活動が
目を引くようになってからだった。風景画を得意とした若き日のゲインズバ
ラの評価がそれほど高くなかったことには、このような絵画史上の背景もあ
った。世紀の終わりごろからターナーやコンスタブルなど多分に大陸の風景
画の影響を受けた画家が、国内のスケッチ旅行を始めて多様なイギリスの風
景を紹介していくにつれ、風景画が脚光を浴びる条件もようやくにして整い
はじめたのである。

　それでもレノルズの例に見たように、イギリス画壇においては歴史画こそが絵画の本流であるとする伝統的な見解はやはり根強く、風景画が脚光を浴びるようになったといっても、18 世紀においてはやはり傍流に位置づけられていたことに変わりはなかった。これに対し、造園術の方ではスペンスが『ポリメティス』(1747) で主人公に語らせていたように、すでに 18 世紀の前半から風景庭園がそろそろイギリスでも造園の大きな流れとなるような兆しが認められるようになっていた。スペンスについてはまた後の章で取りあげるが、やがてケント (William Kent) やブラウン（Lancelot Brown, 通称 Capability Brown）をはじめ、すでに見たレプトンやナッシュなど、今に名を遺す造園家や建築家がそれぞれ自然の景観を生かした庭園や建築物を本格的に世に送り出すことになってくる。また、いわゆる "Regency style" の呼称で知られるように、ジョージ IV 世が摂政皇太子時代に風景庭園や自然景観を取り入れた都市の整備・再開発を推進するのに重要な役割をはたしたことも、すでに序章で検証したとおりである。

　そして、ハッチンソン (William Hutchinson) の *An Excursion to the Lakes in Westmoreland and Cumberland* (1774) が世に送り出されていらい、湖水地方は当時の国内旅行の目的地としてスコットランドの各地と並んでもっとも人気を博するようになっていた。それを裏づけるように歴史家トレヴェリアンは、フランス革命の勃発前夜に「夏場にはテムズ河畔よりウィンダミア湖畔のほうに人影が濃い」とした政治家ウィルバフォース (William Wilberforce) の言葉を紹介しているが (21)、それも決して誇張ではなかった。ハッチンソンの旅行案内記が呼び水となり、4 年後にはウェスト (Thomas West) の *Guide to the Lakes* が出て、その翌年にはピクチャレスク理論と実際の旅行において指導的役割をはたしたギルピンの *Tour of the Lakes* も上梓された。さらに、大陸に渡ったラドクリフ (Ann Radcliffe) は戦況の悪化により旅程の変更を余儀なくされることになったものの、1795 年には *Journey: Through Holland in 1794* を出版してレマン湖の代替地として湖水地方の名を挙げ、当地の詳細な情報を開示してみせた。こういった案内書の類が勧奨するところによっても湖水地方への旅は人びとの憧れの選択肢とな

り、とりわけ終戦後に国内旅行が殷盛をきわめることになる確かな要因になったのである。

湖水地方の詩学

1818年夏、キーツは友人ブラウンとともに湖水地方を経てスコットランドにいたる徒歩旅行に出発した。ブラウンは父方の祖先の出自がスコットランドであったため、この旅行も過去に幾度となく経験してきた旅の繰り返しにすぎなかった。しかし、キーツの方は自分や弟の健康も含めた家族間の問題やら手許不如意やらで、長期の旅行とはあまり縁がなかったため、究極の片道旅行となったローマへの船路を除けば、健康体で長期にロンドンを留守にする旅はこれが最後となる。

旅といえばこの2年前、野心作『エンディミオン』を執筆していた春から夏にかけて、金銭問題も含めた日常の雑事から逃れ新たな詩想を練るべく、キーツはワイト島をはじめ、マーゲイト、カンタベリー、ヘイスティングズなどへの孤独な旅路をたどっていた。この時が彼にとってはじめての一人旅であったのだが、ロンドンの病床に残してきた末弟トムの様子がたえず気がかりとなり、詩想を練るどころか旅路の寂しさがつのるばかりであった。それでもワイト島のカリスブルックに宿を取ると、部屋の壁にはシェイクスピアの肖像画を貼り、『リア王』を読み、ミルトンの頁を繰り、なお創造的な日常を取り戻そうとするようにいつにも増して多くの手紙を書き、そこにシェイクスピアの詩行を鏤めた。思うにそれは孤独感を癒す手遊びであったというよりも、むしろ孤独に浸ることにより孤独の思いを執筆の推進力に変えようとする努力なのであっただろう。今回の予定ではアメリカに渡る次弟ジョージ夫妻を途中で見送り、ふたたび兄弟との別離を体験することになる。それでも、今回の旅にはブラウンという旅慣れて頼りになる伴侶がいた。旅費はもちろん切り詰める必要があったにせよ、少なくとも孤絶感に苛まれる気遣いはなかった。なお、今回の旅行のおりにキーツが携えていった本はCary訳『神曲』のポケット版3巻[10]のみだったが、この本が翌年の作品執

筆に大きな働きをすることになるのだった。6月23日午後、キーツらの一行はリヴァプールに到着した。

　ここまでは駅馬車を利用したのだが、馬車には新婚のジョージと妻ジョージアナも同乗していた。夫妻は当時の感覚からすればまさに八重の潮路をこえるような長い船旅を経て、新天地フィラデルフィアに根を下ろし新しい生活をはじめることになっていた。リヴァプールはロンドンから駅馬車で30時間ほどの旅程に位置する利便性をそなえていたこともあり、海路、陸路を問わず交通の一大要衝となっていた。1807年以前にはヨーロッパ最大の奴隷貿易港となっており股賑を極めていた港町であり[11]、一行が訪れたころも海運業と旅行関連事業で栄え、街人や旅行客が熱鬧する保養地として賑わいを呈していた。その晩、四人は当地の旅籠クラウン・インで別れの夕食を共にして夜遅く眠りにつき、翌朝、弟夫妻が起き出す前にキーツはブラウンと旅路についた。モーションの伝えるところによれば(265)、二人は何とも奇妙で貧相ないでたちのようであったらしいが、長旅の懐具合を考えれば背に腹はかえられぬといったところだったのだろう。徒歩旅行の実質的な起点はランカスターに決めていたため、二人はこの北の工業都市まで駅馬車に乗って行った。到着は午後の早い時間だったのだが、街はいつにも増して喧騒に包まれているようであり、なぜか軍人の姿もそこここに見受けられた。

　およそ2か月前、キーツはヘイドンに宛ててこの旅の目的を書き綴っていた。

　　僕はこれから1か月以内に、背嚢を背負ってイングランドの北とスコットランドの一部を歩いて回るつもりだ。それは、僕がこれからめざす人生への序曲のようなものなんだよ——つまり、詩を書き、学び、ヨーロッパ全土をできる限り低予算で見て回るという人生だ——雲間を這い上っていって、その上に出る——あっと驚くような景観をたくさん目と記憶に焼きつけるつもりなんだ。そうすればロンドンの郊外を歩いているときに、実際の景色が見えなくてもモン・ブランの頂に立てるし、ベン・ロモンドに跨るはずのこの夏の体験を心の裡に呼び戻すことだって

　　できるしね、本気なんだよ！　(*L* i 264)

　ハイランドの旅行中に寄ったマル島でひいた風邪をこじらせたため、キーツの旅程は切り詰められ、念願が百パーセント叶えられることはなかったものの、ブリテン島の最高峰ベン・ネビス（ベン・ロモンドではなかったが）の頂で霧に包まれるという体験までできた。重要なことは、旅路をたどりつつ詩を書き、学ぶ、という行為が、いわば自身の創作手順の有効性を占う試金石のように捉えられていたことである。旅の目的をしたためた先の書簡 (*L* i 342) は出発からひと月たったころの道中で書かれたものだが、この旅を終えるまでに、たしかに詩人は対象と自我との相互作用にかかわるひとつの思考様式に到達していたと思われる。その様式をどのように獲得していったのかを、湖水地方での詩人の実体験に沿いながらここからたどってみたい。

　6 月 26 日、ケンダルからボウネス、ウィンダミアを通り、キーツとブラウンはアンブルサイドに着いた。ここはワーズワスの案内書にもあるように湖水地方遊覧の中心地であり、二人はここの Saltation Inn（現在の Saltation Hotel）に宿をとった。アンブルサイドを訪れたのは、ここからほど近いライダル・マウントに住むワーズワスを訪ねる目的があったからである。しかしながら、前日にボウネスの旅籠の給仕が言っていたとおり、当日、ワーズワスは国会議員選挙の結果発表を待つためアプルビイに行っており、面会は叶わなかった。彼はこの地の旧家で有力者のラウザー家 (the Lowthers) と浅からぬ縁があったため、同家からの候補者の応援に回っていたのである。
　この年の春に議会が解散し、キーツとブラウンが湖水地方に着いたころは選挙戦の真っ只中であった。ウェストモーランドは地元の名士ロンズデイル伯 (Earl of Lonsdale)[12] のラウザー家の懐中選挙区となっており、トーリー党の同家は長きにわたり対抗馬もなく庶民院の 2 議席を占めていた。
　しかし、今回はそのうちの 1 議席を奪うべくホイッグ党からやはり同郷の旧家出身の手強い立候補者が立ったため、ラウザーの子息 William Lord Lowther とその弟 Colonel Henry Lowther とのあいだで三つ巴の選挙戦と

なっていた。二人に挑んだのは敏腕の法廷弁護士として名を馳せていたブルム (Henry Brougham) であった。

1811 年、ジャーナリストのスコット (John Scott) が軍隊における鞭打ち刑の愚かさに非を鳴らす記事を地方紙 *Stamford News* に書いた。この記事をエグザミナーが転載したところ、時の Perceval 内閣（トーリー）がハント兄弟を提訴するという事態となった。結局のところお咎めなしの判決となったのだが、このおりに法廷弁護士をつとめハントの無罪を勝ち取ったのがブルムであった (Hunt I 235–36)。[13] 彼が弁論の才に長けていたのは間違いなく、のちにその才を買われて皇太子ジョージと妻キャロラインとの離婚騒動のおりには、キャロライン側の法廷弁護士を務めた。いずれはホイッグの党首になり首相の座までをも視野に収めてその機をうかがっていたようであり、なかなかの策士であったこの男、実際、のちにホイッグの Grey 内閣 (1830–34) では、大法官まで務めることになったのである。社会的な活動家のならいとして毀誉褒貶相半ばする人物ではあったものの、奴隷貿易廃止論や教育論なども含め各種社会改革にかかわる幅広い論評と行動により、文壇やジャーナリズムにもその名は広く知れ渡っていた。当代の政治家としてもっとも成功したひとりに数えられ、当然のことながら、ウェストモーランドでの選挙戦を大々的に報じたエグザミナー (5 July) 紙上ではブルムの社会的功績が大いに称揚されていた。対するラウザーの方は旧家の出ではあるものの、この州を統率するような郷紳 (gentry) などではなく「ただのゴマすり、議席売買人」であるとして、同紙では徹底的にこき下ろされていたのである。

上掲の記事が出たころには、キーツとブラウンはすでにアイルランドに渡るべく Newton Stewart を経て Glenluce から Portpatrick にむかっていた。キーツはむろんブルムと直接的な面識はなかった。それでも、ブルムがハントの弁護についていたことはすでにキーツも知っていた。[14] また、ブルムみずからが創刊に参画していた *Edinburgh Review* 誌上で (Vol. 11, 1808)、バイロンの *Hours of Idleness* を皮肉たっぷりに揶揄していたこともキーツは承知していた。これらのことを考量すれば、いかにワーズワスの才能を敬愛し作品を愛誦していたキーツであっても、この選挙に関していえばブルム側

に心情的な一瞥を仮していたことはまず間違いない。トムに宛てた手紙 (*L* i 299) で、この選挙戦を「どう思う、ワーズワスとブルムの戦いだ!! 寂しい、さみしい、さみしいよ」と胸中を吐露した言葉からは、いわばキーツの審美と倫理の内なる葛藤が窺われる。

　旅人二人がランカスターに着いたころ、選挙戦は議席獲得にむけて両陣営の金銭や激しい非難が飛び交う泥仕合の様相を呈していた。今回の選挙は、長期トーリー支配に対抗してホイッグが強力な候補者により一気に蒔き返しを図ろうとする図式が、誰の目にも明らかになっていた。すでに民衆はクラブ (George Crabbe) の *The Village* (1783) にも生々しく描かれていたような腐敗選挙区の一掃を求めて「普通選挙と年次国会議員選挙」"universal suffrage and annual parliament" の標語の下に、議会改革を求める運動を全国レベルで展開していた。そのような声を背にしたホイッグの勢いが、湖水地方の選挙戦にまで持ち込まれていたのである。ラウザー側にとってはおそらく初めて危機感を覚える選挙戦であり、いきおい選挙運動期間中には支援者に対する締めつけや供応はかなり頻繁におこなわれるようになっていた (Motion 265)。しかし、反ラウザー派の声が日々高まり集会も頻繁におこなわれるようになると、ラウザー側は社会規律の整序を求めるとする題目のもとにロンドンからの軍隊の出動を政府に要請した。20 世紀になっておおやけにされたブラウンの断片的な旅の備忘録 "Walks in the North" によれば (*L* i 421–42)、ランカスターの雑踏で目撃したこの軍隊がケンダルへの途上の村に宿泊していたために、二人はボールトン (Bolton-le-Sands) やバートン (Burton-in-Kendal) で、食事や宿泊を求めてあちこち訪ね歩かなければならなかったようである。もっともそのお陰というべきか、旅籠の主人らとのやり取りを通じて二人は選挙戦の実態を肌で感じ取ることができたのである。

　周知のようにワーズワスは父親の代からラウザー家の恩義を受けており、彼が 1813 年にウェストモーランドの印紙販売を委託されたのも、逓信大臣 (postmaster general) となっていた同家の初代ロンズデイル伯ウィリアムに懇願して推薦を得たことによるものだった。 その職は政府認可の官職であるため、いかに自分のパトロンであるとはいえワーズワスが表立って選挙戦

でラウザー側の旗振りをすることはできなかった。ところが、ド・クィンシー主幹の地元紙 *Westmorland Gazette* やパンフレットなどに頻繁に掲載されたラウザー擁護の論評や精力的な集票工作などにより、ワーズワスが若き日のラディカリズムを棄て親ラウザーの旗幟を鮮明にしていたことは、おのずと知られるところとなったのである (Moorman 345–50)。ワーズワスの側にこのように已むに已まれぬ事情があったにせよ、文字どおり泥仕合の選挙戦に身を投じているのを知ったキーツの落胆は想像するにあまりある。湖水地方といえば、ワーズワス自身の詩心を育み、徳義と人性への洞察を教えた自然との交流を謳いあげた場であり、自身の手になる案内書 (1810) でも倫理的、審美的視点からその景観への保護の要諦を説く信念があったはずなのだ。

　この選挙戦はキーツに落胆をもたらせたことに加えて、さらに別な次元で彼の意気を挫くような意味合いもあった。

　1818 年当時、政権を担っていたのはトーリーの Liverpool 内閣であった。この内閣は数年後には自由主義的な政治路線へと政策の舵を切っていくものの、いまだ保守反動的な色合いを濃くしていた。この年には人身保護法 (Habeas Corpus Law) の一時停止や、限時法であった 1795 年版の反逆罪 (Treason Acts) を恒久法とするなど、強権的な施策を次つぎと打ち出していた。翌年のピータールーの大虐殺事件 (Peterloo Massacre) とその後のいわゆる六議会制定法 (Six Acts) の提出などは、強権政治のもっともよく知られる悪しき事例であった。そして、一連の強権的政策に沿うように 1817 年にトーリーの機関誌として発刊された *BEM* は政治と文学の分野で様々な論争を仕掛けていたのだが、ラウザーがトーリーであるという事実は、同誌が 10 月から始めていたハントとコックニー詩派に対する一連の攻撃を否応なしにキーツに思い出させたはずだった。当該号で主筆のロックハート (John Gibson Lockhart) が "Z" の筆名で掲載した評論は、彼みずからの命名になる「コックニー詩派」に対する戦いの火蓋を切る派手な打ち上げ花火となった。ハントのそれまでの発言や著作の内容を考慮すれば、"Z" の論評自体は正鵠を射るところ無きにしも非ずといったところだが、ともかくも全体がハ

ントと「その一派」に対する憎悪と悪意をむき出しにした嘲罵そのものであったことに間違いはない。同じく右派の *QR* 誌の嫌味たっぷりの『エンディミオン』評（1818 年 4 月）[15]など吹き飛ばすほど攻撃的であったため、"Z"の論評を前年に読んだキーツは友人ベイリーに「次は間違いなくぼくが標的になる」（*L* i 180）と予感の言葉を吐露していた。しかしながら、そもそもキーツの生育環境や教育歴についての芳しからざる情報をロックハートに明かしていたのは、ほかならぬベイリーその人であったのだ (Motion 300)。彼はむろんキーツ詩に窺われる欠点を弁明するつもりなのだったが、その友愛の心情が伝わることはなく、"Z" は情報を軽侮しつつ自身の論評の背景に鏤めてキーツ批判をおこなうことになる。実際にキーツに対する征矢が放たれたのはこの旅行を切り上げて帰宅することになった 8 月のことだったが、そこでキーツに対して執拗に加えられた讒謗は、のちに彼の寿命を縮めることになったという例の神話を生み出すほど酷いものであった。たしかにキーツは傷ついたことだろうが、それでも出版元の Hessey には「偉大な詩人たちに名を連ねられなくなるよりも、失敗した方がいい」（*L* i 374）と書き送り、この先も卑劣な批評や失敗に怯むことなく詩作に挑むとの意思を伝えていた。

　蛇足ながらひとこと付け加えておく。エグザミナーの伝えるところによれば (12 July) この選挙でブルムは無党派層 (independent men) を取り込み二位のラウザー弟の得票に僅差に迫る善戦をみせたものの (889 v. 1157)、自由土地保有者 (freeholders) の票を手堅く取り纏めたラウザー兄弟が最終的には勝利をおさめることになった。8 月 4 日に公示された庶民院議員一覧 (*GM* 1818–Sup II) には、ウェストモーランド州選出議員としてのラウザー家兄弟 (William, Henry) 両議員の名が見える。

　回りくどい言い方になったが、ともかくもこのようにワーズワスの不在がもたらせた落胆はそれのみに留まらず、キーツ自身の詩人生命を危うくするような事態出来への予感と不安に結びついたことであろう。しかしながら、そのような日常の醜悪が際立たせられるほどに美装を凝らす自然は、やがて詩人の鋭敏な感覚に非日常のヴェールの深奥を開示することになるのである。

風景美との交錯

　世俗の状況がどのようなものであれ、湖水地方の景観美はやはりキーツに特別な影響を及ぼしていた。ワーズワスに抱いた失望感も自作に加えられるかも知れない酷評への不安なども、じきに彼の心から拭い去られることになる。

　ライダル・マウントからグラスミアを抜けるおりに見た Dove Cottage のたたずまいは先輩詩人の慎ましやかな暮しの時代を偲ばせ、キーツの共感を誘うものだった。ギティングズも言うように、そこからケジックにいたる道すがら、ワーズワスの詩心を育んだ豊かな自然の美しさをキーツは心ゆくまで堪能したことであったろう (328)。それは手紙からも充分に推察される。すなわち、この地におけるキーツのさまざまな審美体験から得られた持続的な感動は、たしかに政争のあれこれに付随する功利的な縁故の倫理など、「不快なものを消散させる」(L i 192) に足るものだったのである。少し時間を巻き戻してこの旅でトムに宛てた最初の手紙を読んでみれば、ウィンダミアでの審美体験において自然とキーツの詩心がどのように交錯したのかが伝わってくる。それこそが、この地におけるキーツの体験の意義を理解するに際し、われわれが知っておくべき要諦なのである。

　6月26日――ぼくはただ「形式的に」(pro forma) 日付を書いたにすぎない。時間とか空間とかいうものは存在しない。このことはウィンダミアの湖や山並みを見た瞬間、否応なしにぼくの心に湧き上がってきたんだ――どんな具合だったかはうまく言えないけれど――ともかく、湖や山々はぼくの予想をはるかに超えていたんだよ――澄み渡る水――岸や水際まで緑に覆われた島々――雲まで届く周囲の山々…［中略］…この湖にも美観を損なうものはある――土地や湖水のことじゃない。そう、そうじゃないんだ。二か所で見た［湖の］景色は壮麗な静けさを湛えていた――あの景色が心から消えてしまうことは決してない――ああいう景観を目にすると、人は人生での区分などは忘れてしまう。年齢や、若

さ、貧しさ、富といったようなものをね。肉体の目が純化されて、大い
なる力による造化の妙をじっと動かず瞬きすらせずに見遣る、北極星の
ようになるんだよ。(*L* i 298–99)

　世俗化の波がこの地にも及んでいることは否めないが、湖水地方の絶景を
前にして、詩人の全身がこみ上げてきた高揚感に貫かれていることを思わせ
る文面である。引用文中で省略した箇所には先に引用したワーズワスとブル
ムの選挙戦を嘆く一節が入るのだが、その嘆きによって立てられた心の徒波
も、澄明な湖水の美に吸い込まれてしまうような様子が読み取れる。見逃し
てならないのは、初めて目にしたウィンダミアの風景がキーツの詩魂に及ぼ
した一種の異化作用である。恐怖感に襲われることこそなかったものの、彼
がその時に看取したのは、ワーズワスがあの「ボート盗み」のエピソードで
回想していたような、尋常ならざる瞬間に捉えられた自然の「未知なる存在
の様態」 "unknown modes of being" とおそらくは同根の存在様式であった
だろう。キーツの場合、この地の風景は視界に映ずる形象から日常性という
夾雑物を剥ぎ取ったように発現し、視覚を通して意識の内側に広がり、陶酔
感をともない存在を統べるような審美体験としてあった。それはいわば永遠
の相のもとに (*sub specie aeternitatis*) 黙示された不滅の美との交歓であり、
その美の前には世俗の瘴気など物の数ではなかった。手紙の日づけをただ
「形式的に」記したという詩人の言葉は、流れゆく時の裡に身を置きながら、
研ぎ澄まされた感覚が美の恒常なる様態を一瞬にして了解したことを告げ
る。その強烈な体験の密度を時間という尺度で測ることの無意味を諒とした
のである。時を超え、やがて詩人の耳朶に触れる、あのナイチンゲールの啼
声もまた一如。
　この風景の上に陽は昇り、沈み、闇の中に風景を置き去る。同じ運航が明
日も繰り返され、そして明後日もまた。この風景の美は時の移ろいとは無縁
に存在し続ける。そうであれば、昨日と今日に、そして今年と来年に、いか
ほどの違いがあろうか。詩人がこの地に足を運びこの風景を目にする前にど
れほどの朝があり、夕べがあったのか。誰とて知る由もない。この風景はこ

の先、詩人の存在が消え去った後も変わることなく存在し続ける——日、歳月、季節の区分などここでは意味をなさない。いわんや人の身分境遇をや。詩人は時を超え眼前に広がる風景に黙示された美と自身の交流の意味を、ここでたしかに記憶の襞に織り込んだ。

　この時、詩人は夜空高くに輝く不動の星に自身の存在を擬えようとするが、星は静寂に包まれた下界に光を注ぎ、人の心を静けさで満たす。その目には恒常の美のありようが映し出されている。地上に広がる美が孤高の星の清浄なる光に呼応するように、あたり一帯は清閑の気に包み込まれる。あたかも星から流れ出た霊液 (influence) が地上の万物を美と静謐により総攬したかのよう。天と地は美によりひとつの世界となる。詩人の言う純化されたまなざしが捉えるのは、そのような情景であったのだろう。「北極星のように」と訳さざるを得なかった原文は "into *a sort of* north star"（イタリック引用者）であるのだが、詩人はむろん北極星の高みから下界の全容を捉えるような視座を求めているのではない。空間的距離の伸暢ではなく、星の光のように時間的距離の果てない持続に存在を委ねることをひたすら願ったのである。

　いうまでもないことだが、現時、現処で人が捉え得る美とは、永遠の一瞬に開示される恒常の美の断片にすぎず、全容の把握などは不可能事でしかない。しかもなお、その濃密な邂逅の刹那が自己の紡ぎ出す瞬間の生のありように重ねられるのであれば、人生の区分も主観と客観の区分も忘失される。時の範疇から外れた状況が直覚されるのならば、その瞬間に詩人の存在は揺るぎない光を放つ北極星の恒常性に限りなく近づく、ないしは、同質となる。F・シュレーゲルの言う主体と客体との統一[16]が現出するのも、そのような時の体験であるはずだ。しかし、詩人が自己の存在を風景の中に想像的に抛擲し、自己と風景の境界が無となる想像体験を実感として得られるのだろうか。疑念一切をいっとき停止して自己が風景の裡に溶け入り風景の一部となったことを、感官の体験として実体化できるのだろうか。もし想像力がそれを可能とするのであれば、その時点でたしかに時空の枷は振りほどかれることになる。詩人の個我は流動化し、自己の内と外との区分も解消するで

あろう。"Negative Capability" (*L* i 193) の真価が問われるのは、このような瞬間の到来を虚心に受容できるか否かにかかっている。このような想像体験について少し考えてみよう。

　キーツにとって想像力はアダムの夢にたとえられたように、「きたるべき実体の影」(*L* i 185) であるという。理念と現実との区別や対立を無縁とするいわば神話的思考の観点に立てば、像は事物の謂となり、願望と成就を隔てる明確な区分けはなくなる。カッシーラー (Ernst Cassirer) に倣って言えば、神話的意識の発生と構成に決定的な意味をもっているのが夢であるからだ。神話的意識については章を改めて取りあげるが、窓辺に来て砂利をつつく雀やビリヤードの玉の回転にキーツが想像的に同化できると言うのは、自己の想い描く像と事物たる雀や玉に明確な線引きをして截然たる差異を認めるような論理的意識が、詩人から失われているか、あるいはきわめて希薄になっているからである。他を没我的に受容するという姿勢の本質もその辺りにあるのだろう。およそロマン派の想像力は分析的ではなく統合的に作用する指向性があるのだが、とりわけキーツにあっては思考経路自体が何によらず区分を曖昧にする方向にはたらくようだ。夢と覚醒の主題を構図とする作品が多いのはそのためでもあり、エンディミオンやイザベラ、マデラインなどのとる行動は、夢の内実と無縁であるどころか夢そのものに支配されてさえいるのである。しかし、これはなにも特殊なことではない。われわれが客観的現実と捉える世界での体験が、じつは予言や夢の世界の体験から測りしれぬほどの影響を受けていることについては、あらためて弁ずる要もない。神話的意識を念頭に極言すれば、像と事物との関係は「纏わる」という言葉がふさわしいほど緊密なのであり、像ははかなく消え去ることなく事物の等価として、あるいは、事物を胚胎する場として存在するのである。聖書やホメロスの世界はいうに及ばず、そのような神話的意識の具体例を記した文書典籍の類いは古今東西、枚挙に暇がなかろう。われわれとて、夢という仮象（の世界）によって現実の苦悩が癒されるのを体験することがある。それは夢による広義の救済と名づけてもいいだろう。

　本題に戻ろう。キーツの読者ならば、手紙の最後のくだりを読めばほぼ 1

年後に書かれたとされるソネット "Bright Star" を想起するだろう。そのセ
ステットからも窺われるように、詩人の希求するのは隠者のように超然と孤
高を保ち、地上の万物を眺める北極星の視座ではない。

No—yet still stedfast, still unchangeable,
　　Pillow'd upon my fair love's ripening breast,
To feel for ever its soft swell and fall,
　　Awake for ever in a sweet unrest,
Still, still to hear her tender-taken breath,
And so live ever—or else swoon to death. (9–14)

そうではなく——いつまでもじっと動かず、なお変わることなく、
　　恋人のふくよかな胸に　頭を載せて、
心地よく迫り上がり沈むさまを　いつまでも感じていたい、
　　甘美な不安に包まれて　永遠に目覚めていたい、
いつまでも、いつまでも　その穏やかな息遣いを耳にして、
そのまま生きつづけたい——でなければ　恍惚の裡に息絶えたい。

彼は願う。北極星が万物に注ぐ恒常の光を双眸に受け、恋人の胸に頭を載せ
彼女の息遣いを感じつつ、彫像のように恋人とともにいつまでもじっと動か
ず留まっていることを。もしそれが叶わないのであれば、今の恍惚感に浸り
つつ死へと移りゆくことを。これは詩、名声、美という、人生において詩人
の自我を無とするほど激しい三つの体験の先にある、恍惚の極点に死を位置
づけた "Why did I laugh tonight? No voice will tell" にも通じる死生観で
ある。それは、生と死が存在の様式のみ異なり本質的に同一の連続した事象
であるとする、神話的な思考である。だが、ウィンダミアで詩人が言及して
いたのは、あたかも日常性の埒外にある視座から、北極星のように揺るがぬ
視界に美の永遠なる様態を収めているかのような感覚であった。それが実際
には有限の身に叶わぬことであるならば、対象として眺めている現時、現処

の美たる風景に意識を感応させて自己投擲し、自己の存在を取り込む風景と
しての異化作用を体感するほかあるまい。現実の自己と風景の中に投擲され
た想像裡の自己と入れ替わった自己を実感することは、じつはこの詩人にと
ってさして困難なことではなかったはずである。

　べつな言い方をすれば、少なくともウィンダミアの風景は、詩人の直截的
な審美体験を通して美の永遠なる様態を受容する力を彼の裡に覚醒させたの
ではないか。そうであるならば、この風景を審美的に受容することの真義は
何であろうか。それは「壮麗な静けさ」を湛え広がる美の生ける力が詩人の
深奥に沈潜し、やがて意識が生み出す裡なる風景の中に想像力を解き放ち、
無碍なる創造行為に到達すること、すなわち、主客融合の詩を生む糧とする
ことに尽きようか。ブラウンの「旅日誌」にもウィンダミアやアンブルサイ
ドなどの景観が書き込まれており、その筆致から推察するに、ブラウンもま
た当代の論議喧しい崇高と美の違いを一応はわきまえているようであり
(422, 428)、その叙述には信憑性がある。しかもなお、熱狂的で委細である
ブラウンの描写に比べれば、キーツの表現は控えめではあるものの、そこか
らはつとめて感嘆の波動を抑え静かに風景の精髄を玩味しようとする気持が
伝わってくる。「叙述することなどいつだって役に立ちはしない」(*L* i 301)
とした言葉どおり、キーツにとって重要なのは克明な記録を残すことではな
く、この風景と美にかかわる審美体験のすべてを自身の血肉と化し、ひたす
ら独自の詩魂を陶冶することであった。そして、詩人は自己と自然とのあい
だでなされる主客融合の意味を、はからずも翌日に看取することになる。そ
れは新たな自己の発見とも名づけられる体験であった。

　他の多くのロマン派詩人と同様、キーツのように鋭敏な感官を具えた人間
は、ピクチャレスクの範疇にのみ収まる風景を求めて止しとすることはない。
御浚いしておこう。ピクチャレスク理論の唱導者のひとりであり、ペイン・
ナイトの友人でもあったプライスが、その著書 *An Essay on the Picturesque*
(1794) の副題に「現実の風景を改善するために」と記したのが象徴的であ
るように、ピクチャレスクの風景とは自然のありのままの風景ではなく、ま
さに人為的に改造された景観を意味する。ギルピンやペイン・ナイト、また

プライスも、ピクチャレスクの風景を構成する必須の要素として暗闇、曖昧、朦朧や歪み、廃墟など、およそ 18 世紀的な美の観念とは相いれない術語を挙げている (Price 62–77)。注意すべきは、これらがみな崇高の概念につらなる特質でもあり、多少なりとも時の経過、あるいは未開や未知という概念にかかわっていることである。崇高やピクチャレスクの議論がおりからのゴシック復興とあいまって、断片、不完全、縹渺たるものなどを偏愛するロマン派の想像力を刺戟したのも、当然といえば当然のことであった。すでにヤングやブレアなど「墓場派」の詩人の作品によっても裏書きされていたように、これらの要素はイギリス国民の通性ともいえる憂鬱趣味に応えるものであり、急速に旅客マイルを増加させつつある旅行者の求める情趣の淵源でもあった。しかし、これらの旅行者は未踏の地の手つかずの自然を求めはしたものの、実際にかれらが好んで見たのは、ウェストをはじめとしてギルピンやペイン・ナイトが旅行者必携と奨励する Claude Glass あるいは Gray Glass という一種の平凸レンズの映し出すような、理想的に歪められた眺望だった。すなわち、旅行案内書を読んで平凸レンズを使うという、じつは心理的にも物理的にもバイアスのかけられた景観を体験することこそが、ピクチャレスクを求める旅行者の意にかなうものだったのである。それは実際の風景を想像力というレンズを通して見るという行為に比肩されよう。

　眼前の風景をピクチャレスクな風景として眺めるということは、とりもなおさず鑑賞者が自然の風景の欠陥を鏡面に拠って「改善」するか、あるいはピクチャレスク理論の枠組みに拠って想像裡に風景を歪曲しているのである。自然が絵画の法則にしたがうほどにピクチャレスクな風景は、より高度に完成されたものに近づく。「ピクチャレスクな対象や環境は絵画の技法に通暁した者に対してのみ喜びをもたらす」としたペイン・ナイトの言葉 (*Inquiry* II ii 23) は、尊大でも何でもない。自然を人為の枠組みに収め、人間の手によって自然を支配するという意味において、ピクチャレスクの美学はすぐれて 18 世紀的審美観の産物なのである。

　これに対し、ロマン派の想像力はピクチャレスクという審美観の境界域に留まることなく、18 世紀的理想美の枠組みをも飛び越えようとする。再言

するが、ピクチャレスクとはつまるところ現実の風景を改善するための手段
の範疇でしかないのであり、プライスも認めざるを得なかったように模倣芸
術の域を出ることはない (Price 123)。絶え間なく生成と発動を繰り返すロ
マン派の想像力はそのような芸術の際限を押し破り、つねに遥かなる新たな
地平を開拓しようとする。「模倣」から「斬新」への移行はたしかにロマン
派の想像力をさらに堅固で壮大な審美規範である崇高へとむかわせる (Trott
77) のだが、崇高とてつねに新たな地平を求めるという属性そのものが完結
性という概念とは相いれないことはいうまでもない。ロマン派の本質は形
態、内実ともに断片であり不完全なるものを指向する。キーツ自身も旅行中
の書簡で 6 回 (*L* i 304, 322, 387, 398, 403)[17]「崇高」という言葉を使っては
いるが、崇高をピクチャレスクと同列に位置づけるかと思えば、人の性格描
写に関わる用語としたりするなど一定していない。これらはいずれもバーク
の定義とは異なるし、修辞的意味における「秀逸」を「崇高」としたロンギ
ノスの定義からも外れる。妥当性から考えれば、ミケランジェロの作品を評
して「ほかに美を語る言葉が見当たらないときにそれを補って余りある術
語」としたレノルズの評言 (5th Discourse) にもっとも近いのではないか。
換言すれば、キーツにとっての「崇高」とは独立した審美的範疇に収まる言
葉ではない。それはただ対象の美しさをあらわす別賓辞として、文字どおり
人の情感を純化するような様態を指示する言葉として意識されていたのでは
ないか。

　それでは、ここでトムに宛てた詩人の手紙を手掛かりにして、旅路で体験
した出来事により詩人がどれほど「遠くまで詩の領域を掌握」し、対象との
距離を縮めたのかを考えてみよう。

　6 月 27 日の朝、ワーズワス家訪問に先立って、キーツとブラウンは宿か
らほど近いアンブルサイドの滝を見に行ったのだが、この時の様子を語る手
紙の箇所には、滝とその周囲の景観に向き合ったおりのキーツの没我的な受
容の姿勢が端的に描かれている。

　　　何よりもぼくが驚いたのは、音や色彩、石板、石塊、苔、岩藻といった

ようなもの、あるいは、こう言っていいなら、ああいう場の知性とか表情とかいうものだよ。空間や、山々、滝などは実物を目にする前から充分に想像できる。でも、いま言ったような表情とか知的な気配といったものはどんなに想像力を働かせても浮かんでこないし、どれほど記憶の糸を手繰り寄せても出てくることはないんだ。ぼくはこの地で詩を学んで、これからは今までにも増して沢山の詩を書くよ。想像力を駆使して努力すれば、ここにある壮麗な風景の美をもとにして、優れた精神が人の賞翫に適うように創造する霊妙な作品世界の一端を、及ばずながらぼくが担うことになるだろう。ハズリットはここの風景が人を小さく感じさせると言ったけれど、ぼくはそうは思わない。こんな風に自分の背丈のことをまったく忘れてしまったことなどはなかったのだよ――ぼくは目の中に生きている。だから、想像力も圧倒されてしまい今はお休み中なんだ。(*L* i 301)

　山々も飛泉も風景を構成する自然の要素にすぎないのだが、キーツはその場に満ちる「気」のようなものを看取して息をのんだ。場の光景にそなわる色彩や広がり、音や形態と対峙した時に、彼はそれと気づくことなく感覚を研ぎ澄ませ、全身の神経を目に集中させていた。想像上でも、また実際でも、彼はこの時ほど自然との濃密な交わりを体験したことはなかった。すなわち、この時までの彼は、非情の風景の裡に有情の存在がもつ「表情とか知的な気配」に比肩しうるものを感知することがなかったのである。それはおそらく Walker (23) の言うような風景に具わる「有機的な活力」 "organic vigour" であったのかもしれないが、その力はキーツ自身に現実の自己の存在を忘れさせ、彼を自然の有機的部分として融和にいざなうものであった。おそらくは自然という存在の気配を察することにより、キーツの肉体から詩人の肉がほどかれて、自然の内側に沁み込んでいくような感覚であったといえようか。しかもなお、その風景自体はありのままの現実であり、キーツが「改善」したものではなかったし、崇高のように彼の裡に「恐怖」や「苦痛」の念を呼び起こすこともなかった。風景を凝視するうちに現実の存在感を維

持する詩人の自我は限りなく希薄となる。詩人は肉体をもつ自己という個別の存在を我知らず放棄することで、外界の存在一般と同化することの可能性に覚醒したのである。すなわち、風景を構成する自然の要素として生き、万象を眺める。現実が夢想の謂となり、夢想が現実の謂となる瞬間を迎えた。

　観照とも呼びうるこの状態はほんの一瞬の体験であろうとも、詩人は「目の中に」生きる刹那に自己と対象の距離を失い、他者（＝外界）の裡なる自己という新たな生のリアリティに到達する。詩人が「詩を学んで」今まで以上に「沢山の詩を書く」との言葉を発したのは、感覚体験が頭（かぶり）する間に消滅するものであろうとも、そのような体験を表現しうる言葉に到達するまでの道程を示す意図があったからこそであろう。およそ 6 か月前に自身が発した "Negative Capability" (L i 193–94) という言葉を使うことこそなかったものの、ライダル飛泉におけるこの体験で彼はおそらく「神秘の深奥」"Penetralium of mystery" に近づくことになったのだ。これからおよそ半年後に、彼の詩作にとって豊饒なる驚異の年がはじまる。

　ボウネスからウィンダミアに来るまでのあいだに、二人の若者は薄霧に烟る山々とウィンダミアの湖を目にしていた。ブラウンの「旅日誌」によれば、かれらは畏れを抱かせるほど壮麗な、まさに崇高と形容するにふさわしい自然の景観に、感覚が麻痺させられたかのようにただ呆然と目を瞠っていたという。二人はそれぞれの感慨に耽っていたのであろうが、キーツはロンドンの街中での反応とは打って変わった様子を見せ、きっと神はいると確信していたに違いなかった、とブラウンは書き残している (426)。たしかに、キーツにとってもそれは信じられないような景色に違いなかったが、彼の場合は景観の背後に何か超越的な力を想像するというよりも、むしろ自然がその中に彼の個我を流出させ自身の存在のありようを限りなく流動的に拡大させることを、体験的事実として把握し、了解したという方がより近いだろう。この認識はたんなる想像に留まるものではなく、自然と感覚が直截的に交錯したことによりもたらされた体験そのものなのだ。その時、詩人の主観と客観との境界はきわめて曖昧になっていた。詩人はハズリットとは異なり自身

の個我と外界とを隔てる明確な線引をおこなうことはなく、また空間的に自分がどのように存在しているのかもはっきり認識していたわけではない。彼の体験の印象はあまりにも強く深く意識の襞に刻印されたため想像力が発動する用もなかったようだが、じつはそのような印象こそが想像力の創造プロセスの根幹に位置づけられることになるのである。美と芸術（＝詩）は、没我的な受容を介し詩人の裡で有機的に統合される。換言すれば、宗教的、超越的という概念から離れ、感覚の直截体験として捉えられた美が、倫理的束縛に煩わされることなく芸術作品という事物に収斂することである。この地で「詩を学ぶ」とキーツは言ったが、たしかにワーズワスと同様、彼もまたこの地の風景という美の素材から多くの実りを収穫し、それらを詩作品に昇華してやがて来るべき世代の人びとに豊かな喜びをもたらすことになる。

　その後、キーツとブラウンは徒歩と駅馬車の利用を繰り返しつつ北にむかい、ポートパトリックからアイルランドに船で渡り、またスコットランドに戻り、敬愛するバーンズゆかりの各地を訪れ、"Hyperion" の背景世界につながる Fingal's Cave とマル島巡りを経たのち、ハイランドを横断すべく北東への行路をたどる。7月22日に二人がマル島に逗留しており、キーツは友人ベイリーに宛てた手紙 (L i 343) にバーンズ・カントリーを訪れたあとの心象を綴った詩を書き残している。その詩 "There is a joy in footing slow across a silent plain" は、ワーズワスの "Intimations of Immortality" のオードの一節を想起させるものがあり、詩人の想像力がこの世の生そのものへの郷愁を秘めつつ旅路に記した軌跡のありようを叙するものとなった。

> Scanty the hour and few the steps, beyond the bourn of care,
> Beyond the sweet and bitter world—beyond it unaware;
> Scanty the hour and few the steps, because a longer stay
> Would bar return and make a man forget his mortal way. (29–32)

　煩い多きこの世の際から　踏み出す刻は短く歩数は僅かに、

歓喜と苦悩の混じる世を越え——それと知らずに超え出ても。
踏み越える刻(とき)と矩(のり)は僅かにすべし、長居は無用
帰路は閉ざされ、死すべき定めも忘れるゆえに。

詩人の初めての長旅である *Bildungsreise* は、非日常の稀有な体験を通じて狙いどおり詩魂の涵養に資するものとなった。やがて、彼もまたエンディミオンと同じく、あの卑俗なるも懐かしい「日常の自我への旅路」をたどりゆく。その先には『エンディミオン』を脱した世界が待っているはずだった。

もう千日の命

　ここまで書き継いできて、それにしても……と、なお思う。上掲の詩が書かれるおよそ 1 週間前、おそらくは 7 月 11 日に、詩人はバーンズに捧げ "This mortal body of a thousand days" という奇妙なタイトルのソネットを書いている。これは Alloway にあるバーンズ詣での社たる彼の生家を訪れたおりに、酔漢がくだ巻く酒屋 (whisky-shop) に改造された一間しかないその家の屋根の下で書かれたものであり、"There is a joy …" の詩はこの詩の欠点を埋め合わせる意図で書かれたという。親友レノルズに宛てた書簡 (*L* i 322–26) でも「お粗末な」という形容詞つきのこの詩を書いた状況が述べられているが、バーンズの思い出にとウィスキー ("Toddy") で何杯か盃を重ねたためなのか、それともあまりにもうらぶれた小屋の有様にバーンズの「生の悲惨がペンのひどい重荷」と感じられたためなのか、ともかくも出来損ないの詩だということでキーツは原本を廃棄しようとした。さいわい廃棄される前にブラウンが書き留めていたために忘失を免れたのだが、ミルンズの伝記 (1848) で紹介されるまでは人目に触れることはなかった。[18]

This mortal body of a thousand days
　　　Now fills, O Burns, a space in thine own room,
Where thou didst dream alone on budded bays,

Happy and thoughtless of thy day of doom!
My pulse is warm with thine old barley-bree,
My head is light with pledging a great soul,
My eyes are wandering, and I cannot see,
Fancy is dead and drunken at its goal;
Yet can I stamp my foot upon thy floor,
Yet can I ope thy window-sash to find
The meadow thou hast tramped o'er and o'er,—
Yet can I think of thee till thought is blind,—
Yet can I gulp a bumper to thy name,—
O smile among the shades, for this is fame!

この命　もう千日の定めだが
　　いまは、バーンズよ、きみが過ごした部屋の中にいる、
ここでひとりきみは　月桂樹の芽吹く夢を見ていた、
　　どんな定めが待つかは知らねど　楽しい夢だったろう！
きみがよく呑んでた麦芽酒で　体はぬくもり、
　　大いなる魂に杯かさね　頭はふらふら、
目はただよいながれ　さだまらず、
　　夢想なんぞは翼をとじて　酔いの極みももうまぢか。
でもこの足は　床ふみしめられるし、
　　あの窓あけて　きみが幾度も　いくども
重い足ひきずりあるいた　原っぱだって見られるさ、――
　　とことん酔っちまうまで　きみのこと思っていられる、――
きみの名たたえて　あふれんばかりの杯をグビッと干して、――
　　ああ　死者に囲まれ微笑むんだ、これが名声なんだ！

　酔いと悲しみ、哀れみなどが綯交ぜになったソネットであり、詩人が廃棄しようと思ったこともわからぬではない。生家に来るまでの道すがら目に

したスコットランドの貧困がもたらした悲惨な事例の数多に、キーツはバーンズの姿を重ねて見ていたのであろうと推察したのはギティングズだが (Gittings 330–33)、さもありなん。後年、詩壇でもて囃されることになった時期を除けば、バーンズの生涯の多くの歳月には貧困と失意（と不品行）がついて回り、そこから紡ぎ出された作品からも、貧境の苦悩が彼の骨身深くに刻み込まれていたことが容易に推察できる。いま実際に足を踏み入れた一間きりの生家が象徴するように、この「大いなる魂」バーンズの生が受けていたさまざまな制約を、キーツは 14 行という限定的な――しかし時として無限の可能性をはらむ――詩空間に押し込んだのだ。あるいはここに詠まれたバーンズの姿には、詩的成功を願いながらいまだ手に入れられぬキーツ自身が韜晦されていたのかもしれない。あの酔漢が二人に語ったバーンズとのうんざりするような思い出話に加えて、ブラウンによれば (KC ii 62)、生家が酒場に改造されたことも、酒場の親父が飲んだくれであったことも、生家の屋根の下でソネットを書きたいとしていたキーツの創作意欲そのものを、限りなく削いだようだ。不愉快な酔漢の言葉や不景気な家の有様などを振り払うように、詩人は予期したように「楽しい」詩を書きはしたが、その結果には満足していなかったとするロウの見解 (Keats 248) もいちおうは納得できる。しかし、どうにも解せないのは「千日の命」の方である。

　なぜキーツは自身の生を千日と言い切ったのか。詩人の命日である 1821 年 2 月 23 日を射程に収めて数えてみれば、ソネットを書いた時点で詩人の実際の余命は 958 日（1820 年は閏年）であり、「千日」にひと月と少し欠けるのみなのではあるのだが。キーツの死の日から説き起こし、逆算するように独自の視点から伝記を書いたプラムリー (Stanley Plumly) は、ウォードの心理学的考察を援用しつつここにキーツの結核発病への不安を読み取ったものの (140–46)、「千」という数字の出所は確定していない。

　キーツが自身の死にかかわる言葉を発したことは一再ならずある。とりわけベイリーに宛てて "There is a joy …" の詩を書き送った手紙には、「これから先の三年まで生き延びることができるなら」"if I live to the completion of three next [years]" と記した一節があるし、詩人の資質を論じたウッドハ

ウス宛の手紙 (*L* i 387) でも、この世の中のためにどうしても何か貢献した
いと念じつつ「もし生きていられるのであれば」"if I should be spared" と
の条件を付している。前者の手紙は先述したように 7 月 22 日に、後者はハ
ムステッドに戻ったあと 10 月 27 日に、それぞれ書かれている。ブラウン
の伝記によれば、この旅から一年半ほど経た 1820 年 2 月 3 日に喀血したキ
ーツは、血の色を見てブラウンにそれが「ぼくの死の認定書」"my death-
warrant" だと言ったとされる (*KC* ii 74)。それから半年後の 7 月 22 日には、
過去 2、3 年で体がひどく弱ってしまったため「もうほとんど病に立ち向か
う気力がなくなった」"scar[c]ely able to make head against illness" (*L* ii
309) と妹のファニーに書き送っている。

　これだけで即断するわけにはいかないが、キーツが「千日の命」と表現し
たことには、自身に与えられた短い命数に関して何か予感するところがあっ
たのではないか。それともモーションの評にあるように (283)、あくまでも
修辞的に用いられた「千」が図らずも彼の余命に符合したという可能性もあ
るだろう。事実関係はどうであったのか。Jennings 家の宿痾である結核に
母親 Frances を奪われ、末弟トムもいままた回復の見込みのないその病の床
につき、キーツ自身もこの 3 月に咽喉炎を再発し、5 月からしばらくは健康
がすぐれずにいた。ウォードの見解では、これが前の夏に罹患した梅毒の二
次徴候であることはキーツにもわかっていた (185) とされる。しかし、書簡
や作品から判断するかぎり、旅路についた 6 月下旬からマル島で風邪をひ
く 7 月末までのおよそ 1 か月間は、キーツの生涯で珍しく気力、体力とも
に充実していた時期であったように思われる。ロンドンで病床に臥すトムの
ことは絶えず気にかけ、海のかなたの未知の国で生活を始めるジョージらに
対する思いやりの気持も、いつものように維持していた。しかしながら、北
の国のとりわけ寒く厳しい天候に晒され、劣悪な食事と宿に悩まされつつ強
行軍の徒歩旅行を続けるあいだに、充実していたはずの気力、体力そのもの
が抜け落ち、咽喉炎が再発し悪化したとしても無理はない。マル島で屈強な
ブラウンの気力をも失わせるほどの悪天候の中、37 マイルにおよぶ強行軍
をも決行した北国の旅は、キーツの当初の狙い通り、たしかにその後の詩作

にとって豊かなイメージや詩想の手掛かりをあまた与えはした。しかしながら、健康を損なう難敵の襲来に、やがては旅程そのものを切り上げざるを得なくなる代償を伴うものとなった。自身の裡に流れる家系の血により顕れるべくしてあらわれた病の兆候を、医師としての観察眼をもつキーツであればおそらく見逃すことはなかったであろう。

　「千」が文字どおりの数を示すのはいうまでもないが、「多くの」とか「無数の」というように比喩的に用いられることもごく普通である。というより、日常的にはむしろ後者の意味で使われることの方が多いのではないか。じっさいキーツが "thousand" を使った例は書簡で 34 箇所、詩で 41 箇所あるが、用例の前後の脈絡をも勘案すれば、「千」が明確な数詞として使われているとみなしうるのはそれぞれ 1 箇所か 2 箇所だけしかない。その他はいずれも比喩的で、曖昧に「多数」をあらわす言葉として使われている。これらの用例とキーツが自身の健康状態に関して抱いていた見解、あるいは懸念、を考慮すれば、「千日の命」は、どうやらぼんやりと「三年ほどの余命」を感じていた詩人の言葉であったと考えてよさそうだ。これを短いとみるか長いとみるかは詩人自身の生の意識にかかわる問題であり、軽々に判断することはできない。しかしながら、この詩の最終行にある名声などこんなものとでも言いたげなアイロニカルな結語が、ほぼ半年後に書かれる先述したソネット ("Why did I laugh tonight?) の「嗤い」の意味に通じるものであろうことは、ここで指摘しておきたい。

　キーツにとって "Verse, fame, and beauty" (13) が、それぞれ自我と対象（主観と客観）の径庭を消滅させる「激しさ」 "intensity" をもっていたことはすでに述べた。あるいは、この「激しさ」は、Bate の理解[19]を頭の隅に置いて考えれば、対象の美と真の同一性を妨げる「不快なるもの」 "the dis-agreeables" (L i 192) を消散させるように想像力に強く働きかける力、ということにもなるだろう。ともかくも、このような意味において、「激しさ」は没我的な受容力を詩作の原理とする詩人にとり、観察の対象に欠くべからざる要件であったはずだ。けだし、これらの対象は詩人の個我を吸着してしまうほど強い欲求を掻き立てるものであるのだが、詩人はそのいずれの激し

さもいまだ体験できずにいる、と思い悩んでいた。なぜ同化の激しさそのものを体験できずにいるのか、と彼は真夜中に自己の心に向けて問う。だが考えてみよ。希求するこの個我も対象もろともすべて収斂させ、等しく無となすものがひとつある——死。死こそ求めてやまない三つの対象にもましてなお激しい、生の体験なのである。死は生を完成に導く大前提として了解されるべきものであるが、キーツの生涯において絶えず意識せざるをえない「存在」であったはずだ。ゆえに、死とは、詩、名声、美のすべてを、その生を賭して意識的に求め続けてきた者に対する「大いなる褒章」"life's high meed" (14) として、最後に叶えてくれる究極の激しさに他ならない。改めてこのことに思い到れば、あとはただ「わらう」しかないであろう。

第3章

断片の美学

*Gentleman's Magazine*1818年1月号に以下のようなソネットが掲載された。

Are these the fragments of the glorious prime
    Of that great Empire, mistress of the world,
    Who, Queen of Nations, high in air unfurl'd
Her standard, and outstretch'd her arm sublime?—
Yes! and they mock at all-devouring Time;
    For oft, in anger, at yon fane he hurl'd
His iron rod, but prostrate at the shrine
    Of the Great Goddess harmlessly it fell,
    Till he, struck motionless, as with a spell,
Gazed wildly, and proclaim'd the power divine.
Phidias! thou hast immortalized thy name
    In these thy handy-works, and they will tell
Loud as ten thousand thunderings thy fame
    Wherever truth and beauty deign to dwell.

これらが　かつて世界の覇者として
国々の女王として、その崇高なる腕を伸ばし
翩翻と軍旗を空にひるがえらせた、あの大いなる帝国の
誇るべき精華を　今に伝える断片なのか——
然り。これらはすべてを貪り喰らう〈時〉に　冷笑を浴びせきたった。
〈時〉は怒り、しばしば鉄杖を彼方の神殿に向け
投げつけはしたものの、荘厳なる女神の社を前にして

杖は力なく　ひれ伏すように地に墜ちた、
〈時〉は呪縛されたかのように　身動きすらできず、
荒々しい眼差しを向け、神の通力を公然と認めたのだった。
フェイディアスよ！そなたは　これら傑出せる手技により
その名を不朽のものとなし、これらはまた
真と美の在す処処　響動もす雷鳴さながらに
そなたの英名を　知らしめるところとなろうぞ。

＊＊＊＊＊＊

　古代ギリシアの彫像に関する詩作コンテストがオックス・ブリッジ両大学の肝煎りで始まったのは1805年のことであり、爾来毎年、秀作が公開の場で朗読され、新聞などにも掲載されることになった。上掲のソネットにフェイディアスの名がみえるように、これもまた先に論じたエルギン・マーブルの芸術性を礼讃するものに他ならない。ソネットの作者は不明であるが、措辞をみればいずれハント・サークルに関わりをもつか、あるいはそれに近い人間であろうかとも推察される。作者の詮索は措くとして、この大理石群像に関しては毀誉褒貶、多様な言辞が費やされてきたことはすでに見てきた。キーツが版画や複製、さらには実物を通して彫刻に触れ、そこから吸収した滋養を作品の造形的なイメージに投影していたことも、すでに旧聞に属するところである。群像との衝撃的な出会いの印象をもとに書かれた彼のソネットは二篇あるが、そのうちの一篇 "On Seeing the Elgin Marbles" では自身が大空をみつめる「病める鷲」"a sick eagle" にたとえられており、彫像に具わる尋常ならざる美の高みへの憧憬と、生身の肉体を具えるがゆえにそこに辿りつくことのできぬ詩才のもどかしさが、悲しみを伴い表出されている。それでも、「櫂は折れ、帆布も破れたおんぼろ船で／のろのろと」("To Charles Cowden Clarke" 17–18) 詩の大海原に漕ぎ出したばかりのキーツにとり、二編のソネットはヘレニズム文化がこの先の航海への大きな指針となるような予感を抱かせる作品となった。

　ソネットには 14 行という形式上の制約があるとはいえ、上掲のソネット
やその他のソネットも含めてエルギン・マーブルに言及する詩人らの作品に
共通しているのは、個々の像や小間壁 (metope) また装飾帯 (frieze) などに
彫り込まれた形象に関して、直截的な表現がほとんど見当たらないことであ
る。完全な形態を保持している彫像が皆無に等しいために、群像は伝統的な
審美観による評価を拒んでいたのであろうか。いや、そうではない。群像は
ただひたすらその断片性ゆえに、人の審美眼の焦点を定めさせなかったので
はない。すでに見たように、古代アテナイの民主政治と芸術が手を携えて絶
頂期を迎えた紀元前 5 世紀に、天才彫刻家の手によって生み出されたのが彫
像の極北と位置づけられるエルギン・マーブルであった。そして、南欧に発
したギリシア文明の精華が遥かなる時の廻廊を巡りきて、西ローマのヴェー
ルを被らず直截にこの北国イギリスの光を浴びたのがまさしくこの時であり、
それはこの国の人びとにとってはまさしく驚嘆すべき出来事なのであった。[1]

　啓蒙時代にイギリスの岸辺に押し寄せてきたヘレニズムの大波は、おもに
視覚芸術を通してこの国に多大な影響をもたらせた。キーツが詩人として生
きた 1816 年から 1820 年にかけてのイギリスは視覚・造形芸術に対する興
味が大いに高まった時期であり、古代遺物に対する 18 世紀いらいの人びと
の関心はかつてないほどの昂進を見せていた。『芸術紀要』Annals of the
Fine Arts が 1816 年に発刊されたのは時代の潮流に掉さすものであったのだ
が、その背景には、この国の教養人の文化的識見の高さがあったことはいう
までもない。それでも、長らく続いた戦争の終結により人びとの心には政治
的な安堵感が生じ、かれらの意識を広義の文化事象の発現に向けさせたとい
う背景も忘れてはならない。[2] 左翼の論陣を先導していたエグザミナーも、
筆禍事件の刑期を終えてハント兄弟が出獄した 1815 年 2 月以降には文化欄
の一層の充実にむけて舵を切った。また、1818 年に GM が従来の文化欄に
加えて新たに「芸術・科学情報欄」“Intelligence relative to Arts and
Science” を登場させたのは、総合誌の嚆矢としての矜恃であったというべ
きか。時あたかも古代遺跡の発掘ブームの真っただ中。ポンペイはいうに及
ばず、ヘラクレネウム (Herculaneum) やポルティチ (Portici) などから発掘

されて今に名を残す数多の遺物が、次つぎと大英博物館に運び込まれて人び
との耳目を集めていた。遺物のほとんどは断片化したものであったのだが、
その中でエルギン・マーブルは質と量の両義においてやはり一頭地を抜く存
在であった。最終的に議会がこの群像を購入すると結論するにいたったこと
は、いわゆる18世紀的な理想美に究極の価値を認めた審美観が、ロマン主
義的審美観に価値判断基準の座を譲ったということを意味する。実質的に、
それは広義の「断片」に積極的価値をみとめる新しい審美観にほかならず、形
態の完成度や芸術作品一般の出自の正統性、信憑性を価値判断の大きな拠り
所としてきた伝統的な審美観は、激動の時代のエトスに促されるかのように
今まさに揺らぐことのなかったその地位を明け渡すことになったのである。

　冒頭に掲げたソネットは、たしかに〈時〉の「鉄杖」をも不可侵となす群像
の通力を称えてはいる。しかし、キーツのエクフラシスを詳細に論じたG・
F・スコット[3]ならずともバイアスをかけずに読んでみれば、当たり前のこ
とながらこれらの像が〈時〉の無力を嘲るどころか「すべてを貪り喰らう」
〈時〉の表象そのものになっていることに気がつくはずである。断片化した
彫像自体が〈時〉の破壊力の証左であり、それは現世の存在のはかなさと断
片性を物語るものにほかなるまい。ソネットの作者自身も文字通り「呪縛さ
れたかのように」、今なお〈時〉がこれらの彫像を侵食し続けている事実に
背を向けているかのようである。冒頭行（訳では4行目）で作者は群像を
「断片」であると認めているが、しかもなお、以下の行で群像の断片性を図
として地の歴史的背景から浮き上がらせるような筆致はない。ソネットとい
う形式の性質上、個々の彫像の特質に言及するいとまはないため、ここでは
本来の図と地の関係が逆転し、図は地の下に敷きこまれ当代の文化潮流に乗
る歴史性こそが前景化されているようである。それでも、これらの断片が
「大いなる帝国の／誇るべき精華」を鮮明に今に伝え、ロマン派時代の人び
との想像力をも大いに刺戟し、数多の生ける詩行を誕生させた遺物であった
ことは間違いない。最終4行がそのことを語っている。断片が単に完全体
の損失様態としてのみ存在するのではないことを忘れてはならない。断片化
して神殿の装飾という本来の機能を奪われながら、なお鑑賞者の目を奪って

やまぬ形態美の恒常性の何たるかが、そこに表出されているのである。この意味において〈時〉の破壊力は限定的といえるのだろう。大局的にいって、断片としての彫像は、〈時〉がその流れの中で形態を捉えたという事実と同時に、〈時〉の流れ自体が形態によって捉えられているという、いわば時間と形態にかかわる存在の二重性を表出していると考えられる。この二重性について、もう少し具体的に検証してみよう。

　Janowitz は断片が過去と未来の両義の方向性をはらむことの理を説いたが (CR 442)、その要諦は断片たる事物とは全体性の不在ゆえに過去を抽象した形として、また、未来における構想実現の可能態として現在する、というところにある。しかも、現存する断片は、断片以外では語ることのできない意味をも帯同する。すでにシュレーゲルが喝破していたことでもあるが ("Athenaeum" #22)、断片には過去や未来という時の方向性を超えて、不在を現在させるような一種の創造的喚起力がある。神意がその創造行為として実在化されるように、断片は観念の実在化を促す。すなわち、アプリオリ（演繹的）な経験上の根拠を必要とせず、観念 (ideal) と可能的な事象内容たる実在 (real) の結合と分離にかかわるものとして、観察者に訴えかけてくるのである。わかりやすい例として、ここでワーズワスの作品を例に考えてみよう。

　Margaret 一家のかつての生活が失われた「廃屋」 "The Ruined Cottage" や、完成することなく打ち棄てられた「マイケル」 "Michael" の羊囲いには、完全体には保ちえない別次元の意味を読み込むことができる (Levinson 222)。実体を現実に支えるはずの機能が奪われているために、小屋も羊囲いも限定的で個別的な時空間の価値体系からは外れる。しかし、それらは同時にはるかに堅牢で持続的な存在として、想像力の開示する、より高次の現実——そこでは実在と仮象が入れ替わる——における再生の可能性を胚胎する。マーガレットとマイケルはそれぞれ具体的な所有者（行為者）としての役割を失うことにより、廃屋と未完の羊囲いの個別性を取り払い抽象化し、象徴的な事物に転生させる行為者となる。換言すれば、小屋や羊囲いは断片化して廃屋や瓦礫の山となり現実世界での有用性が剥ぎ取られたことにより、詩空間より促される物語誕生の契機として存在意義をまとうのである。廃屋の井戸

の傍らに残された欠けた椀などという名づけようもない生活の残滓ですら、実際の使用者を失うことで物語が紡ぎ出される機縁になるのと同断である。断片には通常では感知しえぬ非日常の次元へと、人の意識をいざなう力がある。不在の在である。ちょうど、あのギリシアの壺からキーツが聴き分けた「耳に響かぬ調べ」が、音という現世の属性から解き放たれているために妙なる調べとなり、心耳を澄ます者には「つねに新しい」音として響いたように。

断片と境界

　ロマン派の存在意義は作品の断片性にこそある。断片こそがロマン派文学の典型であるということもできるが (Levinson 6)、それはロマン主義が一点にとどまることなく、絶え間ない発展に向けた生成の途上にあるからにほかならない。絶え間ない発展とは、また絶え間ない断片化ということに等しい。そして、そのような特質はとりわけ詩人キーツに顕著なのである。

　まず彼の短い生涯そのものに断片という形容辞がふさわしかろうし、その間に生み出された作品もまた、形体、内実を問わず、存在一般に対し詩人が抱く断片意識のあらわれにほかならない。いわゆる "Soul-making letter" (*L* ii 101–04) などが開示する思索の方向も好例のひとつであると考えられるが、また、それぞれ「断章」と「夢」の副題を付された二つの「ハイピリオン」詩篇なども、新旧両時代の狭間に位置づけられたロマン派の時代感覚をよく映し出した断片であろう。

　造形芸術 (plastic art) の要素を多分に具えた「ハイピリオン」は、神権移行という神話的トポスを基本構造としつつも、外在する歴史の変遷自体をも投射した叙事詩の断片であった。これに対し、多分に視覚芸術 (visual art) の性格をもつ断片「ハイピリオンの没落」(以下、「没落」) は、ミルトン的な客観的詩空間をめざした「ハイピリオン」の限界を見極め、キーツ本来の主観的詩空間を回復すべく執筆された物語詩の断片であった。すなわち「ハイピリオン」は、『エンディミオン』いらい彼の想像力を捉えてきた主観性の網からの脱却をめざす叙事詩となるはずだったのだが、その作品はついにキ

ーツの本領たるのびやかな想像力が飛翔できる空間とはなりえなかった。では「没落」においてその目的が遂げられたのかといえば、これも答えは否である。「没落」においては、ウェルギリウスやダンテのような主観的叙事詩の詩空間に留まることもできず、作品は内側から崩壊の途をたどることになるのであった。

　「ハイピリオン」と「没落」は、いわば旧約と新約の予型論的な関係のように相互依存的に質料を構成するような、二つを統合してひとつの形相となるはずの作品世界であった。レヴィンソンに倣っていえば、「没落」は、みずからが「断片」との副題を付した「ハイピリオン」で展開された歴史的変遷の土壌を「ふたたび馬鍬で均し」"rehearse" (I 16)、自己認識の発展を内在化した「夢想」というドラマの構想を種子として蒔いたといえようか。「夢想」のドラマとは厳密にいえば一人称でありながら三人称のドラマとなるのだが、シュレーゲルが "Athenaeum Fragments" で「生成発展の途上にある客観の主観的胚芽」"subjective embryo of a developing object" (#22) と定義した「構想」"project" とは、じつはこのような作品の構想にもあてはまる言葉であった。ワーズワスの *Prelude* がその射程に収めていた *Recluse* のまさに「序曲」と位置づけられる断片であると考えれば、たしかに「ハイピリオン」も結果として目標地点となった「没落」の構成要素たる断片とみなすことができる。しかもなお、「ハイピリオン」は先達の『序曲』のように少なくとも形式的に一定の完結にいたるような作品にはなりえなかった。さらに「没落」は *Excursion* のように広大、深遠な意識の庭に踏み込んでみたものの、想像力が統合的に働くことなく自己解体の方向に作用し分裂したために、シェリーの "The Triumph of Life" 同様、射程の限界点を提示することなく「夢想」の副題どおり形態、内実ともに断片のままに擱筆された。

　では、キーツは形態の断片性に否定的な意味しか認めなかったのだろうか。芸術的な完成度という点では「ギリシア古壺のオード」の方により高い評価がなされることは妥当であろうし、そのこと自体に異存はない。しかしながら、考えてみればそこでもまた、壺の装飾帯に描かれた喧しくもあえかなる人間の行為と、撞着融合の形でしか表現しえぬ静謐で不易の世界との対

比が配されることにより、今生で完成態に到達することのない現実存在の断片性こそが読者の意識に強く刻印されるのである。ただし、キーツの意識にあるのは有限の生の断片性に対する嘆きではない。「耳に響かぬ調べ」からつねに新しい音を聴き分けるのは有限の存在であればこその行為であり、存在に不可避に付随する悲哀と憂愁を自己の審美性の要とすることにより、有限の行為を芸術作品に昇華し無限に存在を延長することもまた可能なのである。

　そのような詩人としての意識のありようを、少し別な角度から考察してみよう。すでに序章で見たように、キーツの生涯と作品世界に際立つのはいわゆる「郊外」の属性である。郊外の属性とは、異なる文化が絶え間なく出会いせめぎ合い、やがて融合する 19 世紀初頭のイギリス社会の特性でもあった。18 世紀後半、殷賑を極める商工業とともに大都市周辺には郊外化 (suburbanisation) と呼ばれる新しい社会現象がおこった。この現象は 100 年後に中産階級を中心に広まる典型的ライフ・スタイルを予感させるものであった (MacLean 5–7)。田園生活あるいは隠遁生活に対する憧憬と賛美はすでにウェルギリウスの *Georgics* (39–29 B.C.) でも語られていたが、なかば隠棲的な郊外での生活に対する憧憬の念を歴史的にたどってみれば、ローマの諷刺詩人マルティアリス (Martialis, c.38/41–c.103) の *Epigrams* (86–102) に行き着く。[4] この作品中で用いられた言葉が本書ではすでにおなじみとなっている *rus in urbe* である。作品では都市の利便性を具えながらも喧騒に距離を置く静穏なローマ郊外の丘という林泉の地の安らぎと、そこでの生活の楽しさとが称揚されていた。イギリスでもポンフレットの "The Choice" (1700) が 18 世紀には広く人口に膾炙したことは先に述べたが、ジョージ III 世の侍医をも務めたツィンマーマン (Johann Georg von Zimmerman) の *Solitude*（原題 *Über die Einsamkeit*, 1756）なども郊外生活の詳細な手引書として好事家に愛読されていたようである。[5] ジョージ III 世は英語のほか、仏、独、羅の各語に堪能であり読書家でもあったため、当然この本の内容にも通暁していたはずである。王は現在の Royal Botanic Gardens（通称 Kew Gardens）に隣接する White House で生まれ、その環境をこよなく愛し少年時代の多くを過ごしたため、田園生活の喜びをも知悉していたようである。

彼の田園趣味は放蕩息子たるジョージ IV 世に受け継がれ、すでに見たように、摂政皇太子時代におこなわれた Regent's Park の再開発を中心としたウェスト・エンドの整備計画と実施が、イギリス流の田園都市計画の特性を今に残すものとなったのである。

　ロンドンの下町で生を受けたキーツも、2 歳から 5 歳までの幼少年期を生家から 1 キロあまり北に行った「旧市街と田園地帯の境界に位置する」(Roe 11) クレイヴン通りの家で過ごしていた。その後、エンフィールド、エドモントン、サザックと住居を移し、それからセント・ポール近くの下宿時期を挟んで、やがてハムステッドに詩人としての寓居を求めることになる。すなわち、この詩人は短い生涯の大半を、ロンドンの「郊外」という範疇に属する地で過ごしていたのである。地政学的にみて、ロンドン郊外はキーツの過ごしたクラーク・アカデミーの例を引くまでもなく革新的左翼思想をはぐくむ土壌があり、ハムステッドにも早くから自由思想的な文学や非国教徒の宗教を許容する伝統が根づいていた。それは周辺性の文化とでも名づけられるものであり、伝統的な文学観や政治観を排するハントが（ポンフレットの驥に倣ったのかまでは定かでないが）、中央の保守派と対峙すべくここを活動拠点と定めたこともすでに見たとおりである。

　キーツの生は一所不住といわぬばかりに存在の定点をもたず、判然とはしない自己存在の繋留地を求めて浮草のただよう流儀を好んだようである。たしかに物理的にも、精神的にも「この詩人は自己の所在すべき場を知らなかった」とするモーションの言 (20) に誤りはないだろうが、これはまた、境界域に身を置く生が二面性をもつゆえの豊かさを具えていた、と積極的に解することもできる。古人の言にしたがえば、境界域それぞれの側の守り神 (genius loci) の恩寵を賜っていた、となるのだろうが、彼の生についてもやはり古来より人間の感覚器官の機能について言われてきたことに類比をみることができる。「中間のもの」「中庸」にこそ識別能力や徳が具わるとはアリストテレスの昔からいわれていることであるが[6]、反対的特性をもつ物質のあいだの中間的状態にあって双方の知覚を可能とする媒体のように、中間物には対立項のいずれの性質にもつらなる特性が具わるのである。さし

ずめこのようなことが「浮草の生」にも当て嵌まると見ていいのではない
か。さらに一歩、踏み込んでいうならば、そのような生はまた断片の生の謂
であり、多様な存在のありように適応しうる生き方を意味する。いかような
存在の様式をも取りうるということである。対立概念の併存から統合へとい
う撞着融合はキーツ作品に際立つ表現様式であるが、撞着融合こそこの詩人
の生そのものの必然の相であり、これは19世紀初頭という断片的な時代相
に通じる言葉でもある。

　断片としての時代相に適う想像力一般を考えてみても、それは概して時流
に棹さす指向性をもち、存在を解体、分析するような方向を取るものではな
かった。古い時代には認識作用の重要な契機のひとつとしての観念連合を想
像力のように捉えたこともあったが、ロマン派の詩人たちは、おおむねコウ
ルリッジの想像力論の示すように、統合し再構築する機能を想像力の属性と
考えていた。この断片化する時代相を生きる者にとり、自と他を疎外しあい
孤立することは、自己存在の意味を無化し、死を招来することに等しい
(Bloom, *Visionary Company* 371–72)。それは *Alastor* の詩人のたどった生
の軌跡でもあり、憑かれたように自己認識の濫觴と理想を追い求め、現実の
他者との愛を拒み続けたあげく荒野に果てる生でもあろう。すなわち、この
時代の詩人たちは感覚と理性を乖離させず、いわゆる共感覚にも通ずる統合
的な機能を想像力に認め、存在の断片性に有意を認める手立てとして想像力
を捉えていたようである。かれらは到達不能であろうことを意識しながら、
なおかつ不在の全体性への可能態として断片たる作品を生み出していたので
ある。

　人間が想像力により自己を未来に投擲できることを論じたハズリット (*An
Essay on the Principles of Human Action*) や、ハズリットに倣い詩人が自
身の本性を抜け出て他者に自己投入する必要を説いたシェリー (*A Defence
of Poetry*) などの論の要諦は、想像力の共感的な機能により人間の意識が時
間的にも空間的にも隔たった存在に同化し、断片的な人間存在のありようを
流動化、普遍化するというところにあった。キーツの言う "Negative Capa-
bility" もハズリットの唱える共感的想像力に径庭をみないが、彼の創作行

為の根幹に位置づけられる「無私」"disinterestedness" という用語と原理も、またハズリットの著作に学んだものである。この哲学により、彼は特段の理論武装をすることもなく、外界の存在に同化することができるとの自覚をもったのである。

そもそも想像力のこのような機能は、平等主義の流布や人権意識のめざめ、また奴隷貿易の廃止やその他、人道主義にもとづく社会改革意識の高揚を招来したような、イギリス道徳哲学が寄与した時代精神と無縁ではなかったはずである。ハズリット以前にもすでにアダム・スミスは『道徳感情論』(1759) や『国富論』(1776) において共感的想像力の必要性を唱道していたが、そのような時代精神の伏流水として存在していたのはスミスの師シャフツベリ伯の思想であり、また、彼の説く道徳感覚 (moral sense) をより明確に規定した Hutcheson の論であった。ハチソンは共感や無私を道徳感覚説の基盤とし、最大幸福という公共福祉の観念に連なる仁愛 (benevolence) の必要性を説いた。[7] そしてヒュームもまた道徳感情の生来的な是認に関してこそハチソンと見解を異にしたものの、観念連合と統合的に働く想像力の機能との緊密な関係は認めていた。

きわめて大雑把な言い方をすれば、これら 17、8 世紀の道徳哲学者たちが唱導していたのは「他者との共感と調和」を求める姿勢を美徳とする意識であり、Mandeville の唱えたような当代に流布する利己的な生き方とはあきらかに対立する。マンデヴィルは自己の利益に道徳行為の基盤を置き、公益に結びつく利己心の搾取性を肯定する道徳を正当化するような問題作 *The Grumbling Hive* を 1705 年に公表した。これが世間から激しい非難を受けると、その後に注釈を施した版 *The Fable of the Bees* (1714, 1723) を発表した。また、弁明と新たなエッセーを加えた 1724 年版で「誤解」を解くべく自己の思想を明確にしようと試みたのだが[8]、いかに手を替え品を替えようと、それらが「共感と調和」をめざす哲学とは相容れないことはあきらかであった。マンデヴィルの著作がいかに鋭い人間観察を基に構成されたものであったとはいえ、時代は個が反目、孤立する性悪説よりもシャフツベリの説くような性善説に基づく調和をもたらす倫理性を求めていたのである。

啓蒙思想と断片性

　「長い」18世紀のあいだに進展したヨーロッパの近代化は、まず、精神的従属を強いていた宗教の枷から人間を解放することに始まる。具体的にいえば、神を究極目的と措定して神が自然と人間を支配するというキリスト教の教義と訣別するプログラムを、ほかならぬ人間自身がもつことであった。いわば *cogitatum*（考えられている）から *cogito*（わたしが考える）への変化という個の主体性の確立であり、これにより人間は新しい価値体系（＝神話）を構築する前提を手に入れたのである。当然の帰結として、この体系においては伝統的な「神の役割は大いに減少させられ、極端な場合、神の統治権は剥奪され、人間と世界が歴史構築の主体」(Abrams 91) であるとする意識が優位を占めることになる。このような知のパラダイムの変換とは、いかなる権威の制約をも受けることなく知性を陶冶する途が人間に開かれたことを意味する。固定化された宇宙の概念を覆し、存在一般が序列の階梯を上る可能性をはらむ、流動的な価値体系を構築しなければならないのである。しかし、この途を先へたどっていくためには、まず知的発展の障害となる概念を乗り越えなくてはならない。すなわち、存在の大連鎖であり、本論とのかかわりでいってもすでにミルトンやポープも言及していた概念である。それは不動の動者から存在の名すら冠せられないようなものにいたるまで、存在のすべてを欠落することなく連続的な階層に定位させ根源的な秩序のありようを提示する所説であり、とりわけラヴジョイの著作 *The Great Chain of Being* (1936) いらい文学的にも広く人口に膾炙するところとなった。

　充満と連続の原理に基づく存在の大連鎖の実体に関しては、「諸天を貫き流れ、自然界の諸々の事物の間を下降し、物質に至って止む神の影響力」[9]などと定義されるようなネオ・プラトニックな解釈が一般的であった。神学と科学思想が未分化な時代には、それはそのまま金甌無欠の善たる神の手になる創造行為とその完全性を証するものとして考えられていた。すなわち、森羅万象の多様性は神の英知の証明であり、多様性の内実が時の経過によって変質、変容することはありえないのだ。存在の可能性をはらむものすべて

はすでに神の始原の創造計画の中に織り込まれていた、と考える特殊創造説のような思考は、たとえば "An Essay on Man" などにも明白であるように、18 世紀にはほとんど共通の認識となっていた。そのような認識の基底にはあのソロモンの言葉がたしかに生きており、「過去にあったものは現在もあり、未来においてもある……日の下に新しきものは何もなし」(Eccles. 1:9)[10]とする信仰がそれをよく表している。神の創造は善であり完璧であり、すべての存在物はそれぞれにあてがわれた階層に配されて宇宙の調和を保つ。存在の大連鎖という宇宙の構図は、そのような信念の裏書きとするのに必要であり、かつ十分な条件を具えていたはずであった。

　中世いらい国王、帝王に神の代理としての支配権を与える封建制の支配者側の論拠となったのは、聖書の言葉 (Jeremiah 23, Proverb 8, Romans 13, etc.) の裏打ちをもって了解されていたような、一面で長閑ともいえる信仰であった。しかしながら、それは権威主義的道徳観からの脱却を図ろうとする啓蒙時代には、もはやつぎはぎだらけの古着でしかなかった。啓蒙思想の流布にともない神の創造行為の信憑性を揺るがす発見や知見が陸続と報告されるにつれて、科学的真理と不動、不変たる存在の階層に対する信仰の並立不能が判明するようになった。そうなれば、存在の大連鎖の構図そのものが倫理的にも生物学的にも矛盾に抗しきれず、破綻への途をたどるのは理の当然であった。聖書の記述を典拠とし、神が原初の創造のおりに万物を生み出したとする上述の信仰 (creationism) は 18 世紀の半ば過ぎまで根強く存在したものの、啓蒙思想が広く社会に浸透するにともない、楽園喪失の神話と同様に人間の意識から歴史的原理としての地位を追われ、喪失以前への郷愁を心の片隅に残すのみとなった。[11] かくして、欠落することなく恒常的に静止していたはずの大連鎖の完全性は、充満の原理が時間化されたときに「ほとんどみずからの重みに耐えきれず崩壊した」のだった (Lovejoy Ch. IX)。

　不動の動者としての神の存在までをも完全に否定し去ることはできないにせよ、究極目的としての神はもはや存在しなくなった。フライの言 (13–14)[12] にもあるように、18 世紀後半ごろまでには神はおおむね我々自身の同一性の相として存在するか、あるいは、人間精神の主観的投射として実

存的に理解されることになる。ブレイクの作品群はすでにそのことを証明していた。不動の世界は流動化し、人間に完全な精神的隷属を強いていた絶対的統治者の枷ははずされ、絶え間なく変化、発展する多様な存在のありようこそが創造の本義であるとする思考に、ようやく人間精神はむかう。そのおりにロックやニュートンに代表される新しい哲学や科学が、旧時代の政治、宗教の桎梏から人間を解放する道案内役として迎えられたことはいうまでもない。ロマン派時代の思潮にも少なからず影響を及ぼしたヴォルテールもまた、キリスト教の規範原理を超えた思索の成果を批判や懲罰をものともせず公言してはばからなかった。彼の説く「寛容」の世界観が旧弊の束縛を脱する啓蒙時代の典型的な思索の産物となったことも、また忘れてはならない。さらに、そのヴォルテールが称賛したフランスのニュートン主義者のモーペルテュイ (Pierre L. M. de Maupertuis, 1698–1759) はニュートン力学の確立に寄与した数学者として知られ、また、生物発生にかかわる前成説・後成説論争において消極的な意味でダーウィニズムにつなげたボネ (Charles Bonnet, 1720–93) などもまた、啓蒙時代にふさわしくさまざまな論争を呼んだ科学者や哲学者の範疇に入れることができるだろう。

　啓蒙時代の科学者や思想家の名や仕事を網羅的に挙げるのはもとより執筆者の手に余る仕事であるので、かれらの主張をも含めて創造の本義に関わるさまざまな議論が以後の実験実証、百家争鳴の時代に展開されたことのみを記憶にとどめておくことにしよう。ただし、次のことは指摘しておきたい。すなわち、19 世紀中葉までに生物進化論が知られるようになると、やがて聖書の記述に関わる大きな問題が、先ほど触れた特殊創造説 (creationism) と進化論 (evolutionism) という存在の不変性と断片性をあらわす術語により、それぞれの対立項として定式化されることになるのである。これはキリスト教的人格神を主軸とする世界観への対抗的図式としてなお優位に立ちうる世界観が、およそ 19 世紀半ばにしてようやくその姿をあきらかにするようになったことを意味する。ワーズワスとミルトンを比較して、思索の深みという点で前者に軍配を上げたキーツの論拠が "general and gregarious advance of intellect" (*L* i 281) であったということも、このような時代の趨

勢を思索の射程に収めておけば多少なりとも理解しやすいと思われる。被造物の頂点に立つとされた人間ではあるもののその属性は現世において断片にほかならないとする思考に、新しく柔軟で流動的な世界観が肯定的に働きかけることは必定であった。

　如上のような思潮を文学の方面からたどってみた場合でも、やはりアディソンやポープ、トムソンといった名も外せないだろう。やがて訪れるはずの完成態に向けて人間が緩やかに、絶え間なく進むことの条理を説く著作がかれらをはじめ多くの文人からあまた生み出され、流動的な世界観の醸成に寄与していたことを忘れてはならない。存在の階梯において人間未満の動物に生を全うしてこの世を去る例が見られるのに比して、人間はついにこの世で生の完成をみることなく、より高い次元での完成を信じてこの世を去る——このようなことをアディソンが呟いていた (*Spectator* Nos. 111, 237) のも、この思潮の中においてのことと考えてもいいのではないか。ミルトンのアダムがいかに尽力しようと人間と神との断絶の溝は埋められようもなく、また、人間の生の行進がこの世において目的地に到達することは決して叶わぬものであるならば、完成態への到達不能という意識は、人間存在そのものの断片性という意識と表裏をなすだろう。人間の活動能力がいつかは終局実現状態に到達するというのであれば、この世における生の意味とは、ひたすら今生の彼方における魂の完成を翹望することにあるのだろうか。

　実際問題として、人間には「善行の生」と「悪行の生」それぞれの報いとして将来の報奨 (future rewards) と劫罰 (future punishments) が用意されているとする考えは、古来、社会通念とされてきた。現世における肉体の消滅後に魂が覚醒するとみなすプラトニックな思考がそこに重なることで、来世が現世における人間の行動規範を与えると理解されたのである。人間に滅びの肉体を与えた金甌無欠の神が、創造のおりに魂という非物質の完成能力をその中に入れておかぬはずはないとする、なにやら理神論者の口吻を髣髴させるような思考もここに胚胎されている。むろん、原理的には現世と来世という区分自体が、現世における人間存在の断片性を証するものと考えられる。アディソンが私淑した 17 世紀の宗教家スコット (John Scott 1639–95)

などはこれを「神の統治の智慧」"Wisdom of God's Government" と呼び慣わしていたが、やはり現世を来世において魂が報奨を得るための試験、試練の場であると捉え、そこからこの世における行動規範の遵守を説いていた。[13] もっとも、これはモアのユートピア国の思想でも示されていた説であり、かなり普遍的な思想であったと考えられる。

　何やら日本の『霊異記』など因果応報を説く説話集でも想起させるような話だが、スコットの唱道するのは、つまるところ宗教による一種の権威主義的な道徳観と理解できるだろう。それは厳格な信仰生活を求めるピューリタニズムに支えられつつ啓蒙の時代を経て、形を変えながらも現代にまで命脈を保つことになる。その思考の底にあるのはギリシア・ローマの神話を支える黄金時代の周期的な回帰という観念ではなく、むしろユダヤ・キリスト教の神話に流れる直線的な時間の観念であろう。すなわちそれは、地上（エデン）において神と自然との至福に満ちた交流をなしえていた東の楽園（パラダイス）を、人類はやがて終末論的な約束の地において回復するという信仰に根差すものである。

　さらに言うならば、たとえ今生で到達点に届くことがなくとも、自己決定の意思により存在を絶え間なく上昇させようとする営みに生存の本義を求めるのは、イギリス社会の中核を占める人びとが信奉することになるピューリタニズムの特性でもある。[14] そこで示される方向性はやがて人間のみならず存在一般に対する精緻な観察と深い洞察を促し、造物主の意図とは無縁に種が独自の変容を遂げるとする The Botanic Garden (1789, 91) のような著作に到達する。そして、自然界を生物の総和の維持のための同種内での、あるいは異種間での、闘争の場として捉える進化 (evolution) の問題とは別に、連続的な進歩 (progressive succession) を遂げるのが存在の本義であるとする議論を進めていけば、どうなるか。下位の存在が上位の存在に移行すると結論づけるおりに、不変、不動の連鎖の体系に必然的に纏わりついていた倫理上の問題も問われることはなくなるであろう。このような思考の様式にとっては、個人の魂がたどる運命などという別次元における問題の議論よりも、むしろ人間としての存在自体が、生存闘争の場たる現世で何を指針にどのよ

うに生きるべきなのかという問題の方こそが意味をもつのである。

　ロマン派の澪の中で産湯を使ったテニスンなどは、信仰の形骸化した時代にあってしばしば懐疑論に陥りつつも、なお全存在に及ぶ善なる神慮を信じようとする気持がどこかにあった。しかもなお、それが「いつ、どのような形で」開示されるのかを確言できないというもどかしさと不安な気持は、やがて *In Memoriam* の中でも吐露されることになる。

Oh yet we trust that somehow good

　　　Will be the final goal of ill,

　　　To pangs of nature, sins of will,

Defects of doubt, and taints of blood;

　　　　………………

　　　　　　………………

Behold, we know not anything;

　　　I can but trust that good shall fall

　　　At last—far off—at last, to all,

And every winter change to spring. (LIV)

それでも　われわれが信じるのは　ともかくも

　悪の最後の到達点が　善であろうということ、

　自然のもたらす煩悶、意志のもたらす罪

懐疑の露呈する瑕疵、また　堕落した血の行き着く先も。

　………………

　　　　………………

見よ、われわれには　何もわかっていない。

　ただ信じることしか出来はしない。すべてのものに

　ついに、はるか先で、ついには　善の訪いのあることを。

冬のあとには　かならずや春のくることを。

　気の遠くなるほどの歳月を重ね生存の闘争を続けてきて現在の姿に到達した自然界であれば、その中で完璧なる善性に人類が到達するには、同様に気の遠くなるほどの歳月も必要とされるのではないか。長きにわたり漸次的な変遷を経たのちの現在であることを意識すればこそ、すべての存在には「はるかなる未来において／善の訪いがある」と信じる言葉も発せられるのだろう。さらに、宗教家スコットと同時代を生きた Jeremy Taylor (1613–67) の唱道した「立派に死ぬためには立派に生きること」[15] とするような言葉も、17 世紀という時代の文脈の中でこそ一般に広く受容された説教となる。しかし、テニスンの詩の行間からは、神慮を信じようにも確証がないという、不安と希望的観測が綯交ぜになった心情が流露する。われわれ人間には「何もわかっていない」がゆえに、かすかな希望を抱きつつ時の流れに身を任せることしかできない。それが断片としての存在が負うべき現世での宿命なのである。18 世紀後半から 19 世紀前半ごろの信仰のありようを語るには、T. H. Huxley の造語とされる "agnostic" や "evolutionism" というような術語[16] が複雑に絡み合っていたことを忘れてはならない。かりに現象の先の有り様がすべて不可知とされるのであれば、今生での存在の意義を云々するよりも、むしろ時の経過の中で完成に向けて自己が苦闘することにこそ、死を前提とした人間としての生の本義があると肯定的に捉えられるはずだ。そのような意識こそが、現世における人間の生を自身が統括する権利を恢復させたのであろう。とりもなおさず、それは存在の断片性という証文を人間が自発的に握りしめ、歴史の担い手の相方たる自然との相互関係のありように新たに多様な意味を見出すことになるのだろう。人間存在に対する如上のような認識がロマン派の時代精神を醸成し、芸術作品一般に投影されるのは必定であった。

秘すれば花

　ここでロマン主義の特性を歴史的な側面からいま一度、総括してみれば、"innovation" "transformation" "defamiliarization"（「革新」「変容」「異化」）

という言葉を用いたダフの指摘はたしかに肯綮に中る。これらがいずれも変化や不定性に結びつく語彙であることはいうまでもなく、18 世紀社会の理想として受容されてきた「完成」「不動」「統制」などという社会相とは相いれないものであることがわかる。18 世紀社会の理想はすでに崩壊の淵まで追いやられていたのである。他方、マクファーランドはこの時代の特質をユダヤ民族の歴史的事象 "Diaspora" になぞらえた造語 "disparaction" (4–55 passim.) により解読を試み、「離散・崩潰」の象徴的なあらわれとして「不完全」「断片」「廃墟」との言葉をそれぞれ関連づけて詳述した。たしかに、これらの言辞もまた、旧体制としての社会の枠組や規範がすべて分散し、断片化し始めた時代相を如実にあらわすものではあるのだが、これらにエイブラムス (145) の挙げる "dissociation" "alienation" などをも組み合わせて考えてみれば、およそ近代から現代にまでも通じる病理の普遍的特質というべきものまでが "Diaspora" の範疇に呼び込まれてくる。きわめて限定的な言い方ではあるが、現下の論題に沿って「理想美」という均整と調和の極みを希求する伝統的な美意識の衰微を考察してみるときに、これらはとりわけ有効な術語として機能するのがわかる。詰まるところ、このように多様な術語を生み出したロマン主義の思潮の源泉をたどれば、F・シュレーゲルが "Athenaeum" で掬いあげた「断片としてのロマン主義」[17]という、様式を喪失したあの近代的文学観の理論的水脈に行き着くのである。

　たとえば「廃墟」。これは 18 世紀後半期から人びとの耳目を集めてきたピクチャレスクな風景やゴシック小説を完成させるに恰好の道具立てであったが、いわば修辞的残像として廃墟を髣髴させる断片の芸術作品に対する偏愛も、またロマン主義の特質であろう。ロマン派芸術がいずれ何らかの意味において断片と規定されるのであれば、「廃墟」とはこの時代に生きる作家が意図する離散的意識の客観的相関物たりうるだろう。スターンやマクファーソン、チャタトン、またマッケンジー[18]などの手になる広義の「捏造」や「匿名」に対する評価の高まりは、典拠の正当性や形式上の完結性よりも作品そのものがもつ文学的な潜勢力や可能性に重きを置く。すなわち時代精神の文脈は、すでに形式よりも作者固有の才幹を評価する方向に流れているの

である。

　考えてみれば、伝統的な社会を支えてきた権威、権力と文化の構造が機能不全となり、予測不能となった現実を映し出すのに断片ほどふさわしい形態があっただろうか。旧体制崩壊の隠喩として宗教的、政治的権威と抑圧からの解放という時代相の下絵が、廃墟 Tintern Abbey の名を冠した作品に透けて見えるのも、当然といえば当然のことであった。断片は固定化された様態を拒否し、現状を超えて絶えず新たな存在の地平を求める。必然的にロマン主義の意識には破壊と創造が併存し、その意識は絶え間なく断片化することになる。それは危ういといえばたしかに足許の崖が絶えず崩壊の危機に晒されるような、危うい意識なのである。そのような意識がむかう場に不動の存在 (being) はありえず、不断に発動する生成 (becoming) のみがある。ロマン主義の詩が決して完成には至らないとしたシュレーゲルの言葉どおり、平準化とは無縁の個性と多様性が断片の作品として生み出されることになる。逆に言えば、断片化を続ける生存の不安に耐えられず生存の終焉に頬被りしようとも、そもそも死を前提としたわれわれの生のありように、厳密な意味での完成体とか完全性とかいう存在の様式は求めるべくもないのである。先にも述べたように、この世の生が死を前提として成り立つということは、死こそ完全で、完成された生の様態であり、最終的な到達点であるということである。そこに行き着くまでの様態は、何であれ断片性という存在様式から逃れることはできない。そして、死という究極の存在様式を手にした（？）瞬間、恐るべき死は不在となり、同時にわれわれの生もまた不在となる。このアイロニーを意識的に具現化したものがあるとすれば、それは芸術作品を措いて他にあるまい。

　さて、かりに存在一般の必然的な様式が断片であるとの認識を一時、棚上げし、とりあえず現時・現処の生の意味と方向を確認してそれを開示するのであれば、やはりそれぞれに有効で新たな価値体系を構築しなければなるまい。ロマン派の詩人たちが古典や聖書の神話の枠組みを自在に翻案し、神話に具わる自存力を自身の作品で発動させようとした理由もそこにある。よく知られるように、18世紀の造園家は当時の懐古趣味の潮流に掉さすべく

"folly" なる術語で括られる模造の廃墟や四阿を庭に配したものだが、かれらはまた、古典神話に登場する神々や英雄の彫像をしばしば庭園の眺望の隅に配することがあった。そのような彫像は風景画における点景 (staffage) に留まるのではなく、むしろ実際の場である庭園を文学的トポスに繋げる道具立てとして取り入れられていたようである。すなわち、それらはまず現実的な装飾としての庭園彫刻であると同時に、神話的寓意として庭園の意味に奥行きと深みを与えることになる。鑑賞者はいわば状況や場の重層的な意味に気づかされることになる。

"stationing" という語がある。これはキーツが *Paradise Lost*（以下 *PL*）の詩行から着想を得たという表現様式を指す言葉であり、ミルトンの詩集に付したキーツの欄外書き込みや下線などに関する説明の中で用いられている。[19] とりわけ大天使ラファエルによって天地創造の様子が語られる *PL*, Book VII の中で、420–23 行に付された書き込みには具体的に "stationing or statu<a>ry" の記述が見られる。この言葉のはらむ撞着融合的な意味はこの先、最終章でも探りの針を入れることになるが、ここで押さえておきたいのは、これがひとつの状況を語る表現に別な角度からの表現を巧妙に重ねるため、単文でありながら恰も複文や重文のような効果を生む手法であるということだ。参考までにハムステッド版 *Keats* から、ミルトンのテキストの当該箇所にキーツが下線を施した部分（下記イタリック）を見てみよう。ここでは卵から孵化し、羽が生え翼も揃った雛鳥が群れ、得意そうに空高く飛び行く様子が描かれている。

> ... but feather'd soon and fledge
> They summ'd their pens, and, soaring the air sublime
> *With clang despised the ground, under a cloud*
> *In prospect.*

> 　　　　だが　じきに羽毛が生え揃うと
> 鳥たちは群れなし翼を揃え、虚空高く舞い上がり

　　　甲高い鳴き声あげつつ揚揚と、鳥影の下はるかなる大地を
　　　眺めやる。

「ミルトンは単純な叙述では満足せず、必ず［別な状況・行動を想起させる
ように］対象を配する」とキーツはミルトンの "stationing" の叙述的意味を
説明する（［　］内の意味）。鳥たちは得意そうに高みまで上りながら鳴き声
を響かせているのだが、ただそれだけではなく、その視線は群れの高さを確
かめるかのように、遥か下に広がる大地にまでむけられているようだ。鳥の
未熟さと高みへの希求という状況が単文で表現されているのである。観察者
の複眼的な視野が開示されている。それは固定化されていながら動感を漂わ
せる彫像 (statuary) の潜勢力を看取する眼力とでも名づけられようか。

　ただし、この部分をそう考えて片づけるにはひとつ問題がある。この部分
に付したキーツの解釈は以下のようになっている。"… here, we not only
see how the Birds *'with clang despised the ground,'* but we see them *'under
a cloud in prospect.'*" つまり、彼の理解では "under a cloud in prospect" は
鳥たちが影を落とす "ground" を修飾するのではなく、「鳥」そのもの "them"
を修飾する句なのである。すると、鳥がその群れの先（上）にある雲の下に入
る様子をも先取りして見ているという意味まで読み取れることになる。下か
ら見上げれば大地の遥か上空を自慢げに飛ぶ鳥の群れだが、上空から（神が）
見下ろせば鳥の頭上には雲が広がるという、二重の視座がそこにある。この
部分は岩波文庫訳でも「雲霞のように群がって遥か下の大地を／意気揚々と
見下ろしていた」となっているが、それだけでは "under a cloud" の意味が生
かされない。またこの熟語は「疑惑を受けて」とか「塞ぎこんで」の意味が
あるのだが、羽毛が生え揃ったばかりの小鳥にそのような metaphorical な意
味を読み込むことがはたして妥当であるのかは断言できない。Longman 版
のミルトン詩集の注釈でも第一義的には "The ground seemed under a cloud
of birds." となっているが、"in future prospect earth is under a cloud, meta-
phorically" と、比喩的な読みの可能性にも触れている。*PL* 自体のこの先の
展開を考えれば、この「可能性の読み」は示唆に富む。

　眼前の風景や状況に重層的な意味をもたらす修辞的な配列の効果を、それこそ彫像など具体的事物の配列により同様の効果を生み出そうとする例は、18 世紀中葉に書かれたスペンスの『ポリメティス』にも見られる。キーツが『エンディミオン』執筆時にダイアナのイメージの多くをこの本の図版 "[Diana] Visiting Endymion" (p. 199) や "In the council of the gods" (Pl. 34) などから得ていたことは、イアン・ジャックの仕事によってすでに知られるところである。この本の「対談」部分の冒頭には、ポリメティス氏の館を訪ねてきた二人の友人 Philander と Mysagetes に、奥に行くにつれ周囲の田園風景に溶け込んでいくように造成された広大な庭を鑑賞させる一節がある。そこは中世いらいの信仰に顕著であった地上において楽園回復をめざす *hortus conclusus* (enclosed garden) のような閉鎖的空間ではもはやなく、「当代の流行に倣い」外界と隔てられることなく古代の神々が自由に来訪し、逍遥できるように構築された庭園であると語られる。しかも、そこではかつて館の内部に溢れ出ていたイタリア由来の古代彫像が、シバー (Cibber)[20] などの得意とする庭園彫刻 (garden sculpture) のように庭に配された神殿の内外に置かれていた。より正確にいえば、庭園の丘には頂上のロトンダ (rotonda) をはじめ下方へ連なる六様の神殿が築かれており、ロトンダの柱廊のあいだや各神殿内部の壁龕には、冥界を除く森羅万象を司る神々とそれらに連なる存在を形象化した「異教の」石像群が六つの階層に分類され配置されていた。平衡とか調和をあらわす完全数の 6 が建築において重視されていたことは、ウィトルウィウス (Vitruvius) の『建築書』(5 章序) にも書かれている。重要なのは、石像がこの庭園を鑑賞する者に神話的寓意を看取させ、神々の庇護に与っていた古代ローマの説話世界に、時空を超えてかれらの意識を請じ入れる仕掛けになっていることである。その名にたがわず「多才で器用」な主人[21]の狙いもまた、彫像を配することにより広大な庭を古代文学の世界を再現するトポスとなすことであった。主人は言う。

　わたしがこれらの彫像を蒐集した主たる目的が何かをお話ししましょう。古代ローマの詩人たちが想像上の存在に符合させようと創意を凝ら

した記述や表現と、古代の彫刻家たちの手になって今ここに残されている作品とを対応させて、両者が互いに照らし合うさまを楽しむことなのです。(Dial. I)

キーツが『ポリメティス』から学んだのがダイアナ（シンシア）のイメージだけではなく、詩文による彫刻的なイメージの配列と全体構成であったはずだということも、また充分に考えられよう。

　さて、ここまで見てきたのは、この世におけるすべての生がついに完成に至ることがかなわぬまでも、現時、現処の存在を超え、彼方へと絶え間なく進み続けることであった。人間存在の不完全性と断片性がその基盤をなしていることはいうまでもない。人間存在のそのような捉え方の表現については、スペンサーもまたキーツの良き道案内となっていたことであろう。*Faerie Queene* 巻 VII には、万物が自分の支配下にあると主張する Mutabilitie に対し、Nature が、「万物は不動を厭い　生成／変化をとげる」"all things stedfastnes doe hate / And changed be" ことを認めながらも、万物の変化の究極目的とは「運命の定めにしたがい　それぞれの完成態に到達する」"Doe worke their owne perfection so by fate" ことにあると結論づける一節がある (VII vii st. 58)。しかもなお、続く巻 VIII (st. 2) ではその完成態がこの世ならざる「〈永遠〉の柱頭に／揺ぎ無く据えられる」"firmely stayd / Vpon the pillours of Eternity" ことになるとされる。周知のように、作者が病の床に臥せっていたため、物語は VIII 巻の第 2 スタンザで絶筆となり、形式的には構想されていたはずの 12 巻には届かなかった。すなわち、作品自体は辞世の言葉かとも思われる最後のスタンザを書き終えたあと、未完——断片——として残されたのである。

　スペンサーの詩行や修辞を自家薬籠中の物としていたキーツであれば、如上の表現の意を汲み取り心に刻み込んでいたことはまず間違いない。繰り返すが、ロマン派の詩は絶えず有機的発展を求め断片化し、止まることなく存在の新たな地平にたどり着こうとする。「ハイピリオン」において神権がハイピリオンからアポロに移譲されることは、歴史の変遷におけるハイピリオ

ンの相が絶え間なく消滅するとともにアポロの相が絶え間なく誕生するとい
う、有機的発展の寓意となる。ロマン派詩人にとって断片とはたしかに可能
性として存在する全体の有機的部分なのであるが、その全体もまた可能性と
して存在するさらに大きな存在の部分に過ぎず (McFarland 29–30)、「崇高」
と同じくこの議論そのものに有効な決着点をみることはない。ポープも「人
間論」で言っていたではないか、「すべてのものは　無限なる全体の一部に
すぎぬ」"All are but parts of one stupendous whole" (I 267) と。

　断片は、つねに「部分的全体」(partial whole) として存在する。ヤノヴィ
ッツの論旨を繰り返せば、断片とはかつての完成体の残滓として現在は崩壊
の様相を呈しているものであるか、あるいはこれから完成にいたる未完の様
相を呈しているものという、両義性をもつ。ハズリットの想像力論にしたが
えば、断片は過去を現在に結びつけ、現在を未来に結びつけるのだが、さら
に踏み込んでいえば、断片は象徴と同じく存在を非在に結びつけ、また、言
語化の網の目からすり抜けてしまうものを表現する手段としてある。そし
て、断片がつねに「潜在的全体」(potential whole) の部分としてあるのなら
ば、その意味でも現世の生の営みは断片として了解されねばなるまい。断片
的で不完全と思われる形態の芸術作品は、人間の認識がありうるはずの全体
の一部に留まるということに加え、人間存在そのものの断片性をも表現して
いるに違いない。

　物自体の例をもち出すまでもなく、如上のように全体性に対する人間の認
識能力は限定的であるとする考え方が、18 世紀後半から広まり始めた新し
い美学の醸成に裨益したことはいうまでもない。*Observations on the River
Wye* でギルピンは言っていた。(念のため原文を引用する。)

　　… the immensity of nature is beyond human comprehension. She
　　works on a *vast scale*; and, no doubt, harmoniously, if her schemes
　　could be comprehended. The artist, in the mean time, is confined to a
　　span; and lays down his little rules, which he calls the *principles of
　　picturesque beauty*, merely to adapt such diminutive parts of nature's

surfaces to his own eye as come within its scope.

（31–32 イタリック原文ママ）

（抄訳）　自然の営みは壮大な規模でおこなわれるが、その企図の全体が人間に把握できれば、そこには調和のあることがわかるだろう。他方、画家はある範囲に限定されているので、「ピクチャレスクな美の原理」というささやかな規則を当てはめて、縮小した自然の面<ruby>面<rt>おもて</rt></ruby>を視界の中に入ってきたように描くだけ。

あるいはギルピンは「範囲」(span) に人間の視野の限界ばかりでなく「寿命」の意味をも込めていたのかもしれない。むろん彼の論点は、人間が自然の相貌の全容を一時に把握することが不可能でありその理解も断片的でしかない、というところにある。ある種の絵画から社会の観念形態なり言説なりを伝える要素が意図的に除外されることにより、かえってその社会の展望がありありと感得される (J. Thomas 35–36) ことはたしかにある。同様に、ピクチャレスクの絵画も無限なる自然の多様性をカンバスという限定的な空間に囲い込むことにより、潜在的に多様な全体像を鑑賞者の想像力の中に能う限り顕在化させようとする、そのような方途のひとつなのだろう。秘すれば花、と彼の人も言う──。

　人間が自然の多様性のすべてを把握することの不可能事を知るという意味において、ピクチャレスクは「崇高」の範疇に連なる。崇高とは、より大いなる断片を無限に看取することの謂であり、それゆえにまた、人間に現時、現処の知覚の限界を押し破るよう促す。壮大と映ずる眼前の自然も、じつは渺茫たる自然の一部、断片に過ぎない。生成変化する自然の事物、事象すべてがより高次なる形相の質料となるのであれば、そして、われわれが存在の大連鎖の中で自身のはるか彼方の上限を把握しえないのであれば、自然がわれわれに直近の、限定的な部分しか開示しないのも当然のことである。人の知りうる能力の限界を弁え、なおその限界に挑もうとする啓蒙思想の精神

が、崇高やピクチャレスク美学を構築する力となる。死を前提とした人間存在の断片性と未完性の属性を自己の深みにおいて受け止め、卑小なる存在の限界を受容したうえで、何をなしうるのかに思いを巡らせることである。ワーズワスがワイ川の岸辺で、バイロンがレマン湖畔で、そしてキーツが連続するライダル飛泉の谷間で、三人三様に対峙する景観に魅入られたかのような感覚に打たれていた。一種の脱我感というべきなのか、それとも自然との一体感なのか、ともかくも、その因は自己の存在を凌駕し包摂してしまうような力である。キーツの言葉を借りるならば、自然の "intellect" や "countenance" としか名づけようもない力なのであろうが、そのような力を看取した観察者が、我知らず自己放棄を迫られるような体験であったはずだ。崇高は、そしてピクチャレスクもまた、現時、現処の存在を超えた名づけようもない存在があるということを、たしかに無意識の領域に浸潤させてくるのである。名づけようもない存在が、また別なさらに大きな非在のものの断片でしかないことはいうまでもない。

　似たような体験を考えてみれば、作品の結構自体を断片とするような意図のもとに書かれたスターンの *A Sentimental Journey* の挿話 ("The Fragment. Paris.") で、主人公 Yorick が味わった宙ぶらりんに取り残されたような体験[22]が思い出される。その時に彼が遭遇した体験に通じる断片性を S. Thomas は "erotic impulse … undischarged" (*ROG* 503–04) などと表現したが、たしかにそこでは何かの力により行為の完遂が阻碍されてしまったという、いわば達成感のお預け状態が提示されるのみとなる。あのギリシアの古壺 ("Ode on a Grecian Urn") に描かれた二人の恋人の姿態に通じるものでもあるが、このような未完遂状態に置かれた体験の断片的脈絡を先の崇高の議論に重ねてみれば、ロマン派と断片との相関がより明確になるだろう。すなわち、ロマン派の想像力は断片たる自己の到達しうるもっとも遠い地平まで羽ばたき、その視野を最大限にまで広げようとするのだが、限界に到達したはずの想像力が視野に収めるものはさらなる先の地平でしかない。それでもなお想像力は、人間に到達不能の完成態にむけて存在の階梯をのぼらせるように、時空を超えて翔び続けようとする。そして、この想像力の飛翔こ

そロマン派の美意識にある「断片」が「無窮」の異称にほかならぬことを示すものであり、断片に対するかれらの偏愛意識を遡及してみれば、まさしくこの点にいき着くのである。

　エルギン・マーブルに関わる議論が沸騰していた1816年3月17日に、歴史画家ヘイドンは、自身の美学理論をエグザミナー紙に寄せ、論敵ペイン・ナイトらが唱導していた18世紀的な理想美礼讃の愚に非を鳴らした。

　　この上なく破砕された断片にも完璧な形象と同じように大いなる生命原
　　理が存するということは証明しうる。ひとの人差し指の最終関節にも心
　　臓の真ん中と同じ生命が宿っていることは明白ではないか。だから、エ
　　ルギン・マーブルのどの断片からでもいいから、足の指を一本もぎ取っ
　　てきてみよ。そうしたら、わたしが証明して見せよう。体全体を動かし
　　ているあの大いなる活力の必然的な作用が、そこにも及んでいるという
　　ことを。

　彼の主張は顕在する断片が潜在する全体との有機的連関としてあることの理を説いたものであり、ペイン・ナイトらとの群像を巡る論戦もめでたくヘイドン側の勝利に終わるのだった。しかも、この美学論争は存在の全容把握が人間の能力をはるかに超えるものだという論点を、間接的にではあっても、炙り出すようなところまでいったのである。断片がその大小にかかわらず、全体性に対する人間の把握能力を表現する唯一妥当な形式であるとする認識は、断片が限りなく変貌を続ける生成の本質に連なり、その属性がロマン詩の、いや、詩そのものの存在意義をも生じさせているという認識に等しい。部分と全体を等価として捉える認識のありようは神話的世界観、あるいは神話的認識に通じ、そこでは部分と全体の関係は無差別、未分性に支配されている（カッシーラー II i 110–11）。それは断片と全体に有機的な統一が認められるということと同義であり、断片をひとつの実在と規定する認識なのである。断片は、ものみなすべてが変貌を遂げつつあった時代相をも超えて、この世の存在のありようを活写する、唯一ふさわしい形態であるに違いない。

断片たる存在の描出

それでは、ここで話をキーツの作品に戻して、彼に衝撃的ともいえる強烈な
印象を与えたエルギン・マーブルが、その後の詩人としての生にどのような
変化をもたらせたのか、そのことを主題周辺の状況とともに検証してみよう。

　エルギン・マーブルを主題とした二つのソネットで、キーツは群像のもつ
芸術的な高みに到達することの不可能事を、また、群像の「威風」(grandeur)
に比肩しうる想像世界を詩作品として構築することの不可能事を、ただ嘆く
ばかりであった。群像に対峙したおりの詩人の沈黙は、静謐なたたずまいの
裡に躍動的なエネルギーを秘める撞着融合の形態との等価を、自己の作品世
界に結晶させることのできぬもどかしさと戸惑いに起因したのか、それとも
圧倒的な質感と量感が人間にもたらす脱我感、あるいは脱力感ゆえであった
のだろうか。動的なエネルギーにより生み出される対象の行為、動作の一瞬
を切り取り、その溢れ出そうとする活力の統御を鑿に託して秩序づけ、絶妙
の輪郭線 (contour) を生じさせ、個と普遍の際限を乗り越えたフェイディア
ス。硬い石塊の裡に秘められた姿態の求めに応じて、その実体たる天使像を
彫り出し石塊から解き放ったとされるミケランジェロ。天稟に恵まれていた
ことは疑う余地もないのだが、かれらの神業のごとき技はたしかに対象の細
密な観察と計測に始まり、その特質をいつでも記憶の襞から呼び起こし完璧
に鑿の動きに伝えられるようになるまで、徹底して模倣を繰り返すことによ
り体得されたのである。やがて、その鑿は想像力により真実の姿から外れる
ことなく自在に対象を解体し、また再構成し、ついには個としての対象を脱
し普遍的な形象を彫琢することが可能になる。[23]

　フェイディアスやミケランジェロのような天才にとっては、彫刻の完成様
態はすでに肉体の目が捉える対象（モデル）のものではなく心眼が捉えた対
象として存在し、その形態から受けた刺戟がおのずと鑿の動きとなって対象
の実体化をもたらせたのであろう。そうであるならば、そのような彫像に比
肩しうる詩行を生み出すことが、はたしてキーツに可能なのだろうか。二人
の巨匠の手になる作品に共通するのは、個別で具体的な形態の完成を動機づ

けとしながら、なお抽象化され普遍性を湛えた彫像であることだ。詩人の文脈と照合してみるならば、それは作為や彫琢の気配を見せず、あたかも大いなる力に導かれるままに普遍の領域に到達した彫像のように、個別と普遍、主観と客観という対立を融合し、悠久につらなる詩行を自身の詩魂の導きによって生み出すことに他なるまい。彼にとっての詩とは「木の葉が樹木に生えるように自然に生まれ」(*L* i 238–39) なければならない。詩行はすでに主題の裡に潜む。問題はそれをどのように引き出し言語化するかであろう。

　この不可能事を可能となすのは、詩人がひたすら受動に徹し、創造的活力が自己の裡に沸き立つ機を待つしかあるまい。創造的活動における受動と能動の不即不離の関係についてはよくいわれることではあるが、求めるものを得るために「われわれは蜜を求めて精力的に飛び回る蜂ではなく、花弁を開き蜂の訪れを待つ花のようになるべきだ」(*L* i 232) としたキーツの言葉は、受動と受容に徹して実りを得るという彼の創作姿勢をよく示すものである。そのような態度、すなわち「無私」"disinterestedness" (*L* i 205) の言葉に集約される創作姿勢は、キリスト受難 (Passion < pati-) の故事が、完全なる受動 (passivity < pati-) によって創造の意味を具現したことに通じる。[24] 真の創造性とは完璧な受動性から生まれる。憂鬱を主題とした "Ode on Melancholy" などは、受動に徹しようとする詩人の創作姿勢がもっともよくあらわれた作品である。そもそも憂鬱の気質自体がアリストテレスの言にもあるように (『問題集』30 巻 1 章)、秀逸なる哲学や詩、芸術作品の創出に不可欠の与件と考えられてきたのであるが、この問題はまた次章で考えることにしよう。

　さて、ギリシア彫刻のイギリス詩に及ぼした影響を論じた Larrabee は、その著作の導入部で、鑑賞した彫刻作品の等価を作品に描出しようとするときに、詩人がとると思われる行動について述べている。詩人は「彫像、装飾帯、壺などの外観を記述」するか、あるいは、「作品によって自身の裡に喚起された感動や情緒、思索などを開陳」するか、それとも作品を「想像的に彫琢して詩中で再構築」しようと尽力するか、であるという (8)。これら三様の動作を個別におこなうのか、それとも綯い交ぜにするのかは、詩人の技量と

図 2.　フューズリ「古代美術の残骸の壮大さに圧倒された芸術家」

目的しだいということになる。では、なぜキーツは「彫刻的」(statuesque)
と呼びうるような詩を、自身の作品に具現化できないと考えたのか。エルギ
ン・マーブルから受けた印象は深く、持続的なものであったが、彼は鑑定家
でもなければ彫刻家でもないため、理論だった評言を口にすることはなかっ
た。先に述べたように、これらの圧倒的な量感と質感をもつ彫像群と初めて
対面したおりには、彼はただ押し黙り群像に見入るばかりであった。この直
後に書き上げヘイドンに献じたソネットでも、群像を駄作と断じていたペイ
ン・ナイトの尊大さと無理解を当て擦ってはみたものの、実は群像の形態描
写もなしえず、群像に対する明確な評価の言葉もいまだ発してはいなかっ
た。さしずめララビーの言う二番目の行動様式に当たると考えられるが、そ
こで彼が彫像を「途方もない」"mighty"としか形容できなかったことは、
あたかもフューズリがセピア色の淡彩画 *The Artist Moved by the
Magnitude of Antique Fragments*（図 2）で表現した、古代の巨大な彫像の
断片を前にしてただ頭を抱えるしかなかったあの芸術家の姿を髣髴させる。

おそらくは彼の鑑賞結果もまた、キーツと同じ言葉をつぶやくことでしかなかったのだろう。

芸術全般についても同断であろうが、ここでいう造形美術（彫刻）の鑑賞とは、何よりもまず形態を可能ならしめた精神の妙なる調べを聴聞することである。ヘイドンの言葉を思い出そう。たとえ形態が風化、劣化し、断片となっていようと、顕在する断片が潜在する全体との有機的なつながりをもち、作者の命、精神によって引き出されたものであることを確かに読み取ることができれば、われわれは作品の価値判断を揺るがせることはない。芸術作品を「観る」とはたんなる視覚の問題ではない。「観る」は自己を放棄し対象を眺め、観照 (theōria) の境地に達する透徹した行為を意味する。詩人がこの行為の実相に通じていたのか否かは定かでない。それでも、とりわけ視覚の鋭敏なキーツが言う "disinterestedness" の意味は明らかにこの方向を指している。「見る」ではなく「観る」とは外界をただ機械的に反映する感覚器官の機能を働かせるのではなく、「識」に通ずる心眼の蒙を啓くことである。素材の可能性としての終局実現状態を形態に具現した作者の天資、ないしは魂、を観ることは、究極的には諸天を貫き流れ塵芥にいたるまで及ぶ造物主の力をそこに感知することにひとしい。およそ創造とは無限の I AM の永遠なる創造行為を有限なる者の心が模倣・反復すること、とする周知の定義にかんがみれば、先ほどのフェイディアスやミケランジェロの彫刻の作法も結局は同断であろう。すなわち、眼前の石塊がかれら自身の芸術理念や情感の葛藤、煩悶を映すように隆起沈降するさまを凝視し、天稟の導くままに造化の力を作用させ、独自の輪郭を造形することにより内面を具象化することである、と何とも長ったらしい定義になる。今はこの位しか思い浮かばないが、要は石を彫るのではなく、輪郭に託して自己を彫り上げるのである。したがって、それぞれの時代や場、流儀などに微妙な差異はあるにせよ、作品の鑑賞とは、造化の力を得て具象化した作者の精神と技量の真贋を鑑賞者が洞徹するということに変わりはない。その芸術体験は鑑賞者自身の深みにおいて形態を通じ作者の宇宙に参入し、宇宙を統べる智慧に到達する自己を眺める主体を自覚すること、すなわち、主体が客体となり客体が主

体となることであり、そこに至って鑑賞は局を結ぶ。

　ここで、主体たる自己が客体たる自己を見出すというのは、プラトンの光のメタファーの原理たる「反省」(reflection) に通じると考えられようか。およそ鏡が像を反射するように可視的な対象に照射した知の光が反転し、不可視の光の知として認識の主体たる自己に向かうように、想像力により形成された新たな自己のありようを確認すること、これがすなわち「反省」である。すべての存在は神が自身の心にある元型的な観念から愛によって放たれた光輝の反射であるとする神学的原理を、ダンテは *Paradise*（『天堂篇』）の詩行に詠じているが (Cary, XIII 48–56)、芸術作品の鑑賞者の心の作用はこの原理に通じるものと考えてもいいのではないか。また、「大理石の中に認めた天使の姿を彫り出して解き放った」というような作品創作の側からの言葉は、しばしば引用されるようにいかにもミケランジェロの言い種にふさわしいのだが[25]、じつはこのような言い方はどうやらアリストテレスの教育論まで遡るようである。アディソンの発言についてはすでに第 1 章でふれたが、彼は同じスペクテイター 215 号の中で、これがディオゲネス (Diogenes Laërtius)[26] の言葉であるとし、アリストテレスがものの「具現化」(realization) を論ずるにおりにヘルメス像の三つの様相を挙げて説明したことを紹介している。三つの様相とは、すなわち蝋型の中にある可能性としてのヘルメス像、ブロンズ型に潜在するヘルメス像、そしてそれを基に仕上げられた大理石の完成形であるヘルメス像、この三つである。これに倣い、アディソンもまた人間に内在する能力を顕在化する原理を説いている。つまるところそれはミケランジェロの彫刻術の作法に径庭を見ない。彼はまず、教育を受けていない人間の魂は、石切り場にある大理石塊のように何ら美質を発揮していない状態にあるとしたうえで、次のように持論を展開する。

　　アリストテレスは教育の力の説明をするのに実体的形相 (Substantial Form) にかかわる理論を説いて曰く、彫像は大理石の塊の中にすでに存在している。また、彫像術とは、ただ余計な物質を取り除き、屑を取り払うことでしかない、とも。形体はすでに石の中にあり、彫刻家はただ

124

それを見つけるだけでよいのだ。彫像と大理石の塊との関係は、教育と人間の魂の関係と同じである。哲学者、聖人、あるいは英雄、賢人、善人、また偉人などについていえば、ほとんどの場合かれらは庶民の裡に隠れており人目に触れていないだけである。それゆえ、適切な教育が施されていればその才が発掘され、日の目を見ていたのかもしれない。だからわたしは未開の民族の話を読んで、粗野で洗練されてこそいないがかれらの美質について思いを巡らせることがたいそう気に入っている。つまり、かれらの荒々しさは勇気のあらわれであり、頑固さは決意であり、狡猾さは知恵、そして陰鬱と絶望は堅忍のあらわれなのである。

最後のくだりなどは、さながらロマン派時代に理想化された "noble savage"[27] を先取りするかのような口調である。さらに、アディソンと同時代を生きたポープも、文脈は違うものの、本当の姿を見たければ「石を刻んで砕片を棄て、中に閉じ込められた人間を取り出せ」"hew the Block off, and get out the Man" (IV 270) と、*Dunciad* の逆説と諷刺の嵐に紛れ込み同じようなことを言っている。フェイディアスいらいの彫刻術にかかわる理念にも似たこのような考え方は、往時も今日もかなり普遍的なものであったと理解していいだろう。彫刻家は石塊の表面で視覚を惑わす余分な屑や塵芥を鑿で取り払うことにより、石の中に隠れていた像を引き出す——すでに存在する優れた形態を導き出す (*educatus*) ことこそが教育者の、そして彫刻家の務めなのである。同様に、「鑑賞」とは究極的には鑑（かがみ）から反射された自己の似姿 (*speculum*) を賞（ほうび）として受け取ることであり、いささか時代がかった表現をふたたび使えば、星から流れ出て人知に作用するとされたあの「霊液」のように、作者の知性が鑑賞者の裡に新たな知性を誕生させるような「影響」を及ぼすということであろう。キーツがライダル飛泉の谷間で "intellect" を感知したのは、対象が自然の景観であったことを除けば、まさにこのような鏡（＝鑑）のもたらす体験と同等の意味をもつ。鑑賞者が作者という他者の生に投射された自己のありようを眺め、不可知であった自己の姿を「識る」体験は、作者もまた鑑賞者たる他者の生の裡に生きる想像

体験に繋がる。与える側と受け取る側が作品を介してひとつになること、芸術体験の究極のありようとはそういうものではなかろうか。

レノルズが「彫刻論」にあてた *Discourses* の 10 回目 (11 Dec. 1780) では、彫刻家が鑿で彫るのは単に対象の形体を写し取ったものではなく、さらに高い目的のため、すなわち、対象の情緒、性格までをも表現するためである、と述べられている。そうであれば、鑑賞者の役割とはやはり彫像の輪郭線を生み出した鑿の角度や流れを観想し、美の形態として具現化した作者の意図に接しその天稟に到達することであろう。それは文字を通じ作品に流露する詩人の心魂と天稟に触れることに懸隔がない。このとき、鑑賞対象たる作品が断片であったとして、その断片性に鑑賞の妨げになるような不都合などあるだろうか。いや、むしろ断片であればこそ、彫像も詩文もこの世の次元の枠を超えた場においてなされるさらなる堅牢な実体の完成にむけて、鑑賞者の想像力を強く刺激するに違いない。

大理石群像に対するヘイドンの解説やら解剖学的な図解表現とは異なり、別のソネットにおいてもキーツは群像の形態やたたずまいなどについてはいっさい語らず、ただ群像が自分にもたらした感慨のみを主題としている。彼にとっても重要なのは、ウェストの言った「あの裡なる生命の可視的なしるし」ないしは「生の情感」"emotions of life"[28] を読み取ることである。美なる形象の外面に視線を留めることなく、内面の意味にまで視線を浸透させたときに初めて「可視的なしるし」の実体は開示される。あるいは、それは外面を構成する形態がいかに内面の精神と結ばれているかを「識る」ことといってもいいが、その有機性の感知こそギリシア彫刻が鑑賞者に促すものであり、詩人のつとめはそのような精神の働きを眺め、言葉にあらわすことである。再言するが、そこでは風化や経年劣化などという偶有性は意味をなさない。上肢も下肢も失ったベルヴェデーレのトルソー (*Belvedere Torso*) がそのことを示しているだろう。

Hercules とも考えられるこのトルソー[29]は、全身の筋肉を隆々と盛り上がらせ烈しい闘志を燃やすかのような巨大なファルネーゼのヘラクレス像 (*Farnese Hercules*) とは対照的に、盛り上がった筋肉の余韻を残しながらも

図3.「ベルヴェデーレのトルソー」
（ヴァチカン美術館）

何かに顔を向け、身を傾いでいるかのようである（図3）。ヴィンケルマンはファルネーゼの見上げるばかりの巨像とベルヴェデーレのトルソーを、それぞれ戦士としてのヘラクレスとすでに肉体が浄化されオリンポスの峰で至福にひたるヘラクレスとに弁別している（*History* 202）。自分の芸術のすべてはこの像から学んだとするミケランジェロの言葉もアディソンは伝えているが（No. 229）、実際にこのトルソーはすでに16世紀ごろには大陸での評価が高まっていた。ミケランジェロは最上の古物に匹敵する壮麗な芸術的風格 (gusto) を自分の作品に与えるような、ある種の原理がそこに働いていることを認めていたのである。この形態の静穏なたたずまいに対しレノルズは「このトルソーに詩の最高度の効果から得られるような熱い感激を覚えぬ芸術家など、誰がいようか」(271) との評を与えている。宜なるかな。

　再三、述べてきたように、ヴィンケルマンはギリシア芸術の秀でた特質を、芸術的風格とほぼ同義と考えられる「高邁なる明快と静謐なる壮麗」と喝破していた。これを具現化したのがフェイディアスの彫刻であったことは間違いない。彼の彫像の輪郭線は、まるで内側から溢れ出ようとする生命の内圧が体躯を押し広げるかのごとく形成されており、たんに外側から付与されたものであるとはとても思われない。すでに別なところで検証したとおり（西山 24–25）、パルテノン神殿東側の破風のいずれも断片となった三体の丸彫り像 (Hestia, Dione, Aphrodite) をみると、三体ともにゆったりと荘重

な様子のままにコス布 (Kosian cloth) のような薄衣に包まれている。そこで
は細かな衣紋から大きな衣紋へと流れるような曲線を描く襞が揺れ、その下
にしのばせ透けて見えるかのような肢体もまた秘すれば花との言葉を想起さ
せるようである。この官能的ともいえる艶かしい断片の形象を可能ならしめ
ているのは、何か神秘的としか言いようのない力であるに違いない。古往今
来そのような力の話は尽きない。たとえていえば、それは死者の骨から生け
る人を造形したという西行の反魂の秘術[30]か、ユダヤのゴーレム (golem) を
動かした聖なる名前か呪文であろうか、それとも木像のアフロディテに動き
を与えたダイダロスの水銀か、はたまた真鍮の頭に言葉を繰り出させた修道
僧ベーコン (Roger Bacon) の秘術か、ピュグマリオンの懇願により象牙の
ガラテア像に吹き込まれたアフロディテの息か……いやはや、考え始めれば
脳の混乱は収まるところを知らない。[31] もとよりこのような例とて俗人の理
解の及ぶところではないのだが、輪郭線に関して言えば、神業ともいうべき
二つの力の拮抗がそれらの驚嘆すべきありようを生み出したことは否定しよ
うもない。一方は形態の外に溢れ出ようとする生命原理の発動力、そして他
方は固定化にむけて働く形式の力。三人の女神と身にまとう衣の曲線は、像
の表面に装飾的に仕上げられたものではなく、おのずからしてその形ができ
たというべきか。

　ここで思い出されるのは、彫像の完璧なる形態は内なる成熟した観念の象
徴であるとしたコウルリッジの言葉である (*Lectures* 189–90)。そのような形
態は魂が全身を貫き至福の様態にまで浄化されているため、ほんらいは暗黒
である物質がまるで透明の素材であるかのように、完全に光を通しかつそこ
に留まるという。すなわち、形態は素材の美質を高め、各部を分離すること
なく統一性を保ちつつ、多様で豊かな色彩を開示する手段となるのである。
トムソンは賢明にもそのようなギリシアの彫像を「息づく石」 "breathing
stone" と評したものだが (*Liberty* II 302)、イギリスのフェイディアスたるフ
ラックスマンの手になる大理石像は、ヘイリーにとっても「外郭の／形態に
よって語られる生命の温かみ」(I 291–92) を感じさせるものであったという。
キーツが『エンディミオン』第 II 巻で、眠るアドニスの描写の着想を得たの

は、イアン・ジャックの指摘にあるプッサンの *Echo and Narcissus* からだけ
ではなかろう。上述したヘスティアーの両膝のあいだの襞や、アフロディテ
の太腿から膝へとゆるやかに流れる衣紋の作る輪郭など（図4）が彼の想像
力に強く訴えかけたことは、以下の表現を見ればまず間違いのないところで
ある。

> And coverlids gold-tinted like the peach,
> Or ripe October's faded marigolds,
> Fell sleek about him in a thousand folds—
> Not hiding up an Apollonian curve
> Of neck and shoulder, nor the tenting swerve
> Of knee from knee, nor ankles pointing light;
> But rather, giving them to the filled sight
> Officiously. (II 396–403)

> そして　桃や、十月の盛りに色褪せた
> 金盞花にも似た　薄金色の上掛けが、
> 幾千もの襞よせて　なめらかに若者の体躯から垂れ下がり──
> アポロを思わせる　首や肩の曲線を
> 隠し切ってはおらず、開かれた膝と膝はゆるやかな線で
> 幕屋を張るかのように、また足首は軽く襞を盛り上がらせ、
> 満喫した人の目に　なお差し出がましく
> 姿態のすべてを　さらけ出していた。

　重ねて言うが、ギリシア彫刻は対立するふたつの力を統合するように生み
出されていた。境界の生に親しみ、対立概念の交錯と融合の妙をみずからが
体験してきたはずのキーツであれば、衝撃とともに賞翫したエルギン・マー
ブルからの美の福音を、自身の詩想として撞着融合の表現に昇華させるま
で、それほど長い時間を要することはなかったはずだ。読者はそこで固定化

図4「ヘスティアー、ディオネ、アフロディテ」（エルギン・マーブル）

にむかおうとする力を拒み終局態にいたることのない世界へと、すなわち行為が完遂にいたる寸前に止め置かれてエネルギーが充満したままの世界へと、導かれることになる。エルギン・マーブルのメトープにはケンタウロス族とラピテース族の交戦が刻まれているが、その中の1枚に、ケンタウロスが今まさに致命的な一撃をラピテースに加えようとしている場面がある。ケンタウロスの右腕は取れており行為も凍結されたままなのだが、その一撃にむけて溜められたエネルギーが放出寸前で止められていることは想像に難くない。放出へのエネルギーとそれを押しとどめようとするエネルギーとの対立が像の静止状態を生み出し、場面に固有の緊張感 (intensity) を与えているのである。さらに、相反するエネルギーのダイナミズムから生じた動的静止状態 (dynamic stasis) がはらむ緊張は、行為が可能性としての完遂にむかう未完の状態のままに止められているばかりか、なお断片の形態として存在するために、いっそうその度合いが高められるのである。

　このようにエネルギーの放出が阻害された状態から生み出される独特の緊張感を、キーツは造形的イメージとして巧みに詩中に配する。「ギリシア古壺のオード」では、二人の恋人たちの行為が完遂直前で止められる。

　　　Bold lover, never, never canst thou kiss,
　　Though winning near the goal—yet, do not grieve;
　　　She cannot fade, though thou hast not thy bliss,

For ever wilt thou love, and she be fair! (17–20)

　奔放な恋人よ、お前は決して、決してくちづけはできない、
　くちびるはすぐそこにあるけれど──だが　嘆くことはない。
　お前に至福は得られないが、乙女の麗しさが褪せることはない、
　永遠にお前は愛しつづけ、永遠に乙女は美しい！

　あたかもカノーヴァの *Amor and Psyche* 像を髣髴させるかのような描写であるが、まさにそのように二人の唇の間に微細な間隙が保たれているかぎり、間隙を零にしようとする行為そのものに終局が訪れることはない。情熱は枯れることなく、動的な静止状態は窮まることなく、保ちつづけられる。行為は断片のままであるがゆえに、唇の間の直截的な空間からは永遠が暗示され、乙女の若やぎと美はその永遠性の裡に封ぜられる。奔放な恋人の熱情を生む活力も尽き果てることなく、恋人たちは永遠に無価の至宝としての若やぎを保つ。この動的に静止した二人の恋人たちの姿に、可能性としてありながら決して到達することのない、より高次のリアリティーにむけて絶え間なく歩を進める人間の姿が投射されている。このことも、見逃してはならない点であり、第 IV 連に配された行列の意味はそこにある。
　ここでは、いわば存在の階梯上にある断片としての人の生が、不可知の、すなわち「神秘の」、司祭に導かれる人びとの行列によって象徴的に描写される。

Who are these coming to the sacrifice?
　　To what green altar, O mysterious priest,
Lead'st thou that heifer lowing at the skies,
　　And all her silken flanks with garlands drest?
What little town by river or sea shore,
　　Or mountain-built with peaceful citadel,
　　　　Is emptied of this folk, this pious morn?

And, little town, thy streets for evermore

　　Will silent be; and not a soul to tell

　　　Why thou art desolate, can e'er return.

生贄のところにやってくる　この人らは誰なのか？

　　どこの緑の祭壇へと、おお　神秘の司祭よ、

そなたは　白い腹を花環で飾る牝牛を連れゆくのか、

　　空へと鳴き声あげる　あの牛を？

この聖なる朝に　川辺の、浜辺の、あるいは　山間の

　　平和な砦にかこまれた　どんな小さな町を

　　　この人らは　後にしてきたのか？

そして、小さな町よ、お前の通りは永遠に

　　黙したままであろう。お前がなぜ寂れたのかを

　　　伝えに戻る人など　いようはずもない。

　全アテナイア祭[32]がおそらくはパルテノン神殿の浅浮彫 (basso-relievo) 装飾帯の主題であったと考えられるが、この祭りのおりに、人々は行列をなして丘の上の神殿へと向かったものだった。このオードで、行列の人々は「小さな町」という何処とも知れぬ起源から絶え間なく遠ざかり、窺い知ることの叶わぬ到達点たる「緑の祭壇」にむかっている。この町の「砦」(citadel) に「平和な」という形容辞が付されたのは周到であったとする指摘 (Vendler 125) は、洞察に富む。たしかに「この人ら」は敵に追われて砦から逃れ出てきたのではなく、生の行列の流れに乗って進み出てきたに違いない。この行列に加わる「この人ら」の生の完成は、やはり不可知の司祭がPied Piper よろしく先導してむかう彼方の祭壇にあるのだろう。パルテノン神殿の四面の上壁を飾るフリーズの人びとや軍馬、戦車の行列は、神々の待つ神殿方向に近づくにつれ、その形態から徐々に具体性や個別性が薄れていく (Mellor 69)。[33] いまや象徴的な存在となりつつある「この人ら」こそ、生の片道切符を握りしめたわれわれ自身の姿にほかなるまい。われわれは知ら

れざる起源から個別に生まれきて、やがて時の彼方にある窺い知ることの叶わぬ目的地までの旅路をたどりつつ、人間としての個を消滅させていくのである。後にしたこの世という「小さな町」に戻ることはできない。蜕の殻となった町は静まり返り、「寂れた」ままに打ち遣られる。"urn" の語源に由来する使用例が「骨壺」あるいは「墳墓」であり (OED)、この古壺もまたその例に漏れないものであるならば、装飾帯に描かれた「狂おしい求愛」や楽曲、祭壇をめざす行列などは、そのまま此岸の生のアレゴリーとなる。人はみな生の行列に加わり、遼遠の彼方なる到達点にむけて断片的な日々の営みを続ける。行列が生を絶え間なく断片化するものであるからこそ、このオードが奏でる「耳に響かぬ調べ」は落莫たる生の憂愁を宿す妙なる調べとなる。

　あの「離散的」と形容された時代の人びとも等しく行列に加わったように、このオードを書いた 2 年後に、キーツのこの世における道行も終わりを告げる。その短い生涯は、決して完成にいたることのない断片たる人生の、さらなる断片をなすものであったのか。だが、詩人にはまだ書き継がなければならない大きな仕事が残されている。

第4章

断片の美学の彼方へ

Fanatics have their dreams, wherewith they weave

A paradise for a sect; the savage too

From forth the loftiest fashion of his sleep

Guesses at heaven: pity these have not

Trac'd upon vellum or wild Indian leaf

The shadows of melodious utterance.

But bare of laurel they live, dream, and die;

For Poesy alone can tell her dreams,

With the fine spell of words alone can save

Imagination from the sable charm

And dumb enchantment. Who alive can say

"Thou art no poet; may'st not tell thy dreams"?

Since every man whose soul is not a clod

Hath visions, and would speak, if he had lov'd

And been well nurtured in his mother tongue.

Whether the dream now purposed to rehearse

Be poet's or fanatic's will be known

When this warm scribe my hand is in the grave.

("The Fall of Hyperion" I 1–18)

　前章までは、ロマン派が偏愛する「断片」に対する美意識の歴史的、思想的背景が、どのようにキーツの作品世界の特質と関わっていたのかを検証してきた。前章では "Ode on a Grecian Urn" を最後に取り上げ、作品のみならず人間のこの世における生の営み自体が断片にほかならぬことを、壺の装

飾帯に配された行列から解読を試みた。さらには、崇高とピクチャレスク論の基底にある審美観を検証することにより、ロマン派の想像力が求める断片に対する美意識の実体が多少なりとも見えてきた。ロマン派の想像力は断片である人間存在のもっとも遠い地平をめざして羽ばたき、限りなくその視界を広げ存在の全容を視野に収めようとするものの、そこでたどり着いたはずの地平の先にはさらなる地平が広がっており、現時、現処の存在の断片意識からロマン主義の理念が逃れるすべはない。この厳然たる事実を突きつけられようともなお、あたかも到達不能の完成にむけて存在の階梯をのぼろうとする人間の性に突き動かされたかのように、ロマン主義の想像力は羽ばたきを続けてやまない。だがしかし、この想像力の飛翔こそロマン主義の真骨頂であり、その美意識を形成する「断片」が、じつは時空を超える「無窮」の異称にほかならぬことを示すものなのであった。

＊＊＊＊＊＊

ふたつの断片詩

キーツ最後の詩集 *Lamia, Isabella, The Eve of St. Agnes, and other poems* (1820) の掉尾を飾ったのは 884 行からなる "Hyperion: A Fragment" であった。詩集の見開きページの広告によれば、この作品の掲載を詩人は望んでいなかったのだが、出版社側のたっての要望で載せられたということになっている。よく知られるように、詩集を手にしたキーツは広告一面にバツ印を施して、この告知文が「偽りだ」との言葉を書きつけている。キーツ自身の意図としては、恋人ファニーへの惜別の情をも籠めて "Ode on Melancholy" で詩集を閉じたかったのだとする指摘 (Roe, *John Keats* 372–73) もあるが、あるいは出版元の Taylor など善意の友人がヨブの慰安者さながらに、キーツの詩人としての力量を示しうる作品であると踏んで、最終的には断片の結尾で締めくくったとも考えられる。もっとも、この詩集の終わり方は詩人の短かすぎた生と作品世界そのものの「断片性」をはからずも象徴するかのようであり、個人的には作品の配列に肯定的な意義を認めたいと思

う。しかし、今ここでこれ以上この問題にかかずらうことは当面の目的から外れる。本章では、いわゆる "Hyperion fragments" と呼称される "Hyperion: A Fragment"（以下「ハイピリオン」）と "The Fall of Hyperion: A Dream"（以下「没落」）のうち、冒頭に掲げた「没落」を中心として、キーツのハイピリオン・プロジェクトを構成する二つの断片詩がはらむ詩人の意図および作品展開について考察を進めていきたい。

　すでに見たように、コウルリッジは古代ギリシア劇とシェイクスピアを含む当代の劇とを比較して、前者を彫刻的 (statuesque)[1]、後者を絵画的 (picturesque) と措定し、それぞれの特質を以下のように論じていた。

　　ギリシア人が構築したものは、それぞれの部分と全体が理想的な美と均整のとれた比率であることにより、見る者に穏やかで高揚するような印象を与える。近代にも統一のとれた全体が、それも目を見張るばかりのみごとな統一体が、生み出されている。だが、近代のそれは素材を混ぜ合わせ、各部を溶合して出来上がったものなのである。万神殿（パンテオン）がヨーク大聖堂やウェストミンスター寺院に譬えられるのであれば、ソフォクレスはシェイクスピアに譬えられよう。前者には完璧、達成、また秀逸という形容辞がふさわしく、ひとは満足してそこに身を委ねることができる。他方、後者には強大と弱小が、また偉大と卑小といった要素が夥しく絡み合っているため、たしかに未完成ではあるとの印象が伴う。しかもなお、未完成とは社会的にも、個人的にもわれわれが日々、進歩発展していることの証左であるのだから、この上なく優雅で調和のとれた形象が安らぎをもたらせるからといって、未完の形象を優雅な形象と差し替えようなどとは誰も思いはしないし、そもそもそれはできない相談なのだ。(*Notes and Lectures* 71–72)

ギリシア劇という構築物は部分も全体も完璧な美と均整を具備しており、それが静謐で高邁な印象を与えるのであるが、近代の劇はいわば雅俗とりま

ぜ、すべて一緒くたに溶かし込んで総体を構成するということである。それ
ぞれに特有の魅力がありどちらに優劣をつけるというわけではない。だが、
古典の完成された趣に惹かれながらも、なおかつ近代劇の未完成で雑然とし
た状態は社会も個人も発展していく可能性を示すものとして、その特質と魅
力を玩味することが肝要なのである。かの地と故国の壮大な建造物や天稟に
恵まれた劇作家の比較は、完成形たる古典派と断片的なロマン派の本質的差
異と魅力のメタファーともなるが、どうやらコウルリッジはそこに現実態と
可能態の差のようなものを見ていたようである。つまるところ、コウルリッ
ジのギリシア芸術の捉え方も、ヴィンケルマンがギリシア芸術の特質とした
あの「高邁なる明快と静謐なる壮麗」に通じるのである。これに倣っていえ
ば、「ハイピリオン」から「没落」への移行は、さしずめ客観的でミルトン
的な彫刻詩から主観的で夢想的（ロマン的）な絵画詩への局面の展開、とい
うことにもなるのだろうか。その移行は、啓蒙時代に擡頭してきた中産階級
が、客観から主観へと思考の軸足を転換させてきた時代の文化的潮流 (Pütz
6–7) とほぼ軌跡を一にする。また、すでに見たように、人生を多くの部屋
のある館にたとえて偉大なる二人の先輩詩人ミルトンとワーズワスを比較し
たおりに、キーツがコウルリッジの文脈にも似た "general and gregarious
advance of intellect" (L i 281) との言葉を用いていたのは、おそらく天稟の
相違を考察するには人間の知性全般が時代の進展とともに変化、発展すると
いう、歴史的必然にも意識を向ける必要性を見抜いていたからであろう。今
更いうまでもないことだが、啓蒙時代とはそのように広範な思索と意識を生
み出す可能性に富む時代なのであった。

　それでも、作品解釈の実際問題として、「ハイピリオン」が彫刻的であり
「没落」が絵画的であるなどと単純な枠組みに押し込んでみても、ただそれ
だけでは話にならない。かといって「ハイピリオン」を「没落」の修正、統
合版として形式的、詩想的に解読を試みたヴィクトリア朝期に遡る数多の錯
誤を再現するのも、また不毛な議論にしかならない。さらに、二つの断片詩
の主題の連続性については否定的な見解 (Perkins, Muir, Thomas) がある一
方で、Sperry や Goslee などのように「没落」を「ハイピリオン」の主題の

進化（深化）とみる肯定的な解釈も多々ある。レヴィンソンは基本的に両作品を一は詩魂の抑圧であり、他はその解放とみなす視座から、ベイトやブルームの考察をも意識深くに抱懐しつつ、二つの断片詩の不可避的な「相互依存性」を解明しようとした。相互肯定的であれ否定的であれ、作品構造からも二つの作品のつながりは明白であると筆者もまた考える。彼女がひとつのキーワードとして用いた「没落」緒言にある "rehearse" なる語は、語源である "re-hercier" (=re-harrow)「ふたたび馬鍬でならす」の字義どおり、無からの創造ではなくかつて成されたものを念頭に土台から作り直すことである (175)。言い換えれば、「ハイピリオン」と「没落」は、それぞれ独自の断片としての作品と考えることもできるが、同時に、両者が統合されてひとつの「ハイピリオン構想」を成立させるという視点からは、それぞれが相手にとって依存すべき断片となっている。そして、キーツが単に "tell" や "relate" あるいは "recount" などではなく "rehearse" という言辞を選んだ理由にも注目すべきだろう。この言葉は「没落」があくまでも「ハイピリオン」の再構築であるとする、彼の隠然たる意識のあらわれであることを示している。もう一歩踏み込んでいえば、「没落」は「ハイピリオン」執筆以降の多様な創作活動を経てひとつの高みに到達した詩想と技法により、「ハイピリオン」で描いた発展的な歴史と詩のありようを「包括的」に内在化することを目指して執筆されたのである。自己の過去たる「ハイピリオン」の存在に対して「否定的」な姿勢のみを取ろうとするならば、それは自己そのものを否むことにつながる。詩人は実存を賭して総括をおこない、その先に見えるはずの可能的実体を自身が主体的に、かつ統合的に展望しうる作品を書き上げなければならない。二つの断片詩は、いわば詩人キーツの詩魂の総体を成す履歴書として双方向の連続性を保つ。一の彫刻的な場面展開は他の絵画的な物語へと発展的に送り込まれ、他は一の内容を詩人たる意識の濫觴と成長をめぐる〈夢物語〉となす。それは、詩人の存在する現時・現処の視点から、過去より持ち越された未来への存在の意味と方向の妥当性を検証することである。夢からの覚醒が現実のありように有意な変化をもたらせるのは、この詩人の神話的意識が作品に投影されるときの顕著なパターンであっ

たことを思い出したい。「詩魂の総体」などと書いたのだが、それは「ハイピリオン」でのアポロ誕生にいたる神話を「没落」で内在化し、詩魂形成のドラマとして語ることになるからである。「没落」においては、過去から現在を経て未来にいたる自己の存在そのもののありようが、回想的に、統合的に、そして預言と成就の型として描出されるのである。想像力を「きたるべき実体の影」としたキーツの定義は、現在化されることのなかった実体を詩人に開示する力として、未来にのみ向けられたものではない。過去から現在までを構成する存在の背後につねに見定められていた影像のことを意味する。すなわち、その像は時空間の一点に留まることなく絶えず生成を存在にむけて発動させ、断片化することにより夾雑物を削ぎ落しかぎりなく事物の核心に近づいていく。そのようにして、旧来の自己の上に新たな自己を上書きしつつ自己の未来像へと近づこうとする。詩人は「ハイピリオン」の世界と自己の実存との有機的なつながりを強く意識しつつ「没落」の筆を進めるのである。

　ここで「没落」の検証に入る前に、いちおう「ふたたび馬鍬でならす」前の物語「ハイピリオン」の展開をざっと御浚いしておきたい。

〈第Ⅰ巻〉物語の前提となっているのは既定の神話である。旧世界を支配していたサターンを長とする巨人神タイタン族は、主神ジュピター率いるオリンピア神族との戦いに敗れたため、神権を簒奪され地底に落とされた。王権を剥奪されアイデンティティを喪失したサターンはひとり彫像のように身動きもせず川辺にうずくまり、栄光に包まれた過去の記憶を空しく手繰り寄せ悲嘆にくれるばかりである。彼は失楽の理由も意味も諒とすることができない。サターンが統べていたタイタン神族もまた *Paradise Lost* の万魔殿（パンデモニウム）や *Inferno* を髣髴させる地底の岩屋でうずくまり、失意の日々の痛苦に苛まれている。かれらが切に願うのは黄金時代の再来であり、復権した長サターンが厳として一族に忠誠を求め、かれらがそれに応ずることである。神族すべてが自己存在の意味と方向を見失っている中で、ただひとり天空で神としての威光を保ちつつ、旧来の務めをはたしているのは

太陽神ハイピリオンであった。だが、この神ですら下界から鼻腔に立ち上ってくる薫香の劣化や自身を取り巻く環境の変化により、やがてその地位から放逐されることを感じ取っている。やり場のない怒りに身を貫かれる太陽神の耳には、やがて天空の彼方からタイタン族の父なる Coelus (=Uranus) からの声が響き、サターンとともに神族再興にむけた戦いの火蓋を切るよう使嗾される。ハイピリオンはまなじりを決して立ち上がり、大空の岸辺から闇深い夜の大気の只中に音もなく身を投じる。

〈第 II 巻〉同じころ地底の岩屋で、大地母神キュベレとともにかつて権勢を誇ったタイタン族の神々が呻吟するところに、連れ合いのテイアに導かれて主神サターンが姿を見せる。神々のざわめきは消え、主神の言葉が響き渡った。しかし、その声は復讐の戦いを主導するような凛然たるものではなく、ひたすら没落の因縁を問う言葉が空しく彷するのみであった。サターンは言う——汝らのように素晴らしき姿形の具わる神々が没落した真因をこの胸の底の底まで問うてみて、四大の本源までたどり探し、万物万象にかかわる巻物の隅々まで穴のあくほど調べてみたものの、ついぞ答えは得られなかった——汝ら、友の神々よ、何故なのか答えを聞かせてほしい、と。ここでサターンに直截的に問いかけられた海神オーケアノスは立ち上がり、没落の事由はかれら自身の裡にあるのではなく、美と力を生み出す「永遠の理法」によるものであることを直視しなければならないと説く。すなわち、世のはじまりにあった混沌と闇から、より美しい姿形をもつ天ウラノスと地 Gaea が生み出され世を統べることになった。同様に、タイタン神族を生じさせた天と地の姿形をタイタン神族が美において凌駕するゆえに、かれらに統治権が与えられることになった。まさにそのように、タイタン神族の美を凌ぐオリンピア神族が登場したのであれば、タイタン神族にとっての楽園喪失が招来されることになるは必定。むろん、オリンピア神族とて時がくればこの理法から逃れるすべはない。オーケアノスの娘 Clymene も父の声を是とするように、若き太陽神アポロの登場を告げる声を浜辺で聞いたことを明かすものの、大方の神々はいっかな敗北を認めず戦いを扇動する百手の巨人神 Enceladus の声に聴き入るのだっ

140

た。そのとき、濃密な陰翳に包まれた角張る岩屋の切れ目のそこかしこから、恐ろしいほどの光が差し込んできた。花崗岩の峰に足をかけたハイピリオンが、落日に照らし出されたメムノンの巨像さながらに、みずからが発する光輝に包まれこの場の惨状を見遣っていたのだ。落胆した様子の太陽神を見ると神々もまた俯くのだったが、エンケラドスらがサターンの名を叫ぶと、その声に呼応するようにハイピリオンは峰の上からサターンに呼びかけた。

〈第 III 巻〉冒頭で詩人は詩神ミューズに呼びかける。このミューズは神々の騒動を吟ずるよりも「孤独の裡に噛みしめる悲哀の詩を／詠むのがふさわしい」"[a] solitary sorrow best befits / Thy lips" (5–6) とする詩人の言葉が吐露されたのは、あるいはアロットの言うように、彼が第 I 巻の冒頭で失楽の痛苦に苛まれていたサターンの哀しみの描写を呼び起こしていたからなのかもしれない。だが、これまでの展開を考えれば、筆の方向は没落の悲哀に塗れた状況から喜悦に満ちた状況へと進展し、前巻の「永遠の理法」の具現化への軌跡を辿ることになるはずだ。じっさい、この巻の 10 行以下ではアポロが新生の詩神、太陽神として変容をとげる様子が描かれ、前二巻とは打って変わり、彼方なる新生の世の先触れとなるかのように物語は明るい色調に変化する。ここには "Giant of the Sun" (29) と呼ばれたハイピリオンの姿はなく、彼の没落を知るアポロがなぜか黄金の弓に落涙しつつ独りたたずむばかり。小夜啼鳥はすでに歌を止め、夜の帳が払われて鶫の鳴き声が静かに響く。新しい夜明けである。そこへ足音を響かせることもなくミューズ神の母たる記憶の女神ムネモシュネ (Mnemosyne) が姿をあらわす。女神はアポロの幼少期から時代にまたがる弓を引く現在にいたるまでを見守り続けてきており、太陽神、詩神としてのアポロと美の誕生という理法の成就を見届けるため、旧神族の聖なる座を後にしてきたのだった。アポロは女神との対話を通じ、ハイピリオンと旧神族のたどった苦悩の歴史が新神族の神格を得るための自身の成長の記録として、記憶に刷り込まれていることを悟る。そのような「至大なる知」"Knowledge enormous" (113) を得たことにより、アポロは新生の神としての自覚をも

つ。彼はハイピリオンとしての旧来の自己を死にアポロとして新生の自己
を生きるため、激しい震えとともに新生の神へと変容する。アポロは鋭く
高い声を上げた——すると「見よ、神々しい／四肢から……」(135–36)。

作品はアポロの変容の先行きが見えぬまま、ここで断章として残されたの
だが、この作品と「没落」の繋がりにかかわる論点をまず整理してみよう。
「ハイピリオン」において太陽神としての神権はハイピリオンからアポロ
へと移るが、ごく大雑把に捉えれば、これは新旧の世代交代という歴史的必
然の相の描出であると考えられる。ここに現実の時代相としてのルイ XVI
世やナポレオンの凋落を読み込むことは容易だが、具体的な物語のレベルで
は、タイタン神族からオリンポス神族への神権の移行という「ハイピリオ
ン」の主題となる。これが「没落」ではさらに包括的な構図のもとに語り手
たる詩人の意識の覚醒という主題によって主観化され、まずは作品の序章と
して上書きされることになる。歴史の進展とはすなわち、ハイピリオン（タ
イタン神族）の時代相が絶え間なく死滅する一方で、アポロ（オリンポス神
族）の時代相が絶え間なく誕生することにほかならない。歴史とは生起衰亡
による絶え間ない生成のプロセスであり、限りなく断片化される事象の集積
にほかならない。「没落」の構造はこの生成のプロセスを個の精神の発展と
重ね合わせ、断片化された事象の集積を自己の認識の深化、発展へと書き換
える。別な言い方をすれば、歴史的事象の一断片にすぎない主観的自己であ
る「わたし」"I" が、歴史の事象を自己意識の延長として眺め、主観と客観
の懸隔が「わたし」という存在の裡に統合されるという意識に到達すること
である。
　先に鏡の反射のたとえの箇所で述べたように、存在する事物をみる「観」
とは可視的な対象に照射した知の光が反転し、不可視の光の知として観者に
戻されることであった。この時、観る自己に観られる事物という主体と客体
の関係は、じつは自己の裡に存在している。主体と客体は不可分なのであ
る。観るとは主体が客体を通した主体の姿を看取することであり、究極的に
はこれは現時、現処の自己を時間的、空間的に不在の自己に同化させる

"Negative Capability" の原理に径庭を見ない。詩人がハズリットに学んだように、主客不可分の関係は自己愛を他者に投射する愛他、利他の原理ともなる。[2] 視点を変えてみれば、これはI AM（＝神）のごとき意識の作用とでもいうべきものか。主体たる自己は客体から反射される自己を意識することで、はじめて自己の主体性を認識するのである。[3] たとえばウィンダミアの風景に自己の存在が吸収され同化しているようにキーツは感じていたが（L i 301）、自己の全存在が視覚に収斂するという稀有な感覚体験により完璧な受動の瞬間が訪れたとき、彼の主体としての精神は客体としての風景の内側に入り込んでおり、客体としての精神の作用を確認していることになる。外界に対する彼の認識とは、とりもなおさず自己の精神の確認ということになる。このような精神作用が、やがて詩人と対話を重ねる神殿の巫女 Moneta の言葉と表情を生み出すことになる。

　「ハイピリオン」第 III 巻に描かれたアポロの変容は、記憶の女神ムネモシュネの静穏にして悲愴なる相貌から、生存の苦悩の全容を包摂する「至大なる知」を読み取ることによって可能となった。そこに介在したのは時を超え千里の空間をも見通す、予言者アポロの強靭なる想像力であった。

> Names, deeds, gray legends, dire events, rebellions,
> Majesties, sovran voices, agonies,
> Creations and destroyings, all at once
> Pour into the wide hollows of my brain,
> And deify me. (III 114–18)

> 呼称、行為、古来の伝承、悲惨なる事象、反乱、
> 王族、君主の声音、苦悶、
> 創造と破壊、これら全てが一斉に
> 吾が脳髄の　広漠たる洞に流れ込み、
> 吾を神となす。

　この新たな神話における新来の太陽神アポロは、ハイピリオンの存在に体現された旧来の歴史の相をいまだ空漠なる自身の脳髄の内容として浸潤させ、精神の発動契機となす。かくして、没落の悲哀と生誕の歓喜という歴史の対立相は、個の意識の連続的な発展のドラマとしてそれぞれに包含され、統合をみる。この構図の元型となっているのは、おそらく旧約と新約に預言と成就という相互補完をみる予型論的な視点であろう。伝統的な聖書解釈のひとつである予型論を大掴みにいえば、ユダヤの民族的歴史の全容と預言（旧約）がキリスト個人の生涯の言行（新約）に収斂し、成就されると捉えることである。逆にいえば、キリストの言行の内実はユダヤ民族の歴史の中にすでに預言されている。それゆえ、「ハイピリオン」神話を個の歴史として内在化する「没落」の物語劈頭に、楽園とその喪失を意識させる描写が配されるのはしごく当然のことであり、失楽の契機もやはりその場に象徴的に示される。

　ただし、キーツがキリスト教の寓話や神話様式を借用しているからといっても、それがそのまま彼の信仰の発露となっていると結論づけることには無理があるだろう。筆者のようにキリスト教の信徒ではない人間から見ても、キーツのキリスト教に関する知識や発言は一般的なキリスト教徒の教養の域を出るものではないと思われる。それは Lowes の指摘にもあるように、幼少期のキーツの家庭の会話の中で育まれたごく日常的な知識であったはずだ。それゆえ、言行から判断するに彼はもちろん無神論者であったわけではないし、またキリスト教徒としての信仰心を蔑ろにすることもなかった。しかし、彼の生が信仰を意識的に基盤となして営まれていたという可能性は低い。詩を書き始めるようになっていらい、彼の生の基軸はおそらく自然と人間の共生につらなる審美と倫理の意義を観じ、その思念の塊から言葉の力により千姿万態の美を発現させるべく、詩文を彫心鏤骨するところにあったはずだ。さながらフェイディアスが石塊の裡に存在するはずの多様な形態を鑿と槌を揮い引き出し、その美意識を彫像として具体化させたように。キリスト教信仰がキーツの主題に重層的な奥行きと広がりを与え、なお象徴性を付与するという意味において、たしかに重要な役割を担っていたことは間違い

ない。しかしそれは詩人の信仰のありようという問題とは別次元の話であり、ここでは彼の短い生涯の情熱のほとんどすべてが、美を生み出す言語芸術の遥かなる地平に向けられていたということに留めておきたい。

夢と自己客体化

　個の精神の成長というプロセスに内在化されるアポロの神権獲得のドラマは、時代の変遷という叙事詩的な主題を視野に収めながら、旧来の自我の上に新たな自我の確立をめざす物語として「没落」に上書きされる。そこでは外在する善悪や伯仲する力の衝突というようなミルトン的な——あるいは古典的な——叙事詩の構図が機能することはもはやなく、発展に向けて個の裡に絶え間なく生ずる新旧自我の葛藤こそが作品の推進力となる。そもそもこのような個人の生における重要な分かれ目や転換期を描く叙事詩は、*Prelude* と同じくいわゆる「岐路の自伝」 "crisis-autobiography" のジャンルに入る (Abrams 123)。ウェルギリウスの *Aeneid* を嚆矢とするこの伝統の内にある作品の特質は、叙事詩の作法にのっとりながらも絶えず作者である詩人の存在が示唆されるところにある (Wilkie 12)。客観と主観の手法の止揚であり、この形式ゆえに一見、矛盾するようでありながら原理的にはロマン派精神に与するため、この時代にはとりわけ多種多様な私的叙事詩が生み出されることになった。キーツの場合、「没落」の結構のみならず手法にも大きく作用したのが『神曲』であったことは間違いない。

　「ハイピリオン」と「没落」を統合するという詩想展開の方向を考えれば、「没落」は「ハイピリオン」においてアポロに変容したハイピリオンに関わる事蹟を、語り手たる詩人の精神が巫女の存在を通して自己の裡に存在するはずのアポロ像に覚醒し、詩神へと変容するまでの葛藤を統合したドラマとなるだろう。旧来の神が歴史の残酷な必然として新たな神に神権を簒奪されることの正当性は、すでに「ハイピリオン」第 II 巻で海神 Oceanus の単純化された「永遠の理法」として説かれていた。

　　　… 'tis the eternal law

That first in beauty should be first in might:

Yea, by that law, another race may drive

Our conquerors to mourn as we do now. (II 228–31)

　　　……永遠の理法とは

美における一の座が　力における一の座であるべきこと。

然り、その理法により、また異なる種族が

われらの征服者を　今のわれら同様に嘆かせることになろう。

　ここに見られる一見、楽天的な進歩史観が作品の究竟に位置づけられたのであれば、それはそれで啓蒙思想の朗らかな側面を語ることになるのだろう。ただし、オーケアヌスの存在と弁舌が、より良き秩序と調和を生み出す歴史の不可避の展開と判断すべき規範となっているのか、あるいは、彼の存在自体が、無益に逆らわずただ定めを受容すればより良き世界がくるとの詭弁を弄し「助言」する悪魔 Belial なのかは判断しがたい (Stephenson 63) と、疑義を呈する声もあった。この時代に書かれた作品の展開に対して生じた疑念であれば、このような解釈も生じることであろう。それよりも、むしろここで読み取るべきは、キーツの筆運びが歴史展開の必然性を受容し、そこに美を介在させて発展的な意味を見出す方向に進んでいることである。破壊を伴う歴史の変化と展開の究極が世界をより良き着地点に導くことにあるはずと信ずるのであれば、楽天的な目的論に収束させるのがキーツの歴史解釈にとっては有効な選択肢となっていたことであろう。そのような見解にいたる Newey の読みとその後の論の展開 (179–83) にはまず無理がない。驚天動地の大革命がいちおうの収束を見た時代背景を視野に収めてみれば、なおさらのことと思われる。そのうえオーケアヌスの演説は、タイタン神族の悲痛な姿と状況の描写にいわば賢明で崇高なる敗者の美学を付与していた。彼の娘 Clymene が新世代の神アポロの抗しがたい美に打たれ、哀愁に満つる賛辞を口にしたことによっても、歴史的必然の強度は増す。やり場のないエン

ケラドスの怒りと抗議の言葉も、ついには作品の終局感を募らせる道具立てとなるしかない。そのような場を設定した以上、この先キーツがどのように筆を継いでいけば、神々の戦いの後始末が主題となった叙事詩の展開を結末へと導くことができるのだろうか。

　第 III 巻でアポロが「至大なる知」を得て新たな神に変容したのであれば、叙事詩として語るべき内容はもはや残されてはいない。興亡恒無しは歴史のさだめであり、すでに 750 行ほどを費やして「亡」のさまは描かれていた。その質と量に比肩しうる、否、質量ともに凌駕する「興」の相を描き発展的な叙事詩に仕立て上げるのであれば、失権したサターンとタイタン神族の悲しみに沈む姿に優る美と業の有り様を、アポロとオリンピア神族に具現化しなければなるまい。すでに一世紀も前に Colvin が危惧していたのも、結局はこのことなのである (433–36)。だが、具現化への展開を可能となす確たる詩想も詩材も、そして動機づけさえも、おそらく当時の詩人にはなかったようである。外在する歴史の現況を見ても、すでにあの大革命の理念が生きているとはとても思われない状況にあった。アポロの新たな神格の実体が語られることなく、物語も断片として終わったのである。かりに書き継ぐ見込みがあったのだとしたら、わざわざ「没落」を「ハイピリオン」の上書きとする必要もなかったであろう。

　重要なのは、上掲の一節に示された「美における一の座」と「力における一の座」の統合という問題である。これが理念としてはたしかに望ましい様態ではあろうとも、現実には歴史の現況と同じく決定されたもの ("is") ではなく、あるべきはずの姿 ("should be") としていまだ未決のままであることだ。この論旨の先をたぐっていけば、ハイピリオンを継ぐべき神格を得たアポロが「没落」で果たすべき任は、「あるべき」という予言をいかにして「成就された」状況となすか、という課題が見えてくる。ムネモシュネの相貌から読み取ったはずの「至大なる知」の内実が、オーケアヌスの説く美と力を統合する「永遠の理法」をただ肯定的な意味に解釈するだけのことであれば、それを開示することにいかほどの意味があろう。外在する現今の歴史展開を内在化しようにも、もはや作品としての統一性を導くには手詰まり感

が否めない。キーツ自身の詩魂陶冶をめざす苦悶の真義にしても、はたしてオーケアヌスの唱えるような格率に包摂できるのだろうか。

　「至大なる知」を敷衍するオーケアヌスの発言の裏には、自然界の秩序と進歩が残酷な破壊によって支えられるという掟 (*L* i 262) の潜むことを見極め、それを受容する (*L* ii 79) 詩人の姿勢があったはずだ。それはすなわち、絶え間ない自己破壊と自己創造を繰り返しつつ作品世界を築いてきた詩人の生と、その生を支える悲劇的な認識に由来するものであったろう。先のコウルリッジの言を俟つまでもなく、未完で不定の状況に絶え間なく意識を晒すことが自己の発展に不可欠であるならば、悲劇的な認識とはまさにそのような生を肯定的に完成なき断片と定立するところに生ずるはずだ。こういった認識の醸成に少なからず寄与したあの Burton の頁を繰ってみれば、彼は時にソロモンの箴言 (Prov. xiv 13) などを引きつつ、この世の定めとして歓笑の最中にも悲哀が不可避に控えていることを説き、純然たる幸福や繁栄を求めることの愚かしさを綴っていた (Pt I 143–46)。そこから一歩踏み出せば、"bitter-sweet" というような撞着融合の概念に到達するのは至極たやすい話であったろう。"Ode on Melancholy" などはまさにそのような思考の延長上にある。

　しかし、そのような認識に支えられてはいても、物語のレベルではアポロは嘆き、涙する。新生の歓喜に浸るべき自己を支える不可避の事蹟としてのハイピリオンの失権に、アポロがなぜ懊悩し涙するのか、その条理は語られていない。極論すれば、これは「レイミア」の幕切れに窺われる急落のアイロニー (bathos) にも通じる結末と同断ではないか。あるいは、そのような筆致こそ「没落」で語られる「夢想家」の特質を意味するのだろうか。「没落」執筆のおりには詩人はすでにオーケアヌス的な歴史観とは距離を置く詩作の方向をたどりはじめており、作品の緒言でも新たな作品の価値判断を後世に委ねるという意図を示している。われわれに求められるのは、その価値判断をなすことに尽きるということである。

　ハイピリオンとアポロに象徴される対概念の内在化は、個の実存的な苦悶という絶え間ない断片化のプロセスに置換され、これを詩神アポロたるキー

ツが「わたし」という語り手となり自身の詩魂遍歴として「没落」で語ることになる。かつて三人称で語られた失楽の苦悩を、詩人はいま一人称の苦悩としてその身に引き受けなければならない。それは「ハイピリオン」の客観的な描写から『エンディミオン』の主情的な語りへの回帰ということもできるが、また、キーツ本来の語りの回復でもある。物語の語りは現在の視点から過去を眺める回想という構図を取りながら、しかもなお過去時制の内実はあくまでも神話的な現在にほかならない。その言葉は出来事のたんなる叙述に留まるのではなく、むしろ変転する詩人の心理と行為の活写となる。また、形式と内容に類似が見られる Cary 訳『神曲』のタイトルは "The Vision" であるが、「没落」のタイトルには "A Dream" という副題がつけられた。おそらくキーツはダンテの饗に倣うように物語を進めるために、中世以来の寓話詩の伝統的な手法である "dream vision"（夢物語）を連想させる心算のもとに、副題には "vision" ではなくあえて "dream" を用いたのであろう。「没落」の構造を支える場が、〈夢〉という自己客体化の場であることをタイトルからも明確に示しているのである。

　夢の手法を取ったことから見えてくるのは、主客の統合である。間断なく過去へと断片化されてゆく現在を時の流れから掬い取り、過去と現在を縫合し不在の未来の生にも自己を自在に投射する、そのような想像力の本源的な力の発動の場を詩人は作品の舞台として用意したのである。この状況は、遥か彼方なる「緑の祭壇」へとむかった古壺の人びとの行列を、それと感知されることなく断片化されていく生の象徴として詩人が眺めていたことに重なる。形式としての夢の中で客体としての自己のありようを観察することは、究極的には夢を鏡と同じく反省 (reflection) の手段となし、自己意識の確実性を担保することになる。しかもなお、詩人は存在の継起発展するさまを物語の枠組みの彼方にある詩神の誕生という主題に昇華させる、いわばメタフィジカルな意図をもそこに託しているようである。すなわち、この夢を執筆時期が一部かさなる「レイミア」の夢のように破綻させずに主題を意図どおりに物語化するため、詩人は「ハイピリオン」で用いた手法に具体的な捻りを加える。それはあたかもワーズワスの生におけるドロシーのように、ある

いはダンテの生におけるウェルギリウスやベアトリーチェのように、話者み
ずからの魂のありようを反転した光として返す巫女モネータを対話の相手と
して登場させることであった。

　モネータは Juno の特性を示す添え名 (*agnomen*) であり "adviser" の意味
をもつ。だが、キーツがモネータに与えた役割と属性、そして装いなどは、
ランプリエールの『古典事典』では "Moneta" の項より数ページ前の項目に
配されている "Minerva" (=Pallas Athene) の解説に、より近いようだ。じっ
さい Potter の *Archaeologia Graeca*[4] にも、ミネルヴァがユピテルとともに
古代ギリシアの神殿で「助言者」(counsellor) として祀られ、供物をささげ
られていたとする記述が見える (V1, 445)。キーツが巫女にミネルヴァの含
みをもたせていた可能性は高い。生起消滅する歴史変遷の記憶を宿す「ハイ
ピリオン」の記憶の女神ムネモシュネは、「没落」において神々の来歴を記
憶して未来（＝現在）に伝えるサターンの宮の巫女モネータとして上書きさ
れる。モネータは「記憶」に包摂される知恵と学を司る巫女であることは無
論のこと、後段であきらかになるように、物語の語り手である「わたし」に
自己存在の意味と方向性を自覚させる、いわば「わたし」の超自我（良心）
の形象化でもある。その本性はいま述べたように旧世界から唯ひとり残る語
り部であり、来るべき世に自身の記憶を語り継ぐことが役割であるため、未
来に対する洞察や予言などは巫女の能力と役割を超える。先人が弁別してい
たとおり（『詩学』）、過去は歴史が、未来は詩文が語るものなのである。

　サターンの宮と歴史についてはテキスト自体に語られている通りである
が、図像解釈学 (iconology)[5] の泰斗 Panofsky が、すでに古代から始まって
いたとされるサターンと歴史の組み合わせの要諦を説明している。彼によれ
ば、ギリシアで「時間」を意味する *Chronos* は、神々の最長老でもっとも
恐れられていた *Kronos*（ローマのサターン＝サトルヌス）と語形が似ている
ため、同一視されるようになったという (68–69)。古代の絵画や彫刻を実際
に検証してみると、たしかにサターンが時間を支配する神として表現される
慣習があったことがよくわかる。この見地から提示された Ripa (#151) や
Richardson (#113) の図像でも、農耕の守護神であったサターンは、時の翁

150

図 5.「ヒストリアとサトルヌス」(リチャードソン #113)

のように大鎌（あるいは手鎌）をもつ老人として描かれている。しかも、その背中では翼もつ女性 *Historia*（歴史）が書物（ないしは円盤）にこの世の出来事を余すところなく（すなわち「至大なる知」）正確に書き込んでいる様子が見える（図5）。サターンとモネータの歴史、記憶、知識との繋がりは緊密なのである。ちなみに、リーパの図像のヒストリアは背後を振り向いている姿で描かれているが、これには彼女が記録を後世に残すべく書いているという含意がある。

　さて、アポロが押し黙る女神ムネモシュネの表情から「至大なる知」を看取したように、「わたし」もまた対話を進めてゆき、究極的には巫女モネータの顔容から知を読み取ることになる。その顔容がどのように知を開示するのかを、この先の検証であきらかにしていきたい。その前に、キーツにとって「看」は「観」であり観想 (*theōria*) に通じることを、少し別な角度から今いちど確認しておこう。

　前章でもみたように、「観る」あるいは「眺める」という受動的な態度はとりわけキーツにとって重要な意味をもっていた。別して視覚に敏感であったこの詩人にとって、真の「制作」(*poiēsis*) は究極的には「観」という姿勢

と不即不離の関係にあった。まず対象とする事物の「有り様」を観察し、その来歴を考え、この先の「成り様」に思いを馳せること、これはわれわれが万象と相対するおりにおこなう普遍的な精神活動である。樹木に葉が生えるように、また太陽が昇り天道をめぐりやがて沈むように、外界の現象と有機的に繋がり自然な詩を書くとしたキーツの言葉は、この姿勢に徹することを意味するのであり決して特殊なものではない。ではキーツの場合、「有機的で自然な詩」とはどのような状況において書かれるのか。おおむねそれは現時、現処の存在を支える歴史への意識的な執着と、存在そのものに纏わる神秘の重荷への思いを共に葬り去り、自己を自然の只中に投擲したときに可能となる。換言すれば、自然界の事象の一断片として自然界の要素に存在を連ね、自然の内側から生のままの万象を眺めることである。自然の力とその秩序の中に身を委ねるのである。あのスコットランドへの徒歩旅行の途中で訪れたアンブルサイドの飛泉を眺めていたおり、詩人はこのことを確信したに違いない。念のためここに彼の視覚体験の原文を引いておく。

What astonishes me more than any thing is the tone, the coloring, the slate, the stone, the moss, the rock-weed; or, if I may so say, *the intellect, the countenance* of such places. The space, the magnitude of mountains and waterfalls are well imagined before one sees them; but this countenance or intellectual tone must surpass every imagination and defy any remembrance. I shall learn poetry here and shall henceforth write more than ever, for the abstract endeavor of being able to add a mite to that mass of beauty which is harvested from these grand materials, by the finest spirits, and put into etherial existence for the relish of one's fellows. I cannot think with Hazlitt that these scenes make man appear little. I never forgot my stature so completely—I live in the eye; and my imagination, surpassed, is at rest.

(*L* i 301、イタリック引用者)

　要は自己の存在自体が明媚な眺望の一要素として、まるで自然という無辺際のジグソーパズルの一片のようにその中に嵌め込まれている、その様子を詩人が体感していたことである。詩人は観察の対象たる風景を自己と緊密に連関しあう有機的存在として、その場の「表情や知的な調子」に生命の息吹を感じ取っていた。自分は自然の部外者ではなく、またピクチャレスク絵画の中の添景 (staffage) として付加されたものでもなく、まさに自然風景の有機的要素として自然の中に溶け込み、全体を構成するように結合された感触を得ていた。無意識の裡に記憶に刻み込まれたこの状況を詩作の機会に呼び出すのはむろん回想という意識的な行為によるのだが、アンブルサイドでの審美体験は、たしかにそれまでの詩人のすべての想像体験や記憶を凌駕するものであった。同じ風景がハズリットに人間の卑小さを想起させ、自己と自然との距離感を強く印象づけたのに対し、キーツには５フィート１インチという身の丈の実感すら失わせていた。みずからの存在が触知しうる自然の中に溶解し、有機的全体の一部となっているような感触を得たのだった。その時、総身の感覚すべてはおのずと視覚に収斂し、彼は文字どおり「目の中に生き」、その眼力によって万象を眺める。観照の姿勢のままに自然界に充満する「気」、あるいはウォーカーの言う "vigour"、すなわち横溢する活力ないし精気、に総身が貫かれていたのである。そのような直截的な審美体験はもはや想像力すら必要としない。「観」は取りも直さず「識」であり、「観る」ことは「首尾一貫した推論」("consequitive [sic] reasoning" L i 185) を介在させることなく、ただ透徹して鋭敏、澄明な直覚によって美を「識る」ことになる。

　「ハイピリオン」第 III 巻でアポロが新しい神に変容を遂げるに際し必要とされた膨大な知は、ムネモシュネとの対話の中に探し求めて得られたのではなく、最終的にはムネモシュネの表情を「眺める」という受動に徹したことにより得られた。シュレーゲルの英訳者 Firchow が *Lucinde* の解説 ("Introduction" 27) で述べているように、シュレーゲルにとっても真の受動とは不活発、倦怠、怠惰などとは異なり、人間本来の自然の姿に関していう受動、すなわち自然体のことであり、受動のあとにはおのずと創造の発動が

控えているのである。すでに見たことだが、「受動」"passivity" という語は
「受難」"passion" と同じくラテン語の *pati* = "to suffer"、すなわち「許容す
る」ことを語根とする。詩人は観察の対象たる風景を自己の存在と繋がる有
機的存在として、その場に横溢する「表情や知的な調子」が生の息吹のよう
に自己の存在に浸透してくるのを「許容」していた。自分は自然の部外者で
はなく、風景の有機的要素として自然の中に溶け入り沈み込んでいるのだと
感じていた。十字架の象徴性に照らし合わせてみても、受動は受難と同じく
みずからが何かを「為す」のではなく「為される」という意味を基底としな
がら、なお創造につらなる意味をはらむ。受難は新たなる生命を生み出し、
受動は詩作に新生の境地を生み出すのである。「自然に生まれる詩」が受動
の姿勢に負っていることは「憂鬱のオード」にもあきらかであったが、キー
ツのように真に創造的な人間は、その実人生において真の意味での受動に徹
していたこともまた事実である。

　受動に徹する生の特質としてある憂鬱は、古来、視線を下に落とし暗い色
合いの衣に身を包む年老いた女性や男性の図像で表現されてきたが、その下
向きの視線と陰鬱な表情は、絶え間ない失望と不満に苛まれる精神の病症と
して否定的に考えられていた。リーパの図像 (#59) では、左手に巾着を握り
しめ（貪欲）、口を布で覆い（寡黙）、食い入るように右手の書物に目をやり
（耽読）、頭に雀が留まっている（隠遁）老人の姿で描かれている。憂鬱は病
そのもののようであるが、哲学や政治、詩、技芸などの分野で偉業を成し遂
げた天才的人間がいずれも憂鬱の症状を示していたことは、前章で述べたよ
うにアリストテレスの論考ですでに言及されていた。そして、憂鬱といえば
バートン。

　原子論の唱道者デモクリトスに倣って、みずからを "Democritus Junior"
と称していたバートン (Robert Burton) は、決定論の見地から憂鬱症状の成
因を究極的に不可分の構成要素（アトム）に還元して考察しようとした。す
なわち、およそ考えうる限りありとあらゆるジャンルを渉猟し、憂鬱につら
なる原子たる多様な病理の事例を実際に観察し、事象の「解剖」を試みたの
である。余談であるが、その行為を逆転させて「憂鬱」を「黄金」に置き換

えてみれば、物質をまったく異なる性質の物に変容させることをめざした錬金術にも行きつくかのようだ。考えてみればキーツがバートンを愛読していたのも、自身の想像力に実体化の力を認める思索の方向で何らかの示唆をバートンから得ていたのかもしれない。[6] 実際に *Anatomy* のページを繰ってみれば、この博覧強記の奇人の世界はさながら至宝の知識の山に分け入るかのよう。憂鬱症は生起タイプ別に分類され、神意にはじまり、神罰や魔法、星辰の影響、人間の観相、内臓器官から飲食物、情感や性格、性向、体調の変化、あるいは習慣や想像力、もちろん宗教にも起因するなど、など、神羅万象の細目にいたるほどの誘因と症例、さらには対症法などが、それこそ余すところなく網羅的に検証されている。「レイミア」の構想にも不可欠の書であったことは納得できるのだが、あるいはバートンの考究の網の目から逃れられるような人間など皆無であると、読者のだれもがそのような思いに囚われるかもしれない。[7] 開巻劈頭の「概要」にも示されているように、憂鬱とはまず甘美なるもの、悲しくも不快で、忌まわしく、過酷で荒々しい、いわば想像体験とほぼ同義であり、古代ギリシアの時代からいわれてきたように、何物にも代えがたい神授の聖なるもの、そして逃れられぬものであった。そもそもバートンがこの大著を執筆した理由も自身が憂鬱に陥らぬためであったと言っているが、けだし、懈怠そのものが憂鬱にとっては最良の友なのである。

　当該書の内容を概観しようにもあまりにも膨大で手に余るし、憂鬱論を撲つ余裕などありはしない。だが、乗り掛かった舟、無理と非力を承知であえて本論のロジックに沿う上澄み部分のみを掬ってみれば、憂鬱とは無意識裡にも創造行為に向かおうとする肯定的で積極的な、いわば実存にかかわる「気分」のようなものを裏に潜ませる、そのような心的様態のひとつであるようだ。憂鬱は充足感の得られぬ断片性ゆえに現時、現処の状況を拒否するところに生ずるとするマクファーランド (17) の評言も、似たような意味でたしかに本質を衝く。しかもなお、「憂鬱のオード」ではその評言の消極的な意味は反転する。キーツにとって憂鬱とは「滅びゆく美、／消えゆく喜悦と共に」(21–22) ある。美と喜悦の無常をわきまえ歓喜にやどる悲しみまでも賞

玩する者に対してのみ、創造を招来する特異な美的体験の予兆として憂鬱へ
の扉は開かれるのである。憂鬱が創造へのエネルギーを潜勢させていること
は、グレイやいわゆる「墓場派」(Graveyard school) の生き方をみても理解
できるが、それでも憂鬱の気は求めて得られるものではない。「天から／突
然訪れる」(11–12) のであり、この体験の本義はあくまでも受動にある。受
動でありながら、いや、受動であるからこそ、憂鬱の気ははかなく消え去る
美に詩人の心眼を開かせる。「過ぎゆく一夜」に流れて消える小夜啼鳥の啼
声に不滅の音の流露が聴き取られたように、現時、現処にはかなく消えゆく
断片的な存在のありようを没我的に受容するときに、時を超え持続される美
の真義は開示される。

　アポロがムネモシュネの表情から読み取ったのは生々流転する歴史に宿る
「驚嘆すべき教え」 "wondrous lesson" (III 112) であったというが、この教え
の実体を発現することなくアポロの描写は途絶えた。その教えによる「至大
なる知」 "Knowledge enormous" (III 113) の内容を外在する歴史の文脈中
で詳らかにすることは、キーツにとっておそらく不可能であったろう。だ
が、「没落」において歴史を内在化し、詩人キーツ自身の精神の発展の軌跡
として描くのであれば、予型論的連関を下敷きにして歴史と個人のあいだに
有機的な繋がりをもたせることは可能であろう。別言すれば、楽園から楽園
喪失を経て楽園回復にいたるという歴史の弁証法を、無垢から経験を経て高
次の無垢にいたる精神の発展というドラマに焼き直すことである。ただし、
先のアディソンの評論でもみたように、間断なく断片化する生の軌跡の裡に
この世における弁証法の具体的な綜合を求めることは叶わず、おそらくは別
次元へと連なりゆく魂の完成に託されることになるのだろう。それは可能性
が開示する来世という、あくまでもより高次の世界への移行と捉える方が、
現実に生きる人間にとっては心休まる方向であると理解できるだろう。トム
ソンの *The Seasons* における次のような表現も、じつは 17 世紀から 18 世
紀に流布していたかなり普遍的な見解から生まれたものである。

　　　……

Thro' the dim Spaces of Futurity,

With earnest Eye [we would] anticipate those Scenes

Of Happiness, and Wonder; where the Mind,

In endless Growth and infinite Ascent,

Rises from State to State, and World to World. ("Winter" 604–08)

　　　……

はるか未来の　おぼろな空間のかなたへと

目を凝らしつつ［われわれは］あの幸福と驚嘆すべき

情景を予期する。かなたでは　精神が

一から他の様子へと、他の世界へと、

無限に成長し　無窮の上昇を続けるのだ。

　来世とは精神が滑らかに変貌を遂げ無限に上昇してゆくところと弁えれば、不滅とはすなわちそのような知の無窮の延長とみなすことになる。では、はたして人間はどこまでそのような知に近づくことができるのだろうか。このような不安に対して、トムソンと同時代に生きたスターンなどは、たまたま耳にした弔鐘を契機として書いた小品 "The Unknown World"[8] で、「次の世のことなど、人の意思では如何ともしようがない／われらはひたすら信じ進みゆくのみ」"Whether we will or no, we must / Take the succeeding world on trust" (23–24) などと宗教家らしく、無益な疑念に惑わされることなく神慮にすべてを委ねるべしとの境地を、些かのユーモアを籠めて語っていたものだった。

広大無辺なる伽藍

　だいぶ回り道をしてしまったようだが、話を元に戻そう。「没落」のドラマを囲む現実のおおまかな状況は以下のようである。詩人としての生を歩み

始めてから 5 年ほどの間に、キーツは形式、内容ともにさまざまなジャン
ルの詩を物してきた。そして、満を持したようにみずからが詩作の最高峰と
みなす叙事詩にも筆を染めたのだが、その筆の勢いを削いでしまったのが英
詩の黄金時代と現代の埋めがたい亀裂であった。自分が詩の黄金時代から取
り残されてしまったとする意識は、この時代になお詩人として生きることの
意義をみずからに問いかけ、その答えを求めて自己探求のドラマに打って出
ることを強いるのだった。およそ 9 か月前の書簡 (L i 387) で、彼は「詩人
には自我も性格もなく、無でありかつ全てである」と言い、あらゆる状況、
様態に対し自己を無となし順応するカメレオンのような存在が詩人であると
規定していた。その存在を可能とするのが、さらに 10 か月前の書簡 (L i
193) で説かれていた "Negative Capability" であったことはいうまでもな
い。しかしながら、詩の伝統の中でみずからの位置づけをおこなうために
は、詩人としての存在意義はもとより、詩を書く行為そのものの意味をもあ
らためて措定しておかなければならない。その意識があったからこそ「没
落」の緒言において、この詩が過去 5 年あまりの詩作の生とそこで紡ぎ出さ
れた作品群の、いわば総決算として書かれていることが示唆されるのである。
　この作品は詩人が自身の夢の中で、「わたし」"I" としてアイデンティティ
の内実を自己に問いかける自己客体化のドラマとして展開される。しかしな
がら、絶えず読者の批判の目に自己を晒してきた作者が、僻事多しとされる
夢路においてみずからの行為と言葉の真偽を選り分け、自己存在の意味と方
向性を客観的に導き出すことなどはたして可能なのだろうか。ここで展開さ
れる物語が「詩人の夢」となるのか「狂人の夢」となるのかは「墓に入った」
ときに判明するのかもしれないと語る緒言の辞は、そのような不安のあらわ
れであったとも読める。長らくミルトンの影響下にあったキーツがダンテの
手法に詩作の舵を切った理由のひとつも、そのあたりの事情から推察できる
のではないか。留意すべきは、「詩のみが［詩人の］夢を語ることができる」
(I 8) とした宣言である。われわれが真に読み込むべきは、「わたし」の語り
にいかようにして「詩人の夢」たる確証が与えられるのか、すなわち、その
夢が「きたるべき実体」になりうるのか否か、ということである。詩人とし

てのアイデンティティの有り様や詩作の本義にかかわる問題も、その検証過程で光が当てられることになるであろう。ただし、物語の大枠を構成する「ハイピリオン」と「没落」の関係に予型論的なつながりを見る視座を忘れてはならない。外在する歴史の中で「至大なる知」を得て神となったアポロの誕生神話を予言とすれば、「没落」においてはその神話を内在化し、「わたし」がいかにしてアポロ神に匹敵しうる知に到達し、どのような意味で知の内容を成就させるのか、その様子をわれわれは目撃しなければならない。かくして物語は楽園を思わせる情景の描写から始まる。

　ここから先はできるだけテキストへの問いかけを絶やさずに、揺らぎつつ流れゆくキーツの詩行に即して、その意味と方向を背景と共に明らかにしていきたい。

　「わたし」は鬱蒼と茂るさまざまな木々に囲まれた森中にたたずんでいた。近くの泉から湧き出る水の音が静かに響く。振り返ると近くには馥郁たる香を放つ花々や蔦に覆われた四阿があり、花冠、花輪の乱れ絡まる入り口あたりには苔むす塚があった。近づいてみれば、この塚の上には豪奢な饗宴の張られた跡が残されていた。宴はすでに終わっており、人影も失せていた。しかし、遅れてやってきた「わたし」にも残余とはいえまだ豊かな飲食物が残されていた。（I 1–34 以下「没落」の行数表示におけるＩの表記は省略）

　語り尽くされたことではあるが、現今の詩と詩人の置かれた状況を背景に置けば、詩歌の黄金時代であったエリザベス朝期の詩人と以降の英詩の伝統を継ぐ詩人の系譜に、キーツが強い憧れを抱いていたことは充分に理解できる。そして、その伝統への憧憬が、歴史の進展から取り残されてしまったという喪失感にも似た意識を、みずからの裡にもたらすことになったのである。『エンディミオン』における次の一節は、そのような意識とそれを乗り越えようとする意識の葛藤をあらわす典型的な一例であった。

> Aye, the count
> Of mighty Poets is made up; the scroll

Is folded by the Muses; the bright roll

Is in Apollo's hand: our dazed eyes

Have seen a new tinge in the western skies:

The world has done its duty. Yet, oh yet,

Although the sun of poesy is set,

These lovers did embrace, and we must weep

That there is no old power left to steep

A quill immortal in their joyous tears.　(II 723–32)

　　　　　　そう、偉大な詩人らの評価は

すでに定まっており、ミューズの神々により

巻子は巻き収められ、その輝ける記録は

いまアポロの手中にある。まぶしさに眩惑されつつ

われらは西の空が　これまでと異なる色に染まるのを見た。

世界はその務めを果たしたのだ。だが、おお　だがしかし、

詩の日輪は沈んだものの、

ふたりの恋人たちは　たしかに抱き合った。

われらが嘆くべきは　嬉し涙の滂沱するその姿を

不朽の鷲筆で墨書する　いにしえの力の不在なのだ。

　詩の輝きが頂点をきわめ務めを果たした世界とは、『エンディミオン』の時点ではシェイクスピア、スペンサー、ミルトン[9]、そしてその後のドライデン、ワーズワスなど、詩人キーツがそれまでの詩作の詠み振りを反響させる壁となってきた詩人のことであり、「没落」の「わたし」が向き合っていたのはかれらの宴の残滓なのである。これら先行詩人の影響と遅れてやってきた詩人キーツの意識との罅割れをブルームが論じた[10]こともすでによく知られるところであるが、ここでは「これまでと異なる色」に染まる空という言葉に込められた意味とその先の展開の方に傾注すべきだろう。旧来の詩世界の空が茜色の夕暮れを迎え、東から新たな世界が始まることの予兆として、

この一節が配されていることに間違いはないだろう。詩人の鵞筆を自在に動かす膂力はいまだ脆弱であるとの自覚があったにせよ（「いにしえの力の不在」）、先行詩人らが描くことのなかった愛の有り様をエンディミオンとシンシアにこれから体現させるべく、彼は筆の穂先を整えているのである。

　そのような自負と意欲が『エンディミオン』で十全に機能していたわけではない。しかしながら、当時の評価のほどはともかくとして、この作品もまた自身の創作歴のたしかな一頁を構成するものであり、死後には栄光ある「英国詩人のひとりに数えられる」(L i 394) 一助となることを彼は願っていた。キーツもまた早くから叙事詩を詩の頂点に位置づけていたが (L i 111)、やがて潮満ちて「ハイピリオン」を送り出そうとしたものの、思惑ははずれ、作品は余韻を残しつつも完成には至らなかった。それでも、なお叙事詩人として立とうとする意識は途絶えることなく持続されていた。上の書簡 (i 394) からほぼ 9 か月後に書き始められた「没落」の緒言は、この作品こそ自身の詩人としての評価を定める機縁に――たとえ死後のことであれ――したいとの意識のあらわれとして読むべきだろう。たしかにキーツもグレイのピンダロス調オード "The Progress of Poesy" に謳われていたような英国詩の伝統の本流に乗り、滋養を貯え、また反発する闘争を繰り返しつつ、「ハイピリオン」執筆のエネルギーを得ていたことは間違いない。このことは『エンディミオン』第 IV 巻冒頭 29 行からなる詩神への祈願にも明瞭に読み取れる。それゆえ、「没落」の物語劈頭に配された宴の跡の詩行は、キーツ自身も残余とはいえ宴に与るべく遅ればせながら参上した詩人であると、いささか謙抑に自己の位置づけをおこなったものと解される。じっさい楽園を思わせる場に残されていた宴の跡にあったのは「天使か、われらの母なるイブが賞味した／残余のよう」 "seem'd refuse of a meal / By angel tasted, or our mother Eve" (30–31) であるとされ、キーツが理想としていた詩の饗宴の時代はすでに終わっていることが示される。実人生と同様に、外在していたはずの楽園は物語が始まるときにはすでに消失しているのである。いきなり歴史の流れの只中に産み落とされた者が真に人間として覚醒し生きていくためには、かつてあったはずの楽園への郷愁を胸に収め、どこかに地上楽園

をみずからが構築していかなければならないということだ。そして、そのような定めであるのなら、新しい詩人の生もまた宴の後の土台をふたたびならす (rehearse) ところから始めなければならない。

　少し角度を変えてみれば、じつはこのような状況に身を置き詩作を続けようとする「わたし」には、具体的にどの方向をめざして進むべきかという問題が提議される。自己の体験により醸成された「遅れてきた」詩人としての自覚とそこから生み出された「わたし」という実存に、はたして時代の要請に応えうるような力があるのか否か──そのような根本的な問題の解をみずからの作品で語らなければならないのである。『エンディミオン』の一節で「異なる色」に言及したことなどは、キーツ自身の詩作の行程にとって躓きの石といわぬまでも、重荷にはなっていたのではないか。そもそも詩の盛宴が過ぎ去ったと感じられる時代に、内容、形式の両義において、はたして書くにあたいする詩などあるのだろうか。そして、そのような時代に「わたし」が伝統を継ぐ詩人として存立するアイデンティティとは、いったいどのようなものなのか。このように交錯する問題意識を抱える「わたし」が、楽園に居続けることなどできようはずもない。「わたし」もまた詩人としての生において失楽を体験しなければならない。先をたどっていこう。

　楽園において遅れ馳せながら「わたし」の口にした食物は、じつは残滓とはいえなお味わい尽くせぬほど潤沢な美味佳肴であった。それらを堪能すると、やがて喉の渇きを覚えたため傍らにある冷たく澄んだ果汁を取り、この世に生ける者と今になお名を遺す死者を祝福しつつ余瀝残さず飲み干した。すると感覚のすべては喜悦に満たされ強烈な陶酔感に囚われ、抵抗する間もあらばこそ、昏睡状態に陥った。(28–56)

　ここまでの詩行の意味するところは明白であろう。宴の佳撰の残余に与るとの描写は、むろん「わたし」が詩歌の伝統に連なることの暗喩である。また、「わたし」を陶酔にいざなった清涼なる飲み物が「主題の源」 "parent of my theme" (46) だとする言葉は、この楽園と飲食物が "Sleep and Poetry" で語られた詩作の第一段階たるパーンとフローラの世界であり、人生そのも

のについていえば「多くの部屋をもつ館」の比喩 (*L* i 280) における喜悦の満つる第一室を意味する。当然のことながら、ここでは冷たい果汁そのものが知への渇望を癒す禁断の木の実であり、「わたし」はそれを摂ることにより楽園を喪失し、現実——詩的現実——に覚醒する。そこから人生の第二室へと歩みを進めることになるのであるが、そもそも人は淪落の生に身を置かなければ自己を超克する詩など書くことはできまいし、その筆を託すに足る強かな想像の翼を広げることもできはしない。キーツの創作意識のレベルでいえば、これはハイピリオンをアポロへと覚醒させたことに連なる詩的な筋書きであった。

　新たな詩作の段階が始まる。まず注目すべきは以下の展開に顕著であるように、この神話的な〈夢〉の構築に際し、キーツが多様な宗教的イメージを顕在させていることである。基本的な構造を支える聖書の予型論との類縁性についてはすでに述べた。それでも、物語全体の構成を俯瞰してみれば、具体的に特定の宗教というよりも、凡庸な言い方ではあるがやはり宗教の古層にある普遍的な神話の宗教性、といったものを想起する方が理にかなっているだろう。じっさいこの話の随所に古代ギリシア・ローマの宗教的背景はいうに及ばず、ドルイドやエジプトにおける信仰や祭礼の雰囲気をも漂わせる語彙や措辞が配されている。とりわけ濃密に漂っているのは『煉獄篇』*Purgatory* のイメージである。また、夢の無時間性の中において語られる神話的な現在には、"Tintern Abbey" と同様に過去から未来が継起的ではなく重層的に提示される。厳密にいえば、現在とは過去から未来へ流れる時の繋ぎ目であり、それ自体が観念上の接点であるゆえ実体をもつものではない。だが、キーツにとっての想像力が「きたるべき実体の影」"a Shadow of reality to come" (*L* i 185) を現在させる力であったことを思い出そう。想像力の見せる夢においては、限りなく拡大しうる現在という瞬間に予言とその実現が時を移さず開示されるということである。個人の生を人類の歴史のありように重ねて眺めることもまた可能であり、そこに宗教性が帯同するのはむしろ当然のことであろう。旧約世界の歴史の流れの中で預言された「未来」が、新約世界において「永遠の相のもとに」(*sub specie aeternitatis*) イエスによ

って成就されるとする予型論の基本構造が、ここにも透けて見えるはずだ。

　どれほどの時間が経ったのだろうか、覚醒が翼を得たように突然「わたし」に訪れた。だが、周囲の光景は一変しており、美しい木々も、苔むす塚も、四阿も、すべては消え失せていた (35–60)。覚醒の翼はもはや無垢の楽園へと「わたし」をいざなう想像力ではなく、暗い現実界の諸相を知ることになるあの第二の部屋へと導くものであった。しかも、「東方に目をやると、黒々とした門扉は／永久に暁光を閉ざしたまま」 "to eastward, where black gates / Were shut against the sunrise evermore" (85–86) であった。無垢の楽園への退路は永遠に絶たれているのである。「わたし」が「神秘の重荷」を感じつつたたずむこの暗い庭の先に「愛の葡萄酒が――それに友情の麺麭が――貯えられている」はずの第三の部屋 (*L* i 283) は、はたして用意されているのだろうか。

　あたりの様子に目を凝らしてみると、何やら壮大で荘厳な殿舎を思わせる往古の神殿が雲を下に見やるばかりの高みにまで聳え立っている。「わたし」の足下の大理石の舗床には神器や法衣、宝珠、また香炉や胙など、聖なる儀式の痕跡が糅然と盛り上げ残されている。天井には浮彫が施され、堂々たる円柱の連なりが北側と南側の遥かかなたまで静寂に包まれ伸びている。神殿の西側には東向きに配された巨大な像があるものの、それが曙光を浴びることはない。この像が信仰の対象となった時代は過去に過ぎ去った。像の足許にはひっそりとたたずむ祭壇が見えており、そこに辿りつくまでには両側にある大理石の欄干の階梯をのぼらなければならない。しかも、それは宗教的困難を象徴する図像がそうであるように、「おびただしい段数」 "innumerable degrees" (92) を備えた高みにある。

　この神殿と思しき建造物の様相は一読するとキリスト教の大聖堂を連想させるが、じつはそうでない。描写されているように、建物はキリスト教の様式とは異なり東側に入り口がしつらえられており、祭壇は西側に位置する。すなわち、この建築様式は古代ギリシア・ローマ（あるいはエジプト）の神殿かユダヤ教のシナゴーグと同様のものである。それに加えて、ドリス式 (Doric) を連想させる「重厚な列柱」 "massy range / Of columns" (83–84)

や「巨大な像」"An image, huge of feature" (88) などが配されていることを考えれば、これは古代ギリシアの神殿様式を強く意識したものであることが想像される。

　「わたし」の周りに散らばる祭礼の器物もふくめて、個々の具体的事物の出所についてはポッターの記録 (I 223–25) や聖書の記述にも求められる。また、これもすでに述べたようにケアリ訳ダンテの『神曲』（とりわけ『煉獄篇』）も、あきらかにイメージ構成の大きな典拠となっている。作品中の宗教的イメージを喚起する用語や表現方法が旧約の "Torah"（モーセ五書）と新約の "Revelation" から多大な遺産を負っている点については、*PMLA* に掲載されたローズの分析 (LI) が具体的で詳細である。そして、それらはキーツがいわゆる家庭の談話 (family tongue) を通じて慣れ親しんできたものであろうとする推察も、また充分に納得がいくものである。もちろんキーツの脳裏には、パラス・アテーナ（＝ミネルヴァ）神に奉献されたアクロポリスの神殿のイメージも浮かんでいたことであろう。

　エルギン・マーブルとして名高いメトープやフリーズ、またペディメントを配したこの神殿の東側入り口からヘカトンペドス (Hecatompedos) と呼ばれる広い拝殿内部に入ると、西側奥にはもともと黄金と象牙で設えた 12 メートルにもおよぶ巨大なアテーナ像が東向きに配置されていた (Cook 14–18)。その様式は金色の像が東雲の暁光を浴び燦然と輝くように設計されたものであり、像の巨大さともあいまって民衆の信仰心を掻き立てる効果も十分にあったことと思われる。また、メラー (65–80) もエルギン・マーブルの行列のフリーズがキーツの詩想に象徴的含意をもたらせたことを指摘していた。彼女はモネータ／アテーナの顔容のモチーフと意味の根拠を「魂創造の谷」を説いた書簡 (*L* ii 101–04) との相似性に求め、キーツが巫女の表情に自身の魂創造を具現化したと結論づけている。前章で指摘したように、フリーズの配列に関する解説に情報不足による多少の事実誤認はあるのだが、フリーズの象徴性自体の解読はきわめて刺激的であり、全体が示唆に富む論文であったという記憶がいまだに残っている。

　ともあれ、「わたし」はここから西方の社にむかって進むしかない。この

社は巨大な像として祀られているサターンに奉献されたものである。社の司であるモネータがタイタン神族の歴史を記憶に留める巫女であるならば、彼女の図像は先述したヒストリアのそれに重なる。すなわち、ヒストリアの語りと記述する歴史の諸相を自己のアイデンティティの相として重ね読み解くことが、ここで「わたし」のはたすべき役割なのである。それゆえ以下でのわれわれの興味は、「ハイピリオン」におけるアポロとムネモシュネとの会話に照応する「わたし」とモネータとの対話の内容を吟味し、モネータの言葉と表情から「わたし」が何を読み取るのかを検証することにある。なお、モネータの正体についてはいまだ物語自体では明かされていないものの、本論では便宜上、既知のものとして扱っている。

　この巨大な空間と膨大な時間をはらむ伽藍に対比されるのは、図らずもここに迷い込んだ「わたし」という卑小な存在である。この対比は、過ぎ行く一夜に時空を超えて流れきた小夜啼鳥の声音と交錯した詩人の姿という構図に重なる。鳥の啼声は詩人をしばし陶酔にいざない、やがて彼を冷たい現実に取り残し消え去った。いま「わたし」はこの聖なる伽藍と対峙し伽藍のはらむ時空間の重圧を総身に感じながら、ひとり畏怖にも似た感情に包まれている。たしかにこの感情は長大なる歴史と卑小なる人間の対比がもたらせたものであるのだろうが、この物語がキーツの夢の中で展開されている以上、対比の実体はキーツ自身の詩的歴史観の投射ということにほかならない。

　モネータの名が本来ユーノーの添え名であり、ここでの役割が女神ムネモシュネのローマ名として歴史の記憶を司る巫女となる——このことは既に述べた。ユーノー自身は時間を支配するクロヌス（＝サトルヌス）の娘 Hera と同一であり、もとより巫女と同じ属性をもっていた。すなわち、モネータはみずからの出自たるタイタン神族の没落を経験し、かつ神権を簒奪したオリンピア神族の擡頭を目撃するという、歴史の古層の記憶をやどす唯一の存在として位置づけられる。没落は彼女にとって消すことのできない悲劇的な事跡である。さらに、没落の記憶そのものを消さず残し続けることが巫女としての負うべき定めであり、存在証明なのである。巫女にとっては命を存えている現在そのものが「呪い」(243) であるため、オリンポス神として新世界

への転生を果たすこともない。すでに詩人としての生の失楽を体験した「わたし」が自己の存在する意味と方向性を知るという新たな経験知を得るためには、この神話世界でモネータとの対話を通して詩人として新生の意識に到達しなければならない。言い換えれば、巫女との対話は詩人としての自負を確実に担保すべく行われる裡なる自己の反映との要談であり、可能性たる詩人像に向けて自己を投企する行為にほかならない。

煉獄の岩山

　新生の意識にいたるために、キーツはダンテが煉獄に導かれていった轍に倣い、「没落」でも自己の客体化である「わたし」をみずからの生の浄化 (purgation) に向けて物語の中に放つ。とりわけ、「わたし」が祭壇にいたる階段を上り巫女との会話を綴る構想には、ケアリ訳の『煉獄篇』と『天堂篇』から多大な恩恵を被っていた[11]ことが読み取れるだろう。ごく一般的な解釈では、煉獄での穢れの浄化には相応の懲罰 (punishment) が伴うことになる。ただし、煉獄での懲罰とは、永劫の囚獄たる地獄における拷問呵責という塗炭の苦しみを舐める刑罰 (penalty) とは異なり、あくまでも世俗に生きる者の性としてある悪徳や微罪のために内面（霊魂）に残された汚濁（澱）を悔悛により浄める償罪 (satisfaction) であり、天堂において神の前の良心にめざめるために与えられる痛みである。煉獄山の上階へとのぼるにつれて浄化は進み罪も剥がれ落ちていくため、浄罪が了となれば煉獄に滞在する意味はなくなる。『神曲』で語られるところによれば、山の頂を占める地上楽園に到達すると、その後は Beatrice に導かれ至高天（天堂）で神を仰ぎ見ることが許されるようになる。すなわち、煉獄とは試練 (probation) が課される場ではなく、あくまでも至福直感 (beatific vision)[12] にいたるべき修養 (discipline) を積むために、一時的に留まる場であると理解される。もとよりダンテは死なずしてウェルギリウスの導きにより煉獄まで巡りきたのであり、他の霊のように償罪を体験する必要はなかった。

　ダンテは回顧録さながらに客体化した自己を主観的叙事詩の始祖とされる

導者ウェルギリウスの手に委ね、地獄巡りを経たのちに煉獄山の頂上を占める地上楽園へと進ませた。その顰に倣い、キーツもまた巫女モネータとの対話を通し、客体化した「わたし」に詩作の真義を悟らせてさらなる高みに上らせようとする。しかし、もはや時代は近代であり、キーツの「わたし」にはウェルギリウスのようにダンテが頼みとした古典的導者はいない。それゆえ、失楽したのち生の荒野で高みへと至るべき途は、孤立する「わたし」の内なる自存力により切り開いていかねばならない。「わたし」がひとり煉獄でまずなすべきことは、これまで詩人として生きてきたはずの過去から現在までの歩みを反芻し、その存在意義に正の主張をなすことだ。自身が詩人としてより高い世界——『神曲』の構図でいえば地上楽園——に参入するに足る存在であるか否かを知るのは、その後のことである。ハイピリオンからアポロへと移行した外界の歴史の趨勢を、「わたし」のここまでの詩人としての歩みに重ねて記憶する巫女との間でなされる対話こそが、彼の企図を完遂する縁となるはずである。

　巫女モネータの司る祭壇は、七大罪をあらわす七層の蛇腹道 (Cornice) を具えて屹立する煉獄山を想起させるように、幾段もの階梯を上ったところにある。下から見上げると祭壇は香木の薫煙に包まれていた。その煙を通し「わたし」を威嚇するかのように巫女の声が響き、階段を上りきて祭壇の火を絶やさぬよう香木を焼べよと命じる。これが為されなければ大理石の舗床の上で「わたし」は死滅することになる。祭壇の火はむろん連綿と続いてきた詩の伝統を意味するであろうし、祭壇そのものは旧約でいえば詩の「至聖所」(holy of holies) に相当する。ならばここで香木を継ぐようにとの命を受けた「わたし」は、すでに詩人として伝統を継ぐ有資格者と認定されたのだろうか。いや、それは早計であった。巫女の言葉を待っていたかのように、すぐに足下の舗床から死を予感させる麻痺が広がりはじめ、血も凍りつくような悪寒が全身を襲う。「わたし」は息苦しさのあまり金切り声を上げるが、ようやく苦痛に耐えて階梯の最下段に足を載せることができた——すると、凍りつくかと思われた爪先からは生気が流れ込んできた (102–34)。命脈の尽きる前に死の何たるかを身をもって知ったことは、モネータの言うよう

に、「わたし」には多少なりとも自己救済をなしうる力はあった (143–44) ことを意味するのだろう。あたかも生きながらに冥界から天堂への巡行をはたしたダンテのように。ただし、この場面は旧来の詩人の生の澱を真に浄化して内面の聖なる精神を得ること (to die into life) の疑似体験を描いているにすぎず、いまだ「わたし」には新生の実感などは得られていない。いうなればこの臨死体験は煉獄の門の通過儀礼であったわけであり、この後に巫女からの批判——すなわち、自己批判——という浄罪にも似た痛みを味わったのちに、初めて新生の意識に到達することになるのであろう。

　ダンテは眠りに落ちて金翅の鷲[13]とともに業火に焼かれる夢に蒼ざめ覚醒すると、屹立する煉獄の岩山にすでにたどり着いていることを導者ウェルギリウスから知らされた。眠るあいだに St Lucia[14] によって煉獄の岩山に運ばれていたのだった (Cary IX 29–58)。この山を登っていくことが罪の浄化と徳の増進を促し、浄化の完了したときに地上楽園に到達することになる。そこでダンテは岩山の入り口であるペテロの門を守る慇懃な番人（じつは天使）にそれまでの経緯を話したのち、促されるまま門内に入り、三色に塗り分けられた三段の階段を上って煉獄の中に入った。「没落」で「わたし」の足が触れて命が救われた階段の最下段は、「告解者の良心」[15] の表象たる段であるとケアリ訳の脚注にある。

　絶命の危機を免れた「わたし」は、導者とていない階梯をただひとり上っていった。135–36 行には「ヤコブの梯子」(Gen. 28:12–13) を髣髴させる場面も織り込まれるが、ヤコブの夢の中で地から天まで伸びる梯子を軽やかに昇降していた天使の様子を我が身に重ねつつ、「わたし」はようやく祭壇の傍らにたどり着く (107–36)。おそらくキーツは、未熟な詩想と技量の産物であった自己の詩世界を、意識裡に空間化して眺めやっているものと思われる。あの古壺の行列に表象されていたように、絶え間なく断片化する生から繰り出される断片たる詩のあり様を、内心の目で凝視しているのであろう。その本義を知ろうとするしたたかな目的意識が、「わたし」の存在を煉獄の守衛然とした巫女の面前にまで押し上げてきたのである。この聖堂の前庭に足を踏み入れていらい「わたし」に付き纏っていた不安や孤独感は、あ

るいは目的完遂に付随する一抹の不安の漏告であったのかもしれない。しかし、ここまで進んできた以上、もはや後ずさりして階段を降りることなどできぬ相談であり、「わたし」は自我の内なる声の外在化たる巫女との対話から、その解を引き出さなければならない。

　階段を上り切りようやく巫女のそばまでたどり着くと、対面するように配された巫女と「わたし」の問答が始まる。会話の構造はたしかに夢そのものを思わせるように曖昧であり、かつ重層的である。「ハイピリオン」において寓意的に描かれた新旧神族の交代という時代変遷は、人類の発展を普遍的で集合的な知性の進歩によってもたらされるとするキーツの歴史観に由来するものであった。それゆえ、日輪の運行のみを司る神であるハイピリオンの神話から、日輪はもちろん詩歌も医術も併せ司るアポロに神権が渡る神話へと、発展的な意味づけもなされたのである。「ハイピリオン」においてアポロ神の誕生後に残された断片的な言葉と行為を預言として捉えるならば、その預言はアイデンティティ把握にむけて葛藤する「わたし」の言動によって「没落」で成就されなければならない。ゆえに「わたし」はモネータの言葉に耳を傾けつつみずからの創作行為の意味と方向性に思いを巡らせ、詩と詩人、また想像力の本質について、自己の実存を賭して確認の問いを繰り返し発する。

　この応答の要諦はおおむね 147 行から「ハイピリオン」劈頭の詩行に重なる 290 行までの対話に集中している。ただし、スティリンジャー (672) なども指摘しているように、187 行から 210 行までの詩行は措辞や内容に多々重複する箇所があるとの理由により、かつて省略されたことがあった。先にも述べたように、キーツ自身の複雑に入り組んだ統語法のせいなのか、あるいは「幻想家」「夢想家」「博愛家」そして「詩人」などの概念規定そのものが曖昧・流動的であるためなのか、言葉の意味が微妙に交錯しながら「詩人」と「詩」の存在意義をめぐって物語は展開する。

　1 年と少し前、末弟トムの捗々しからぬ病状や金銭問題、あるいは人生そのものの不確実性に対する意識の留滞など、さまざまな手支えに対応する方途が見当たらず、詩人はかつてないほど悲観的な意識を募らせていた (Bate

306)。たしかに「物事は思い通りに／ゆかぬもの」"Things cannot to the will / Be settled" (76–77) とレノルズに宛てた書簡詩 (*L* i 259–63) で語っては いたのだが、その少し先には自身を取り囲み絶望的に錯綜する生の状況 を、出口の見えぬ「光黙す煉獄」"Purgatory blind" (80) で想像力が進退窮 まっているかのようだと、一歩突き放して眺めているような評言もみえる。 「没落」において「わたし」が用いる語義のゆれもまた、天上のものとも地 上のものとも判別しがたい、いや、むしろ両界を繋ぐ、想像力が着地点を定 めかねているさまを反映しているかのようである。逐一詩行を追っていくベ タな読みは冗漫に陥る恐れもあるのだが、正確を期するためこの先はテキス トの流れに身を委ね、疑問を投げかけながらキーツの思考の綾をたどってい きたい。なお、以下の論述ではとりわけ「詩人」「博愛家」「医者」などキー ワードとなる語の定義に焦点が当てられるが、これらの名称は特に断りがな ければいずれもごく一般的な概念として「〜という存在」の意で用いられて いることを附言しておく。

夢想家、博愛家、そして詩人

　巫女との対話において問題になるのは、やはり「夢想家」(dreamers) ない し「幻想家」(visionaries)、「詩人」(poets) という三つの名辞のそれぞれに、他 と交錯するような意味づけがなされていることであり、さらに、そこに「博 愛家」(humanist) が加わることである。これがやがてはテキスト上で一種の 袋小路に行き当たることの淵源ともなる。念のため、この議論の導入となる 「わたし」から巫女への問いかけ部分の詩行から検証していこう。ただし、 キーツの「夢想家」と「幻想家」の扱いについてはいくつか異論があるし、 物語の詩行そのものに拠って判断しても両者の意義に特段の違いが認められ るようには思えない。じっさいモネータとの対話においては 161 行を最後 に "visionaries" の語が用いられることはない。そもそもこの詩の副題に用 いられているのは "dream" であり "vision" ではない。特段の必要性がなけ れば、ここからは夢想家と幻想家を統合して「夢想家」を用いることにする。

　物語の流れからして当然のことではあるのだが、「わたし」の胸中にはひとつの疑問が沸き上がっていた。「わたし」はなぜ階段の下で死滅することなくこの社にたどり着いたのか、しかもたったひとりで。巫女は答えて言う。

“None can usurp this height,” return’d that shade,

“But those to whom the miseries of the world

Are misery, and will not let them rest.

All else who find a haven in the world,

Where they may thoughtless sleep away their days,

If by a chance into this fane they come,

Rot on the pavement where thou rotted’st half.”—　(147–53)

「この高みを占める者とは、」その翳なる人[16]は言った、

「世の苦悩を　己が苦悩と引き受けて

それゆえに　憩うことの叶わぬ者。

この世に安住の地を見出し　愁眉を開き、

惰眠むさぼり　日々うち過ごそうとする者などが、

ゆくりなく　この神殿に来ることなどあらば、

そなたが先ほど垂死した舗床の上で　朽ち果てるのみ。」──

　“usurp” とは「（力ずくでも）位を奪い取る」ことであるが、天地開闢いらいの歴史を記憶に留め、来るべき世に伝える役割を担う巫女の位を簒奪できる者とは、人として、また詩人としての失楽を体験してここに来ている「わたし」ではないのか。この見解の当否は巫女に質してみなければならない。「わたし」に自身の展望に新たな詩人の生を上書きする才と識が具わっているのか否かを。モネータの言葉からその地位の獲得に必要とされる条件を推し量れば、まずは博愛に徹する資質の有無である。程度の差こそあれ、詩人の途をたどってきた者は「わたし」も含めて数多いる。他者の苦悩を自身の苦悩となして愛他、博愛の精神により苦渋の満つる世の人に寄り添う詩人

も、また数多いたはずだ。「わたし」が「朽ち果てる」ことなくこの神殿に
参入しモネータと言葉を交わしているのは、「わたし」自身もまた「無私」
の生き方に由来する博愛精神をもつ詩人であることが、モネータによって認
定されたからではないだろうか。「わたし」は「惰眠むさぼる」存在でもな
い。それに間違いはないのだが、ではなぜ「わたし」ひとりがこの場で疎外
されたようにひとりでいるのか。

　このような状況は、詩人としての「わたし」のアイデンティティが確保さ
れずにいることに対する不安から、なかば必然的に招来することになった自
己疎外感を外在化したものなのだろうか。創造行為にともなう芸術家の孤独
のあらわれだとする指摘 (Perkins 278) もなされてきた。しかし、ここで味
わう孤絶感とは、そのような特殊な状況に身を置けば必ず体験されるという
ような単純なものなのだろうか。人間という存在の完成態が死であり生が死
を前提として成り立っていることは――それを認識するか否かが問題となる
だけで――改めて確言するほどのことではない。アディソンの言葉を繰り返
すまでもなく、この世において人の生は完成しない、ただ断片があるのみな
のだ。「わたし」の個としての存在の完成態も「無私」という自己放棄の極
みである死にほかならぬのであれば、そのような意識の下に体験される生と
死は、程度の差こそあれ本質において懸隔はない。むしろ完成態という言葉
を基軸とするならば、死ぬことこそが生を全うすること、真に生きるという
ことになるはずである。宗教的な意味に拘泥することなく考えてみても、こ
れはハイピリオンが没落しアポロ神として新生を得ることを示す "Die into
life" (III 130) という言葉の意味の実践行動となるだろう。ならば、そのよ
うな意識の深淵の際にたたずむことになった今の「わたし」にとって、他者
の存在の有無にかかわる議論の意義など限りなく希薄になるのは当然ではな
いか。この意味において、孤絶感とは「わたし」の生の本来的な様態に付き
纏う言辞に他ならない。

　あの驚天動地の革命の破綻した理想が残した失意、保守反動政治の擡頭と
戦後経済の不調、そして 18 世紀半ばに始まる技術文明の飛躍的発展に伴う
旧来の信仰の衰退など、これらがとりわけロマン派第二世代の時代が抱懐す

る自己疎外一般の誘因となっていたことは間違いない。言い換えれば、それは旧来社会からの伝統として受け継がれてきたはずの歴史的、精神的、あるいは倫理的な支柱そのものが定かではなくなってきた時代の特質であったのだろうし、キーツにとってもそのような誘因に対する不安感は払拭できぬままであった。それでも、詩人たちは過去との明確な紐帯を実感できない時代の不条理を前提としつつ、なお詩人として存立すべく詩想の準拠すべき枠組と理念を、それぞれの場で実存を賭して確保しようとしていたのである。第一世代のワーズワスやコウルリッジもまたそれぞれの捉え方と順応の流儀は異なっていたものの、この世の生に不可避的に連なる疎外感——アイデンティティ・クライシス——がまた創作への大きなステップとなっていたことに変わりはない。

　自己を外界（他者、自然）とのかかわりを含めた重層的な存在として捉えようとするのは、自己が過去から未来へと流れる「時」とそのプロセスに伴う諸々の事象、事物と絶えず交流する存在であると了解しているからであり、この了解に拠ってこそ詩人の現在は可能となるのである。キーツの歴史観察の要もまさにそこにあり、過去、現在、未来という三相の統一が現実存在の実体を構成すると見なすのである。彼の没我的な受容力の意味を考えてみれば、自己の存在が孤絶することは厳密な意味においてはありえない。ただし、自己は他とのかかわりの中における継起的な断片という存在様式においてのみ真に生きている、とすることへの了解がそこにはある。このように流動的な存在の意識への到達という角度から検討してみても、なぜ「わたし」以外のだれも現時、現処にいないのかという疑問に対する答は明白であろう。「存在」の視点を拡げてみれば、「わたし」以外の存在者一般もまたそれぞれの場で、それぞれの時において、それぞれの存在にともなう（その意味で普遍的な）孤独の意味を噛みしめているはずである。そのような孤独はワーズワスが "the burden of the mystery" と名づけた、あの存在の不可避的かつ不可解な重荷と同義であろう。

　旧来の神の存在意義がきわめて希薄となり、絶対的な存在とは実質的にはノスタルジアの中にしか求めようがなくなった時代において、自己存在の意

味と方向性の把握はたしかに困難をきわめる。ゆえに詩人らは、ブレイクのように他の体系への隷属を拒む言辞[17]を明瞭に発するか否かは問わずとも、それぞれの場でみずからが創造主として独自の生の地平を拓く価値体系の構築にむかう。すでに別なところで論じた (Nishiyama) ことであるが、これがロマン派の時代における多様で新たな神話創造の内実である。しかもなお、そこでは存在の絶え間ない断片化につながる時代相と対峙しつつ、絶えざる自己超克への意識を主体的にもつことが要求される。実存的な生の軌跡である。レヴィンソンの論にもあった「ふたたび馬鍬でならす」ことの真義を考えてみても、"rehearse" とは「ハイピリオン」と「没落」の関係のみに当て嵌まる言葉ではない。それは旧来の詩人と新生すべきはずの詩人との関係にも適用しうる術語と解すべきである。この関係によって生み出される作品もまた、不断の破壊と創造の循環ゆえに必然的に断片化され、決して完成にいたることはない。ロマン主義のアイロニー、あるいはロマン詩の構成原理というべきか。シュレーゲルの言葉に倣っていえば、新たなる自己の生成を構想することとは生成発展の途上にある客観の主観的胚芽であり、それが作品の本質たる断片性を生む、ということなのである。当然のことながら、「観」と「識」の関係と同様、新たなる自己存在という客観に到達する主観がその客観と不可分の関係にあるからには、どのような状況においても詩人は創造の筆を止めるわけにはいかない。かくして「わたし」はひとり階段を上り来て、社の司たる巫女モネータの前に立つことになったのである。

　ダンテは煉獄山の坂や階段をのぼりつつ多様な魂魄と遭遇するのだが、「没落」において舗床での象徴的な死（破壊）を体験した「わたし」が階段をのぼる様子は、宗教的困難をあらわす図像の典型とみなされる。ただし、ここではそのように単に図像学的な読みでは足らない。それはさらなる高みへと絶え間ない自己超克（創造）を続ける実存的な生の営み——あるいは近代的自我の証——という、図像解釈学的な読みも要求されることになる。詩人の芸術的な営為とは、自己の裡でひとり絶え間なく繰り返される新生への歩みを言語化することなのである。はからずも、というべきか、"Kubla Khan" のように創作プロセスにおける心の動き自体が、作品の主題として

機能することになる。先に進もう。

　「わたし」が巫女に投げかけた孤立の意味に対する返答はあるものの、それは「わたし」にとって得心のいくものではない。ここでなされる着地点の見当たらぬような遣り取りに関しては、はるか以前から Bradley や Bridges も含めてさまざまな評家の見解が示されてきているが、巫女もまたキーツの夢の中で客体化された詩人に対峙するもうひとりのキーツ、「翳なる」キーツ、であることを忘れてはならない。巫女は主観たる詩人キーツの自負と自己批判の妥当性を確認すべき助言者 (mentor) であり、主観が到達すべき客観としての主観の姿なのである。

　この世に博愛家と呼びうる人間は数多いるはずであり、また、「わたし」自身も階段の下で、博愛家が経験するであろう現実の苦悩の象徴たる責め苦を経てきたはずであるのに、なぜここには自分ひとりしかいないのか。以下の詩行の解読が鍵となるので、ここはとくに注意して読む必要がある。

"They whom thou spak'st of are no vision'ries,"

Rejoin'd that voice—"They are no dreamers weak,

They seek no wonder but the human face;

No music but a happy-noted voice—

They come not here, they have no thought to come—

And thou art here, for thou art less than they.

What benefit canst thou do, or all thy tribe,

To the great world? Thou art a dreaming thing;

A fever of thyself—think of the earth;

What bliss even in hope is there for thee?

　　　　　　　………．

　　　　　　　　………．

Only the dreamer venoms all his days,

Bearing more woe than all his sins deserve.

Therefore, that happiness be somewhat shar'd,

Such things as thou art are admitted oft
Into like gardens thou didst pass erewhile,
And suffer'd in these temples; for that cause
Thou standest safe beneath this stature's knees." (161–70, 175–81)

「そなたの口にした者らは　幻想家ではない、」
その声が返ってきた――「かれらは脆弱な夢想家ではない、
かれらは人間界のほか　驚異を探し求めることはなく、
心地よく響く人の声音のほか　いかなる調べも求めはせぬ――
かれらはここには来ず、来ようとも思わぬ――
だがそなたはここにいる、かれらに劣後するゆえに。
この大いなる世界に対し、そなたとそなたの種族すべてが、
どのような恩沢をもたらせるのか？そなたは夢見る者、
己が詩興に浮かれ立つ者ぞ――この世に思いを馳せよ、
そこで希みうるそなたの至福とは　如何なるものか？
　　　………

　　　　　　　………

夢想家のみが　その日々すべてに毒を盛り
みずからの罪業の嵩を凌ぐ　悲哀ひき請ける。
ゆえに、幾分なりと　幸を頒つべく
そなたのような者には　先ほど通りきたような
庭に足を踏み入れることが　しばしば許され、
斯様な神殿に入ることも　また容赦される。ゆえに、
今そなたは　何事もなくこの像の膝下にいる。」

　「そなたの口にした者ら」は脆弱な夢想家／幻想家とは異なり、個我を棄て人類の福利のため一途に尽くす人びと、博愛精神の実践者を意味する。かれらが過酷な現実の苦悩と不幸に身を置きながらなお他者の幸福に寄与すべく献身するのであれば、すでに『エンディミオン』のグローカス・エピソー

ドにも仮託されていたように、それはまぎれもなく「わたし」たる詩人キーツが目指し、実践してきたはずの生き方ではなかったか。「わたし」のような者がこの神殿への参入が許されているのは、まさにその生き方が認められているからにほかなるまい。ならば、「わたし」が162–65行で語られる博愛家に相当する人びとに「劣後する」とはどのような意味なのか。テキストから直接的、また間接的に読み取れる範囲で検証してみよう。

　「夢想」（幻想）が「想像力」と少なからず重なり合う術語であるからには、それが「詩人」にとっても不可欠の資質であるとすることに異論はなかろう。夢が現実世界の改良・改善への道筋を天啓のように示顕してきたこと、また、人の苦悩を癒してきたことは、人類の数多の歴史や人生が証明するところでもある。それでも『エンディミオン』の例を想起するまでもなく、甘美な夢想体験のはらむ危うさに気づかず自己閉塞的に陶酔感に包まれ夢路を漂い続けるならば、現実の他者を愛し、傷つき、また悦びを高め合い、傷を癒す、そのような共感的な生の先に拓かれるはずの豊かな存在の地平は見えてこない。

　他方、博愛家が夢路の遊興とは無縁にひたすら現実の苦悩と向き合い、みずからが他者の重荷を担い、世俗の福利招来のために尽力する人間であることにも異論はなかろう。かれらにとっては現実存在への至福招来にかかわることこそが実存の意味となり、虚構を通じて真理を求めるような生は意味をなさない。したがって、この神殿を存立させるような薄明の意識の世界における存在の様式を開拓することもなければ、また超越的な驚異の世界や敢えて宗教界の深淵に没入する必要もない。夢想家にとっての実は博愛家には虚なのである。人間界の範疇を超えた存在への興味は限りなく希薄となるため、勢い博愛家の視界はほぼ時空間の枠内に限定されることになる。しかもなお、「博愛」や「友愛」にかかわる言行が現実世界に「調和」をもたらせることは、大陸においてもシャフツベリの著作が広く読まれていたように、18世紀いらい広く社会一般の認知を得た道徳的価値の伝統となっていた。とりわけフランス革命を経たこの時期であれば、「博愛」は「自由」「平等」と並び現時、現処の存在の状況を能うかぎり善なる方向へと導く精神の規範

的価値として、社会からもキーツの思考の方向性からも、その意義は充分に認められていたはずである。

　夢想家と博愛家の属性はそれぞれ「わたし」という存在の一面をたしかにあらわしてはいる。しかし「わたし」の生がどちらか一方のみの範疇に属するとはいえない。たとえば、ベイトの論証などには常に深みと説得力が具わるように思われるのだが、ここで彼はモネータもそしてキーツさえも差異を定義づけてはいないにも拘らず、また自身で特段の論拠を示すこともなく、なぜか "vision'ries" を「この高みを侵せる者」と断じ、"dreamers" を舗床で死すべき存在であると峻別する (595–96)。あたかも 161 行の "vision'ries" の対立項が 162–63 行でいう "dreamers weak" であるかのような解釈であり、これは承服しがたい。ここまでの詩行の解釈において、幻想家と夢想家にいかほどの差異が認められたのであろうか。この点に関しては、両者が同義で用いられているとするアロットの読み (668 fn.) が妥当であろう。

　もっとも、わざわざこのような検証をするまでもなく、キーツの意図にしたがってテキストを読めば博愛家と夢想家の区別は明瞭であり、詩人であると自負する「わたし」自身が存在の軸足を夢想家に置いてはいないことも、当然の理となる。「わたし」が「夢見る者」であり博愛家に劣る存在として位置づけられているようだが、そもそも詩人と博愛家に「実利」を判断指標として優劣をつけること自体に、はたして正当性があるのだろうか。

　シェリーはこの 3 年前の 1816 年春に出版された *Alastor* の緒言で、作品の主人公のように傷ましい最期を遂げる人間のタイプを挙げていた。それから 1 年半を経て脱稿されたキーツの『エンディミオン』と『アラストー』の主題や表現などの相似については、これまでも多々論じられてきた。中でも、シェリーとキーツが共に知悉していた *Excursion* (1814) と『アラストー』を抜きにしては『エンディミオン』の展開はありえなかったとするブラッドレー (242–44) は、『アラストー』の緒言が「没落」の展開にも影響を及ぼしたことをすでに指摘していた。『アラストー』の緒言の論旨はそれ自体決定的なものとはいえないまでも、主人公である詩人が陥った観念的な自己陶酔や「独りよがりの隠遁」"self-centred seclusion" などは避けるべきだと

する警告が、キーツの識閾下で「没落」147 行以下の記述に作用していたことは充分に考えられる。[18]

　思い出してみよう。『アラストー』における若く純粋な詩人は自己の殻に幽閉された世界にのみ創造の翼を広げ、幻像と等価の存在を現実界に求めて旅に出た。しかし、外界で遭遇した等価とはあくまでも狭隘な内面世界の外在化でしかなく、挫折感に苛まれる。詩人は外界との共感的な紐帯を確保するにいたらず、生の豊饒も喜悦も実感しないままに侘しい死を遂げることになった。復讐の神からの返報である。現実の愛や苦悩に対する無感覚、無共感の生とは人性の徳に信を置かぬ生であり、倫理的には死に等しい。彼は一個人にとどまらず人類全体に終わりなき孤立と窮状をもたらす者であり、ついに人の友とはなりえない。彼は「没落」における「わたし」の「己が詩興に浮かれ立つ」側面が実体化した存在なのである。

　『逍遥』第 III 巻に描かれる「隠遁者」(Solitary) の生もほぼ同断である。世俗の幸不幸、栄枯盛衰、歓喜から失意と苦悩、そして悔恨を味わったのち、彼は喧騒に満つる外界の事象をうち棄て、信仰さえも自己の内面世界への浸潤を拒み棄教することになった。啓蒙の時代に復活を見たエピクロス哲学[19]の倫理に倣うかのように、あの大革命の時代にあって他に依存せず紐帯も断ち切って、孤独で平穏な生活それ自体を生の目的となしたのである。その精神的境位たるアタラクシアとはストア派の克己心による無感動のアパティアに通底するものであり、詰まるところおよそ外界のすべてに対し「消極的で無関心の姿勢」"negative apathetic state" を貫こうとする非情念的な生き方なのである。

　すでに序章で見たポンフレットの隠遁生活は、心許せるパートナーを必要とする点を考えれば、はるかに長閑なものではあった。だが、見方を変えればそれは『アラストー』の詩人が無意識のうちにも実践していた「利己的な隠遁」に変わらず、自己保身とその閉塞性に執心する生の変奏ではないか。エピクロスは無神論者ではなかったものの、その哲理を要約すればひたすら「自己充足による快」を求める徹底した個人主義であり、他者との闘争もなければ共感的な絆による生の広がりを求める必然性もなかった。そのような

生を単純に索漠と言い切ることはできず、それはそれで清浄な生のひとつの
ありようとして筋を通すこともできよう。しかし、たとえばワーズワスの描
く隠遁の生の実践者が、かりそめにも自己にとっての世界の意味内容を変容
させようと意図するのであれば、その心をふたたび信仰に向けようとする賢
人 (Wanderer) からの教戒の言葉はひとまず置くにしても、まず現実の愛や
悲哀に対し心を開き人性の美徳を発現すべきであった。狭隘な夢想に籠って
己が楽園のみを求めるような境位からは、抜け出さなければならなかったは
ずである。『アラストー』の若き詩人も月姫に心奪われていたエンディミオ
ンも、また然り。

　「没落」の「わたし」を「己が詩興に浮かれ立つ者」とするモネータの声
には、『アラストー』の若者や隠遁の生に充足する者、そして詩人という存
在の一側面に対して向けられた価値判断が反響しているようである。

　では、上に引用した 147 行以下の一節の論旨はどのように理解すればよ
いのか。世の苦悩云々の詩行は没我的な受容力が具わる詩人キーツの心性に
通じており、ハズリットの唱える「公平無私」な生の実践を意味する。換言
すれば、そのような生は「歓喜のさなかにも苦悩の種が蒔かれる」(L ii 79)
現実の不条理を受容し、なお仁愛の精神に徹しようとする博愛家としての詩
人の特質なのである[20]。これに対し、憂苦に満つる現世の実相から目を背け
観念的な安息の場を尋ね当て、そこで惰眠をむさぼる者もいる。具体的な記
述こそないものの詩行から推察するに、かれらが能う限りの苦を排し肉体の
健康と精神の平安を保ち最高善たる快への到達を目指す、そのような哲学の
実践者であるとは思われない。饗宴の佳撰を賞味したのち舗床で苦悶した
「わたし」の臨死体験が象徴するように、かれらは突如、現実の艱苦に直面
すればそれに押しつぶされ、腐朽への途をたどる者の謂ではないか。階段の
最下段である「告解者の良心」に達することすらできないのである。したが
って、舗床で死滅する者が博愛家の範疇に入ることはもちろんなく、「わた
し」の求める詩人像でないことも明らかである。モネータとのここまでの対
話から抽出しうるのはおおよそこのような事理であろう。

　ふたたび問うてみよう。なぜ「わたし」はこの社でひとり疎外感や孤絶感

に苛まれているとみなされるのか。キーツが自身の詩作の真義を理解しない大衆への嫌悪を抱懐していたことはよく知られるところであるが、それでも詩作を通じて「世のために何らかの貢献をなす」(*L* i 271, 387) ことをみずからの役割と任じていたことを忘れてはならない。とりわけ、秀でた詩行 (fine writing) と秀でた行為 (fine doing) はその価値において実質的な差異はないとみなし、個人的、社会的な「博愛」の伝播を射程に収めた詩と実践躬行との並立可能性を説いた手紙 (*L* ii 146) が、「没落」執筆時の 8 月に書かれていることは見逃せない。その気持があったからこそ、分野や流儀こそ違え「わたし」もまた博愛者と同じく「世のために貢献している」"[l]abour for mortal good" (159) ことに変わりはないとするテキストの言葉も生きてくる。それは詩人としてのキーツの矜恃ではなかったか。博愛家として定義される詩人像はキーツ自身の心魂に根差す生き方そのもののひとつの表出であり、これが人間キーツの信念であったことは疑いようもない。

　では、そのように博愛的な信念を抱いているはずの自分の問いかけに対し、なお「わたし」が「夢見る者、／己が詩興に浮かれ立つ者」とモネータが突き放すような言葉で断ずるのはなぜか。モネータが「わたし」の魂のありようを反転し、知の光として返す鏡であるならば、「わたし」自身の中にそのような資質と意識がいまだ混在しているということなのだろうか。

　世の苦悩を受け止め「[人類の] 福利のために」尽力する博愛家とは、「脆弱なる夢想家」から峻別されるはずだ――これは理解できる。われわれがいま目にしているのが、人類の闘争と歴史の進展に連なるキーツ自身の精神的葛藤と成長の経緯であれば、それは人として未成熟の過去が、詩人として現在する「わたし」の意識に投射された図像を見ていることになる。三復するが、「没落」執筆時にキーツにとりもっとも価値ある探求と考えられたのは人の世のために詩作によって善をなすことであったし、さらなる知識の獲得を理が非でも必要としたのもその目的達成のためであった。あの北方への旅もまた、未熟で定まらぬ思索と日常の制約から脱し、「絶え間なく知識を吸収すること」"continual drinking of Knowledge" (*L* i 271) が詩想をさらなる高みへと導くという、その確信のもとに敢行されたはずだった。そして、

詩人としての揺籃期から主体的に知を追求しようとする意識があったからこそ、「ハイピリオン」におけるアポロの詩神、太陽神としての自覚にいたる事由が「至大なる知」"Knowledge enormous" (III 113) の獲得という展開に繋がっていったのである。キーツがなぜ単なる「知」ではなく「至大なる知」の獲得をアポロ神誕生の必須の要件となしたのか、その理由はすでに明白であろう。自己愛を他者に向ける愛他の原理がＩAM（神）のごとき意識のありように通じること、これはすでに見た。アポロが神へと変容を遂げるには、全知の創造主としてあらゆる被造物に等しく愛を注ぐ者とならねばならない。換言すれば、旧神族の没落の夢から覚醒したアポロがハイピリオンの神権を掌握し真の神となるのは、ハイピリオン没落のドラマをアポロ自身の新生にいたる知の契機として慈しみ、そして受容する時でしかない。神の誕生とは、すなわち存在全般に互る愛と知が自身の存在に帰一した瞬間を意味するに違いない。他者愛の淵源は自己愛にある。「自己愛」と「他者愛」は根本原理において同一であると説く、ハズリットの共感的想像力の本義がここにある。想像力を介して現在の自己が不在である未来の自己に同化することができるように、不在の自己たる他者に自己を同化することもまた可能なのである。[21] すなわち、愛する自己と自己に愛される他者との関係は、観る主体に観られる客体の関係と同じく、ほんらい不可分なのである。自己と他者との帰一を可能となす至大なる知、これこそが博愛に徹する詩人の具するべき要件であるはずだ。『エンディミオン』においてもパーンは「万象の知に至る　神秘の扉を開く／畏れ多き者」(I 288–89) と定義されていたように、神のごとき知とは万象の知に及ぶものと位置づけられなければならない。

蒼白の顔容

　思い返せば、「ハイピリオン」の展開はアポロが神格を獲得するという山場に到達してはいた。しかし、その知の業（わざ）の何たるかは物語の中で実際に開示されることはなく、1819 年 4 月には断片的な内容と形式を残したまま、主題を意識の中に畳み込んでキーツは筆を擱いた。この時点では草稿 (D)

にも Woodhouse とその転写 (W^2, W^1) にも作品の副題 "A Fragment" の記載はなく、これが加筆されたのは 1820 年のことだった。[22] その後、珠玉のオードを書き上げた 5 月を経て、物語詩の劇的展開への筆慣らしをするかのように「レイミア」と "Otho the Great" をほとんど並行執筆しながら、7 月には「没落」に筆を染めている。この一連の経緯を眺めてみれば、「ハイピリオン」は新たな展開が生成するためのプロセスとして、形式的には静止した状態で、あるいは、キーツ流に言えば "intensity" を保った断片の状態で、彼の掌中に残され発動の機を待っていたと推察されるのである。

　たしかに「ハイピリオン」は "rehearse" するにふさわしいというべきか、結末が開放されて可変的な断片詩となった。ド・セリンコート (486) は「ハイピリオン」ほど完成された断片 (completed fragment) は英文学には見当たらないとして、作品の断片たる仕舞に讃評を加えた。おそらくはこの評いらい、作品本来の末尾が現在のそれとは異なり形式的な完成形をキーツが目指していたことを窺わせるような解釈も、読者には併せ示されてきた。マリーやフォアマン (ハムステッド版)、スティリンジャー、そしてアロットらの解釈もほぼ同断であるが、ちなみに、スティリンジャー (643) が提示したテイラーによる鉛筆書き加筆部分を含む III 巻最終 2 行の読みは以下のようになっていた。

　Apollo shriek'd—And lo from all his limbs
　Celestial glory dawn'd. He was a god! (135–36)

あくまでも形式上は、これで完結する。しかしながら、実際にはキーツみずからが "glory" 以下を削除したのである。アポロは 111–12 行で無言のムネモシュネの表情から「至大なる知」を読み取ると、その知は彼に劇的な変化をもたらせていた。変化の部分を取り出せば以下のようである。その知が彼の脳髄に広がるや、「わたしを神となす」

　And deif[ies] me, as if some blithe wine
　Or bright elixir peerless I had drunk,

And so become immortal."—Thus the God,

While his enkindled eyes … (118–21)

アポロは比類なき「霊薬」を飲み、不死となったかのような感覚を得た。じっさい、その直後の言葉 "the God" によって、彼の神性には確証が与えられている。この時点でハイピリオンとしての属性は失われており、アポロが実質的に神格を得たことが宣言されていた。つまり、テキストの上では、アポロが新たな太陽神となり自己実現を完了したと読めるのである。これらのことを勘考してみるならば、テイラーによる 136 行末尾の "He was a god!" は蛇足とはいえないまでも不自然な重複ではないか。キーツが削除したのも当然であったろう。いずれにせよ、形式的にはこの作品は断片として残された。しかしながら、キーツの意識の中ではこの断片がきたるべき未来での形式、内容の両義における完成をめざし、ふたたび持続されることになっていた。いまだ発動しない「没落」の存在を視野に収めたとき、「ハイピリオン：断片」という名称はいわば「ハイピリオン構想」と名づけうる未完の作品全体の中で、更に明確な位置づけを得るのである。

　ひるがえってモネータの発言の真意を考えてみるに、はたして「わたし」には夢想家に劣る価値しかないのであろうか。いや、詩人としてこれまで歩んできた生が劣等であるというのであれば、「わたし」がこの詩の殿堂と目される社で巫女と対話をしている物語の展開自体が、矛盾をはらむことになる。実際にこのような問いかけがなされたという記述はないものの、「わたし」の疑念を見透かしたように巫女は言葉を継ぐ。

　　　… Every creature hath its home;

　　Every sole man hath days of joy and pain,

　　Whether his labours be sublime or low—

　　The pain alone; the joy alone; distinct:

　　Only the dreamer venoms all his days,

　　Bearing more woe than all his sins deserve. (171–76)

　……生あるものそれぞれに拠り所がある。
　誰であれ　人には悦楽と辛苦の日々がある、
　生業が崇高であろうと　卑俗であろうと──
　苦悩は苦悩、愉悦は愉悦、入り交じることなく。
　夢想家のみが　その日々すべてに毒を盛り
　みずからの罪業の嵩を凌ぐ　悲哀をひき請ける。

　詩人という存在は幻想家や夢想家という範疇に括られるものではない、と「わたし」は信じてきた。それでも、醒めた目で自己の軌跡を眺めてみれば、168–69 行でのモネータの言葉どおり、ただ己が詩興に浮かされて夢を語ってきただけにすぎないのか。この世に恩恵をもたらす積極的価値たりえない、そのような種族の一員であったのかもしれない。「わたし」がこの神殿で自己の存在意義について惑乱しているのもそのためか。いや、そうではなかろう。詩人とはとりとめもない空想に耽るだけの幻想家ではない。『アラストー』に描かれたような現実に背を向け観念の投射たる夢路にたゆたう脆弱な夢想家ではなく、世の苦悩への洞察と共感を通じて博愛を標榜する者ではなかったか。「わたし」はこの世で不可避的に相反するさまざまな事象一般（苦悩と愉悦）を存在のありようとして受容し、撞着融合の形に止揚することでも、詩想に新たな次元を拓いてきたはずである。苦悩と愉悦を截然と区分けするモネータの口吻は、あたかも自分の詩作の生すべてを否んでいるかのように響く。

　しかし、かりにそうであったとしても 175–76 行の意味をよく吟味してみれば、また別な解釈も生まれてくる。すなわち、夢想にふけり現実を顧みない夢想家は、まさにその夢想によりおのれの生を毒するばかりか、その夢想の広がりによりやがては人類全体に絶えざる疎外と苦悩の現在化をもたらすことになる。それはアラストーからの復讐を受けたあの若き詩人がたどった生にほかならない。さらに、詩人の夢想が実のないただの夢の産物に堕するとき、あるいは物語劈頭で示唆されたように狂信者の楽園を織り上げるようなときには、虚妄と濛昧に包まれた詩人は不実なる者となり、徳性に対する

背信の徒に成り下がることになる。

　ここで思い出してみよう。先に「夢想」も「幻想」も「想像力」に連なる言葉であると述べた。想像力が詩人に不可欠の機能として働くことはいうまでもないが、なお博愛家の属性もキーツの抱く詩人像にとっては不可欠の要件であった。すでに見たように、彼の脳裏では "dreamer" と "visionary" に厳密な区分はなされておらず、したがって拮抗することもない。むしろこれらは "humanist" (=humanitarian) の属性とともに、"poet" の範疇に統合されるべき断片的属性の名称としてあったと見るべきではないか。キーツの理解するところでは、詩人とは夢想家にも、医者にも、そして博愛家にもなる資質が具わる者であるに違いない。このことはキーツの想像力の捉え方を思い返してみれば理解できる。彼の公平無私の心根を基とする想像力は「きたるべき実体の影」とされたように、心像の実体化を予示する心のありよう——情態——を意味する。ブルームも同様のことを言っていたが、そこでは截然たる虚実の区分は問題にならず、存在の可能態 (what is possible) が不在 (what is not) に取って代わる (*Ringers* 136–37)[23] というキーツ詩のロジックのみが有効となる。そのような情態は意識化されることはなくとも、彼の中では意味ある存在を弁別する自律的な力として機能しているはずである。おそらくこのような場面では、想像力が具体的（論理的）な根拠を問わずに表象と知覚を、願望と成就を、そして像と事物の区分を明確にすることなく、まさにカッシーラーの言うような神話的状況[24]を言葉の力によって形態化し、自身の世界像として詩行に結実させようとするのである。

　想像力の行為は端的に言ってみずからの望む「夢」の具現化と同質であり、「没落」の副題を「夢」としたのはこの意味でまさに的を射ていた。キーツにとって現実を「実」夢を「虚」と捉えることはそれほど意味のあることではなかった、いや、むしろそのような分岐は彼にとって意味をなさないということである。幸福と不幸が対立的に捉えられるように、実も虚も相互に対立項を必要とする現象であることは自明である。実が実であるためには虚を必要とし、反対もまた真なのである。可視的な現象世界や不可視的な想像世界を成り立たせている実と虚それぞれが対立項との連携の上に成り立つのであ

れば、実と虚の弁別自体にそれほど意味はない。意識が底知れぬ深みに広が
る無意識に支えられていることを考えれば、明示的な世界と暗示的な世界と
の別を説くことの無意味は自明であろう。その生き方においても作品におい
ても特徴的であるキーツの撞着融合とは、まさにこのような対立項を同時に
受容する心のありようが生み出した、包括的な想像行為の謂にほかならない。

　ともあれ、このような想像力を詩作に機能させ、他者の福利に貢献しうる
筆を揮うことこそが「没落」において課せられた使命である、とキーツは考
えた。「睡眠と詩」で体の傷を癒す医者であるよりも、病める心に寄り添い
光明を与えて癒す医者たる詩人をこそ人生の岐路で掌握すべき選択肢とな
す、そう決断したのはほんの 3 年前のことであった。そして、この間のキ
ーツの詩的認識における審美、倫理の両義の成長が、単に時間的な尺度で計
測することができないほど急速かつ甚深であったことは、すでに見てきたと
おりである。

　いま、詩人はそのような意識を極限にまで先鋭化している。伝統に則り、
また反旗を翻しつつ進めてきた自己の詩作の生と、外在する世界とのかかわ
りを批判的に捉えなおし、そこから誕生すべき新たな詩人のあるべき姿を、
また為すべき業とは何かを、自身の鏡面たるモネータからの反映に読み取ろ
うとしているのである。自我と超自我（良心）との葛藤が行間から立ち昇っ
てくるかのようである。ワーズワスもコウルリッジもこの煩累で厄介な、と
はいえ必然の、状況に直面したおりには、それぞれの内奥で疑念の解を求め
苦闘していた (Thurley 112–28)。ロマン主義において、またそれ以降の近
代詩の状況にかんがみても記念碑的といえる二人のオード “Intimations of
Immortality” と “Dejection” で元型的、集約的に語られていたのも、結局
はこのことに他なるまい。

　話を元に戻せば、「他者の福利に貢献」することが詩人の、あるいは詩作
の、第一義的な務めであると断定することは、詩人と博愛家の役割に実質的
に変わるところはないと言うに等しかろう。精神に汗をかくか、肉体に汗を
かくか、この違いだといえば身も蓋もないが、いったい何に焦点を定めれば
「わたし」は真に詩人として認知されるのだろうか。およそ人間が自己存在

の意味を了解するのは、置かれた環境なり状況の中で生存に向けていかなる
行動を、いかに取りうるかに懸っているはずだ。

> ... sure a poet is a sage;
>
> A humanist, physician to all men.
>
> That I am none I feel, as vultures feel
>
> They are no birds when eagles are abroad. (189–92)

> ……たしかに詩人は賢人である。
>
> すべての人間にとって　博愛家、医者なのだ。
>
> だが　わたしはどれにも中らない。鷲が辺りにいなければ
>
> 禿鷹は　おのれが鳥であるとは感じないように。

　「夢想家」「博愛家」「賢人」「医者」といったさまざまな言葉の定義を詩中
で試みて、それぞれが「詩人」の定義の一翼を担う属性であることはすでに
「わたし」自身も気がついていたことであろう。したがって、「わたし」にと
って「詩人」としてのアイデンティティは、いわば「わたし」自身の統覚に
委ねられるということ、すなわち、薄々気づいてはいる多様な属性を統合し
た存在こそが「詩人」なのであり、その自己意識をみずからが主体的にもつ
ことにほかなるまい。時間的にも空間的にも「詩人」としての統一的な存在
意識が「わたし」独自のアイデンティティを生むといってもいい。だから、
166行の "thou art less than they" とのモネータの言葉は "thou art less *purely
humanitarian* (or, *philanthropic*) than they" とイタリック部分の意味を含ま
せて了解すべきなのだ。

　現在の「わたし」の意識はたしかに「博愛家」としての役割に比重を置い
ているようである。20世紀の桂冠詩人 Bridges の目に映じた「没落」にお
けるキーツも、やはり詩想や瞑想よりも実際的な行動を重視しており、それ
までたどってきた詩作の生が極めて限定的で、利己と自愛に偏していたこと

を「わたし」の口を借りてみずからが糾弾しているようであった (117)。外界に遍在する計り知れぬほどの苦悩や喜悦と向き合い禍福に洞察を加え、外界の存在に自己を共感的に放擲してこそ、真の慧眼や識見に裏打ちされた発言への途が開かれる——このことを「わたし」は「詩人」の務めとして認識すべきなのであった。そして、そのような詩作の生は、アンブルサイドの飛泉を訪れたおり、キーツが自然との濃密な交流を通して自己が自然の有機的部分として風景に溶け込んでいる状況を感得した、あの完璧な自我滅却に由来しているのである。不在の自己たる客観との同化を想像力によりはたしたならば、一時の熱狂ではなく時代を超えて持続する価値ある作品を「わたし」は生み出すことができるはずだ。「この大いなる世界に対し、そなたとそなたの種族すべてが、／どのような恩沢をもたらすのか？　そなたは夢見る者、／己が詩興に浮かれ立つ者ぞ——この世に思いを馳せよ」(167–69) とするモネータの言葉は、文筆の倫理的機能を説いたあのロンギノスの「崇高」の意味さえ想起させる。この古典的な修辞学的術語の本義に立ち帰っていえば、「わたし」に向け放たれた巫女の言葉は、あらゆる時代のあらゆる人を十全に喜ばせる特質の不在を、すなわち崇高という偉大なる精神がこだまする[25]詩文の不在を、衝くものではないか。巫女がキーツの知を反転して返す存在であれば、それは同時に詩人であるとの自負をもつ「わたし」が、いまだ時代を超えて持続的な価値ある作品を世に送り出してはいないことに対して、自身の忸怩たる思いを反映したものではなかったか。

　じっさい上掲の詩行で、「わたし」は巫女に対して、「睡眠と詩」いらいキーツの信念ともなっていた「賢人／博愛家／医者」という詩人の三重の属性を挙げ、そのどれもが自分に当て嵌まるものではないと言う。この部分を含む 187 行からその後に続く 210 行までは、措辞の重複や他の詩人らに対する際どい評言が列挙されているためなのか、キーツが一時は削除することも考えていた一節であったようだが、彼の心模様をよく表出する部分であるとして残された[26]とされる。このようなテキストの事情を考え併せると、「わたし」の発言自体にどこまでキーツの偽らざる心情があらわれているのか、一概に判断はできなくなってくるような気もする。「わたし」の心の迷いか

ら発せられる言葉とモネータの巫女然とした断定的な発言がうまく噛み合わ
ないため、対話はまるで折り重なる雲のように掴みどころがなくなるかのよ
うである。それでも、核心を構成するのはおそらく以下に示す詩行における
対話であるに違いないとは思う。解釈の都合により引用行が多少、前後し、
かつ重複することもあるが、諸姉諸兄にはひたすらご寛恕を願いたい。

　自身のアイデンティティが詩人にあるのか夢想家にあるのかの確信がもて
ずにいる「わたし」に対し、モネータはこのように言う。

　　… "Art thou not of the dreamer tribe?
　　The poet and the dreamer are distinct,
　　Diverse, sheer opposite, antipodes.
　　The one pours out a balm upon the world,
　　The other vexes it." (198–202)

　　……「そなたは　夢想家の種族ではないのか？
　　詩人と夢想家とは　紛うかたなく異なり、
　　別種であり、まるで逆、対蹠点にいる。
　　詩人は　世界に香油を注ぎ出し、
　　夢想家は　そこに痛苦の種を蒔く。」

　繰り返すが、バートンと同じくキーツもまた喜悦（香油）と苦悩（痛苦）
を表裏一体の体験として捉えていた。ところが、モネータによれば、その体
験が「わたし」自身の中に宿る詩人と夢想家の属性として対比的に捉えられ
ているのである。作品における劇的効果はたしかにあるのだろうが、それで
は自己の思念に忠実な表現とはいえまい。
　これまでの議論に重なる部分もあるのだが、少し角度を変えて検討してみ
よう。まず、「巫女」と「わたし」の対話から浮き彫りにされる三つの言辞
「詩人」「夢想家」「博愛家」に託されたそれぞれの意味と役割を、テキスト

に従い整理しておく。以下、〈　〉内の表記は詩行の大意となる。

　モネータのカテゴリーによる「詩人」とは、「わたし」すなわちキーツ自身の信ずる詩人像ということになるのだが、〈世の苦悩を己が苦悩となし、心安らうことのない者〉(148–49) である。「夢想家」は人類の福利に関わるという議論の枠からは外れているのだが、位置づけとしては「詩人」の対蹠点に存在する者である。「博愛家」はいうまでもなく〈世の苦悩を感じ取り、人間に仕え、その福利に貢献する者〉(156–59) である。しかし、「博愛家」は〈幻想家や夢想家とは異なり、ひたすら現実と向き合う者〉(161–64) であるために、薄明の意識の世界に存するこの詩の殿堂のような場にはおらず、来ようとも思わない (165)。したがって「至大なる知」に到達することもおそらくないだろう。三者をこのように概括する限りにおいて、「わたし」はどうやら「博愛家」に重なる「詩人」に近い者と考えられるようだ。

　ところが、すでに見たように「わたし」は〈何ほどの福利も善も具体的にはこの世に与えていない、という意味において「博愛家」の後塵を拝する〉(166–68) ゆえに、ここに来ている。すなわち「わたし」は〈ただ夢を見ておのれの詩興に浮かれ立つ者〉(168–69) としての位置づけも可能なのである。しかもなお、「わたし」は詩を書き続けてきており、ひたすら真の詩人たらんと念じ、他者の苦悩に共感しつつ——「博愛家」と方途は異なるにせよ——現世の福利に貢献することを願ってやまない。「わたし」が詩の殿堂たるこの神殿にいるのを許されているのは、自分の意識と仕事のありようゆえに恵まれた僥倖であったようだ。

　では、念のために「博愛家」たる「詩人」とは対蹠点に位置する「夢想家」についてはどうだろうか。かれらにとって〈この世は安息を求める場であるため、ひたすら惰眠を貪る〉ことを存在の本義となす (150–53) とみなされる。ゆえに、ここにある詩の殿堂などかれらにとって用はなく、たまさかに足を踏み入れたりなどしても、その命運が尽きるだけのこと。かれらの行動は〈世を毒するだけであるゆえ、罪業以上の罰が与えられる〉(175–76)。たしかに、「夢想家」は世界を惑わせ、困惑させる (vex) 行為者であり、「痛苦の種を蒔く」者の謂である。ゆえに、その悪癖は「医者」によって矯正、治

療されねばならない。他方、詩人はこの世に言葉によって香油 (balm) を注ぎ、世の人に慰藉と鎮静をもたらす。その寓意は明白であろう。詩人とはたしかに人の病を癒す医者であるのに対し、「夢想家」は世人を困惑させる悪癖ゆえに医者に治療されるべき患者なのである。ただし、「わたし」がこの場にいられるのは完璧な詩人であると認められたからではなく、階段の下で「わたし」の裡に潜む「夢想家」としての生を死んだため、おそらくは「詩人」としての生に近づいたからにほかなるまい。それは 182 行から 84 行でモネータに対し「わたし」が口にした言葉によっても推断は充分に可能である。

> "That I am favored for unworthiness,
> By such propitious parley medicin'd
> In sickness not ignoble, I rejoice."

> 「満足な詩人たりえぬゆえ　恩恵を施され、
> このような時宜にかなった　話し合いのお蔭により
> 疾を癒されたのであれば、わたしは嬉しい。」

階段下での臨死は、「わたし」を「詩人」の生にいたらせるべく課された、あの煉獄での償罪体験の変奏であったのだ。そして、その後のモネータとの会話を通して自身の中に巣くう「夢想家」という疾が癒されるのであれば、臨死体験そのものはけだし、恩寵であったということになる。「時宜にかなった　話し合い」とは医師と患者の会見（診察）に相当するのであろうが、言い換えればそれは慈愛にみちた言葉による治療なのである。はたしてこの場面にキーツはキリスト復活のような遠景を重ねて見ているのか、煉獄での償罪を経て天堂に向かおうとする者の姿を見ているのか、あるいはまた、両者を統合した画像を思い描いているのだろうか。

　それでもなお「わたし」は「詩人」としての確たるアイデンティティを掌握できずにいる。「わたし」は再度モネータに問う。

... sure a poet is a sage;

A humanist, physician to all men.

That I am none I feel, as vultures feel

They are no birds when eagles are abroad.

What am I then? (189–93)

　　　……たしかに詩人は賢人である。

すべての人間にとって　博愛家、医者なのだ。

だが　わたしはどれにも中らない。鷲が辺りにいなければ

禿鷹は　おのれが鳥であるとは感じないように。

ならば　わたしは何者なのだろう？

端無くも、ここには「ハイピリオン」と「没落」を統合したキーツの詩的な歴史観が表出されている。禿鷹も鷲も鳥類に属することに違いはないが、鳥類の長たる鷲がいなければ、禿鷹は鳥としてのアイデンティティを保てない。キーツはエルギン・マーブルを鑑賞した後で自分の非力な存在を「病める鷲」にたとえていたが、鷲は大空を自在に飛翔する鳥類の頂点に座する存在の指標であり、どの鳥も指標との距離を見定めて初めて鳥類という価値体系における自分の意味と方向性を知る。同様に、綺羅星のごとき英国詩人の伝統の頂点に座したシェイクスピアをはじめとして、キーツがかつて自作の反響壁としてきた詩人らの多くはすでに盛宴の残滓をあとに残し去って行ってしまった[27]。このような時代にあって、なお詩人たらんとする「わたし」という存在は、誰を、また何を、指標として自身の位置を測ればよいのだろうか。202 行の後半から 204 行にかけての「わたし」の描写を見てみよう。

　　　... Then shouted I

Spite of myself, and with a Pythia's spleen,

"Apollo! faded, far flown Apollo!" (202–04)

　　　　　　　……その時わたしは叫んだ

我知らず、巫女ピューティアのような激情にかられ、

「アポロよ！　色褪せ、彼方に飛び去ったアポロよ！」[28]

　ここで「わたし」が無意識に発した叫びは、「アポロ紛いの詩人ら」"all mock lyrists" (207) ばかりの今の世には、「香油を注ぎ出」すべき詩人がいないことへの嘆きと読むのだろう。しかしながら、そのように劣悪な詩人の範疇に結局は「わたし」自身も数えられているかも知れないという不安は残る。キーツの創造的なエネルギーが自身の構築する神話体系によってついには回復不能の自己批判へと導かれてしまった、と読む評家もいたが (Bostetter 178)、たしかにこのままでは「没落」の展開は自己崩壊への途を辿ることになり、語りそのものが維持されなくなってしまう。「ハイピリオン」と「没落」という二つの物語を予型論的に緊密に包括するはずの構造を考えれば、この叫びがいかに重い響きをもつのかがわかる。アポロが詩の世界から亡失したことに対する嘆きと読むだけでは意味がない。「わたし」自身の存在がアポロとして詩神の高みに転生し、その業を世に知らしめることこそ「ハイピリオン」を「ふたたび馬鍬でならす」ことの真義ではなかったか。そうであれば、アポロが外界から飛び去ったのではない。むしろ「わたし」自身を詩神の高みに至らせるべく煉獄の階梯をのぼらせてきた強い意志と意図が、ここにきて行き場を失い「わたし」の裡から抜け出てしまったのではないか。それとも、「わたし」の裡にはそもそも自己を超克するに足る詩才すら存在しなかったのか。「わたし」はなおみずからの魂のありようを反転させた光を返す巫女モネータの蒼白の顔容を凝視しつつ声を発し、問いに対する答えを引き出そうとする。フェイディアスやミケランジェロが彫像の姿を大理石の塊から引き出したという、あの轡に倣うかのように。

　「わたし」は消えかかった祭壇の火に香木を焼べようかと見遣った――自身の裡にも流れているはずの詩の伝統をここで絶やすことはできない。モネータは表情を秘して閉ざすヴェールの下から、この社の来歴と巫女である自身が神族の過去を伝える唯一の存在であることを明かす。耳を傾けつつ、

「わたし」は巫女の声に身も凍るほどの畏れを抱き、言葉を発せずにいた。その様子を見ると巫女みずからがその聖なる手で神秘のヴェールを開き、血の気の失せた相貌を「わたし」にむけた。

> … Then saw I a wan face,
> Not pin'd by human sorrows, but bright blanch'd
> By an immortal sickness which kills not;
> It works a constant change, which happy death
> Can put no end to; deathwards progressing
> To no death was that visage; it had pass'd
> The lily and the snow; and beyond these
> I must not think now. (256–63)

> ……その時　わたしは蒼白の顔容を見た。
> それは　人の哀しみに窶れたのではなく、絶えざる
> 不易の病に冒された　抜けるような白さを湛えていた。
> 表情は絶えず変化し、幸運な死をもってしても
> 変化を止めることは叶わず、死に向かい進みつつも
> 決して死に至らぬ相貌であった。その白さたるや
> 百合も雪をも凌ぐほど。それらに及ばぬ白さなど
> いま　わたしは考えてはならない。

　モネータは旧神族の没落にまつわる悲惨な過去を記憶の襞から紡ぎ出し、それを歴史として織り上げ語り継ぐことを務めとする。彼女は歴史の語り部として不可逆の年代記たる個別の事象の集合に関わる記憶を開示する者であり、過去に縄縛されるがゆえに過去に対しては全知であろうとも、そこから未来への展望を繰り出すことはできない。未来を見据える力は巫女には与えられておらず、「不易の病に冒された」歴史の悲劇的認識のみが、ヴェールの下に窺われる蒼白の顔色と「絶えず変化」する表情となってあらわれる。

没落の歴史は巫女にとって、たしかに「呪い」(243) でしかない。しかし、歴史の全容の記憶を伝える絶え間ない変化とはどのようなものなのか。おそらくそれは言語では表現できない形象でしかなかろうし、色合いでいえば形容できぬ顔容と同じく抜けるような白さでしかない。いかなる言葉をもってしても歴史全体の変化をあらわすことは不可能であろうし、白色をもってするしか変化する表情の色合いも表現できない。しかも、巫女の表情が白であるということは、未来に対する言葉が表示されていない、いわば *tabula rasa* であり、そこに物事を記述する役割は詩人に託されていることを示すのだろう。『詩学』にもあるように、歴史が過去の行為、事象を個別的に再現するように、詩は歴史から未来に起こる行為、事象を読み取り、そこから普遍的な因果関係をもつ筋 (mythos) を構築するのである。だがしかし、「わたし」の投影主たるキーツが記入すべき未来のビジョンとはどのようなものだったのだろうか——それは詩人の墓碑銘 "Here lies one whose name was writ in water" とともに生の彼方へと流されていった‥‥

図 6. キーツと友人の画家セヴァーンの墓（ローマ・プロテスタント墓地）

注

【序章】

1. Bryant 113–17 にある同様の記述の出所もおそらくは同紙ではなかったか。

2. のちの George IV (1820–30)。

3. 諷刺画家 George Moutard Woodward (1765–1809) の作品は 1807 年刊行の *The Caricature Magazine* の版画によって Rowlandson などと共に広く知られるようになったようだが、版画自体はクルックシャンクの手になるものが多かった。

4. 第 3 章でもその歴史に触れる。

5. 出火と鎮火の日付に関しては諸説あったが、現在ではおおむねこの日付に統一されている。なお、1666 年の 9 月 2 日が「日曜日」であるのは当時がまだ旧暦であったためであり、1752 年以降の新暦では木曜にあたる。

6. Regent Street のことであり、本文にもあるように道路の両側に配された店舗併用住居前の歩道に、屋根つきの鋳鉄製柱廊を設置するはずであった。ナッシュが最も力を入れた部分であったとされるが、計画は大幅に変更されてしまった。

7. 「ツァラトゥストラ」の言葉。

8. キーツの想像力の捉え方、あるいは彼の想像力そのものが神話的であることについては、カッシーラーの下記文献とりわけ第 2 章を参照のこと。

9. ハントが 1813 年から 15 年まで投獄されていたのは、サザックの Horsemonger Lane Gaol であった。15 年の 2 月 2 日に刑期を満了し自由の身となったハントは、5 日付エグザミナーの一面に DEPARTURE OF THE PROPRIETORS OF THIS PAPER FROM PRISON と題した論評を掲げ、みずからの入獄体験の総括をおこなった。そこでは、相変わらず入獄の原因とされた摂政皇太子の人となりや行状への揶揄と、入獄の決定を下した「浅知恵の」法廷が茶化されていた。結局、この体験は「英国の自由」という古くて堅い樫の大建築物に釘を 1、2 本打ち込んだものと思われるのだが、仮に釘ではなくて指を打っただけのことであったとしても、笑えば済むこと、身の不幸を嘆けばいいだけのことで、物事はあるべき方向に進むのだ、と記事はなお意気軒高に纏められていた。

10. 中世いらいとりわけロンドンの水事情の酷さはよく知られていた。18 世紀半ばに Southwark Water Company や Lambeth Water Works Company などが設立されると幾分かは改善したのだが、テムズ川には相変わらず工場排水や各種の汚水が流れ込む状態は止まず、この当時も「ロンドンには汚れまみれの水

が十分に供給されている」(*GM* Aug. 1816) などと揶揄されたものだった。

11. 楽園＝エデンではない。楽園とは「エデンの東」にあった園のこと。

12. "The Choice" 1–8 には次のようにある。

> If Heav'n the grateful Liberty would give,
> That I might chuse my Method how to live,
> And all those Hours propitious Fate should lend,
> In blissful Ease and Satisfaction spend,
>
>   Near some fair Town I'd have a private Seat,
> Built uniform, not little, nor too great:
> Better, if on a rising Ground it stood,
> On this side Fields, on that a neighb'ring Wood.

13. 「詩想の転換点・ハントそしてハズリット」(1991 年 12 月・早稲田大学教育学部『学術研究』第 40 号)

【第 1 章】

1. 啓蒙思想の広まった「長い 18 世紀」と称される時代は、一般には王政復古 (1660) から第一次選挙法改正 (1832) あたりまでを指すとされ、この間にイギリスは近代国家として飛躍的な発展をとげていた。

2. 本名は James Stuart (1713–88) で、パルテノン神殿も含めた古代建築物の精密な実地測量とその成果を Nicholas Revett との共著 *The Antiquities of Athens* (1762–1816) 4 巻に纏め出版した。ギリシアには驚嘆すべき遺跡が残されていることを真に人びとに知らしめ瞠目させたのは、スチュアートの死後に夫人の追悼文と共に出版された第 2 巻であり、その尽力のため彼の名には "Athenian" の「称号」が冠せられることになった。

3. 正式には "7th Earl of Elgin Thomas Bruce" (1766–1841) と称した。

4. 西山清『イギリスに花開くヘレニズム：パルテノン・マーブルの光と影』(2008 年丸善プラネット刊) 参照。

5. Elmes はキーツの友人である歴史画家 Benjamin Robert Haydon (1786–1846) の親しい友人であった。『芸術紀要』のそもそもの発刊目的も、エルギン・マーブルに体現された美的資質をめぐる論戦においてハントやヘイドンの擁護する審美観に肩入れすることと、その立場と真っ向から対立する RA の保守的審美観を糾弾することに定められていた。

6. この決定がなされたのは 1772 年 3 月 20 日、庶民院においてであった。

7. *GM*, May 1812.

8. *GM* (Supplement to Volume LXXXIII Part II, 1812) の "Review of New Publication" 欄で紹介されたゴールトの *Voyages and Travels, in the Years 1809, 1810, and 1811, containing Statistical, Commercial, and Miscellaneous Observations on Gibraltar, Sardinia, Sicily, Malta, Serigo, and Turkey* にある彼の発言とされるが、この出版記事は実際の出版に先駆けて予告の形で掲載されたもの。

9. シルエット作家 Alan Yourston の作とされるが、裏面の制作ナンバーが薄れていて読み取りは不可。

10. これはエルギンの秘書も務めた外交官にして古物収集家でもあった William Richard Hamilton (1777–1859) の *Memorandum on the Subject of the Earl of Elgin's Pursuits in Greece* (London 1811) の Appendix [A] に収められていたとされる手紙から引用したものである。ただし *Memorandum* の本体自体は第二次大戦のおり 1940 年に焼失したとされ、大英図書館にも原本は所蔵されていない。

11. 古代彫刻の粋を展示すると称されたマンハイムの美術館を訪れたおり、この馬頭の複製像を見た時、ゲーテがまるで実物の馬頭でも見ているかのように発した言葉であると伝えられる。

12. Pope は "The Dunciad" iv 269–79、Addison は *Spectator* #215 をそれぞれ参照。なお、ポープの 270 行には次のような脚注が付されている："A notion of Aristotle, that there was originally in every block of marble, a Stature, which would appear on the removal of the superfluous parts."

13. "On the Principles of Genial Criticism." 下記 Shawcross 編 *Biographia Literaria*, Vol. II 220–21. この論文で彼は芸術のジャンルをすべて「詩」の変奏によるものと捉え、視覚による詩を「彫刻」"plastic poetry, or statuary" と「絵画」"graphic poetry, or painting" に分類している。

14. コウルリッジの Shakespeare の綴りには好んでこの表記が用いられていた。

15. コウルリッジは 1818 年の講演でもギリシア劇とシェイクスピア劇をそれぞれ彫刻と絵画にたとえ、その差異を叙説している（*Lectures and Notes on Shakspere* 中の "Recapitulation, and Summary of the Characteristics of Shakspere's Dramas" 参照）。そこで彼は「彫像的」"statuesque" との術語を用いてギリシア劇の特質を述べ、シェイクスピア劇には "picturesque" の語を充てている。この "statuesque" という語はすでに述べたように "plastic" と同義で「造形的」の意味であるが、ロマン派の詩人や芸術家たちが共有していた造形美術に関わ

る概念と繋がりをもつものと考えられる。

16. 引用文中に「ニオベ群像」とあるが、13〜14 体ほどあったと考えられる群像のうち、現存するのは母親と彼女にすがる子供の 2 体のみ。

17. 下記文献 Reynolds の著作集 2 vols. の II に収録されている。

18. ペイン・ナイトがサー・ウィリアムと知り合ったのは 1770 年代末のことであり、当時、サー・ウィリアムは特命全権公使としてシチリア島に赴任していた。ナイトは後年ネルソン提督とエマを時おりヘレフォードシャーのみずからの邸宅に招いていたという。

19. John Boydell (1719–1804) のこと。版画家として出発したが、のち版画交易業に転じ成功を収めた。挿絵入りシェイクスピア劇作品の出版でも知られた。1790 年にはロンドン市長に就任している。

20. *Biographia Literaria* Vol. II 220.

21. William St. Clair の著作（下記文献）254 ページには、群像購入の是非を問う議会の評決が「82 票対 80 票の僅差」で購入を決定したとあるが、実際は「82 票対 30 票の大差」での決定であった。なお調べてみれば、*Hansard*（英国国会議事録）にも *GM* の国会報告にも「82 対 30」の記録が残されている。

【第 2 章】

1. たとえばキリスト教の教会内部の建築様式は、入り口から（再生の）祭壇にいたる主廊 (nave) が直線で設えてあるように、基本的にヘブライ・クリスチャン神話の歴史観は直線的である。ひとつには、これは古代ヘブライの民の集団が「より良き」放牧地を求めて、羊を連れて一から他へと随時、移動していた行動が直線的であると考えられたことに由来するとされる。

2. Carl Thompson, "Travel Writing." *ROG* 555–73.

3. *BEM* II, October 1817 に掲載されたハント攻撃の第一回目に、その全容が盛り込まれている。

4. Mary Shelley, *History of a Six Weeks' Tour*.

5. この段落と、続く段落の記述は、参考文献にあげた次の論攷に多くを負っている。Frank M. Turner, "Why the Greeks and not the Romans in Victorian Britain?"

6. 『イギリスに花開くヘレニズム』

7. 下記参考文献参照。

8. 本文にもあるように、"Flying Coach" と呼ばれた駅馬車は時速 7–10 マイル、一日に 40–50 マイルの速さで人びとの利便に供されるようになった。そのおかげでロンドンからケンブリッジ、オックスフォードへは半日、エディンバラ

へも 40–43 時間で行けるようになったとの記事が、各種刊行物 (*GM* March 1815, *Political Register* March 1816 など) に掲載されている。これらの馬車は車輪に鉄輪を履いていたため、これに対応するように各地を繋ぐ道路網が整備され、それに伴い運河網の整備も進められた。

9. "On Modern Gardening." Walpole, *Works*. Vol. II, p. 543. 下記参考文献参照。

10. Frank N. Owings, Jr. による *The Keats Library (a descriptive catalogue)* の記録によれば、これは縦横それぞれ 11.5cm × 7cm の小さなポケット版であり、Taylor and Hessey 社により 1814 年に刊行されたものである。表紙の表書きは **<THE VISION; or, Hell, Purgatory, and Paradise, of Dante Alighieri. / Translated by The Rev. H. F. Cary, A. M. / In Three Volumes.>** となっている。なお、このカタログの出版記録は <Keats House, Keats Grove, Hampstead, London: The Keats-Shelley Memorial Association (n.d.)> である。

11. 下記参考文献 Eltis の項、第 2 章と地図 Nos. 29, 86, 90 等参照。

12. 州監督として隣接するカンバーランドも統括していた。なお、ラウザーを "Whig candidate" ブルムを "Tory" とした Rollins 編 *Letters* I 299 脚注 6 は誤り。

13. 「奇妙なことだ」とハント自身が言っているように、エグザミナーがお咎めなしとなった後に *Stamford News* には有罪の判決が下されている――こちらの方の弁護士もブルムであったというのに (Hunt I 236–67)。なお、John Scott は日曜紙 *The Champion* の初代主筆 (1813) を務めた後、1820 年には *The London Magazine* の主筆を務めたが、翌年ブラックウッズ誌の主筆 Lockhart の友人 J. H. Christie との決闘に敗れ、致命傷を負って死亡した。

14. その弁論の記録はエグザミナー (24 Feb 1811) に掲載されている。

15. 実際にこの論評が掲載されたのは 9 月であった。

16. これについては次章以降に詳細に論ずることになる。

17. 398 では 2 回使用している。

18. ミルンズはこのソネットが書かれたいきさつを「ヘイドン」宛ての手紙で書いた、としているが (I 158)、じっさいはロンドンにいるトムに宛てた手紙であった。

19. "Negative Capability" を扱ったベイトの 10 章 6 節では "intensity" の美と真に関わる論考がなされている。

【第 3 章】

1. 先にも触れたように、東ローマ帝国に属したギリシアに対するイギリス人の知識は、西ローマ帝国のイタリアを通過して間接的に得られたものがほとんどで

あった。

2. たとえば、対ナポレオン戦争当時の新聞、雑誌の文化欄や投書欄、あるいは *Hansard* などに目を通してみても、国家の指導者や国民一般が時局を危急存亡の秋などと捉えて浮足立っている様子を伺わせるような記事や発言は、一部を除けばごくわずかしかなかったことがわかる。

3. 下記参考文献 Grant F. Scott の第 2 章参照。

4. Martial (Marcus Valerius Martialis) の *Epigrams* Book XII 57 での用例あたりが嚆矢とみなされる。(Cf.) http://www.tertullian.org/fathers/index.htm #Martial_Epigrams

   さらに、ポンフレットの "The Choice" の 5–8 行には次のような「理想の場」の記述がみえる。

   > Near some fair Town I'd have a private Seat,
   > Built uniform, not little, nor too great:
   > Better, if on a rising Ground it stood,
   > On this side Fields, on that a neighb'ring Wood.

5. ツィンマーマンとロマン派に対する影響等については、鈴木喜和氏の博士論文 *Keats, Epic, and the Prophetic Solitude* (2012) に詳述されており、筆者も大いに啓発されたことを付記しておく。なお、ツィンマーマンの英訳書は、訳者名無記載のまま表表紙に <Solitude (1840) / Johann Georg Zimmerman / Kessinger Legacy Reprints> と記載・製本されたものが、裏表紙に記載された Kessinger Publishing, LLC から出版されている。

6. たとえば、アリストテレス『魂について』第 11 章 424a や『ニコマコス倫理学』2.6.1106b-8–23、1107a-4–24 など。

7. ハチソンの著書（下記参考文献参照）の副題には "in which The Principles of the late Earl of Shaftesbury are Explained and Defended, against the Author of the *Fable of the Bees*: and The Ideas of *Moral Good* and *Evil* are establish'd, according to the sentiments of the Antient *Moralists*. With an Attempt to introduce a *Mathematical Calculation* in Subjects of *Morality*" とあるように、同書の主眼はたびたび反宗教的で宗教意識が希薄と非難されていたシャフツベリを擁護し、マンデヴィルの唱える「利己心の是認」を基軸とする宗教観や道徳観に論駁しつつ、公共の福祉に寄与する道徳哲学の内容を明示することにあった。

8. 匿名出版のパンフレットでマンデヴィルは諷刺詩『唸る蜂の巣』*The Grumbling Hive* を 1705 年に世に問うたのだが、斜に構えた表現が世の誤解を多々招いた

のか評判は芳しくなかった。そのため、詩行の意図を解説するべく散文で注釈を施した『蜂の寓話』*The Fable of the Bees* を 1714 年に出版したのだが、世間の注目を浴びることはほとんどなかった。それで、1723 年に注釈の量を大幅に増やし、冗漫ともいえるほど長大な解釈を施した改定版を出すことになった。この版では 2 世紀後の Bierce の登場でも予見させるかのような鋭い諷刺と逆説により、建前ではなく本音を曝しており、有徳の社会原理を唱道する一般常識に痛棒を喰らわせるという狙いも、いちおうは成功したように思われた。それでも、あまりに過激な措辞や入り組んだレトリックの意味が正確に社会に伝わったとはいい難く、衝撃の甚だしさも手伝いかえって内容の倫理性に大いなる非が鳴らされたものだった。1724 年には、ふたたび弁明と新たなエッセーを加えた改定版を出すはめになった。もっとも、マンデヴィルにしても人間存在の不完全さという点については充分に弁えており、諷刺詩の方でも解説においても縷々そのような見解は示されていた。ただ、彼が用いた複雑な表現はあくまでも利己心や自己愛を動機とする経済的な原理を説くためのいわば合目的的なレトリックであり、そこに当面の本論の主題である存在の断片性に関わるパースペクティブな視点が伴っていないのは理の当然である。

9. 次章で扱う Panofsky の著作 p. 114 に引かれている Ficino の定義による。

10. ただし、この言葉がソロモンのものとする主張は現在では退けられている。*A New Commentary on Holy Scripture* (SPCK, 1928) p. 402 の解説を見よ。

11. 参考文献に挙げた Delumeau の著作は、ほぼ全編にわたりこの観点から「失楽」の意味を敷衍しつつ考究したもの。とりわけ 6 章や 11 章など。

12. フライにはよく知られる次の一節がある：God, if he exists at all, can exist only as existence, as an aspect of our own identity, and not as a hypothesis attached to the natural order (13–14).　なお、ブレイクの言は "There is No Natural Religion" にある一節 "God becomes as we are, that we may be as he is."

13. *Spectator* (No. 47) は、St Giles-in-the-Fields の教会主管者であった John Scott (1639–95) の著作 *The Christian Life* を評し、この問題に関する最高の論攷と激賞しているほか、多数の号で実際に引用、言及している。スコットのこの著作は当代の社会においてかなり広範に読まれていたことが想像される。次に引くのは当該書中の <Proofs of a Future State> (Pt. II. Vol. I. Sect. II. Chap. V. 282–303) にある "The Wisdom of God's Government" と題された章の一節で、項目には "The *natural capacity* of our Souls to *survive* our Bodies, and to *enjoy* future Rewards, and *suffer* future Punishments, it also follows that there *is* a future state of Reward and Punishment." とある。イタ

リックは上記も含め、いずれも原文のまま。

… we find in our souls a certain *force* and *power*, whereby they determine themselves which way they please in their *motions* and *operations*; whereby they are exempt from the *necessitating* influence of any thing that is *forein* to 'em; and this innate *liberty* of *power* of *self-determination* is necessarily supposed in the management of all humane Affairs … by this *self-determining* Power our Souls do evidently manifest themselves to be *immaterial* Substances, and consequently not liable to Death and Corruption … we feel in our Soul an *innate* power to *determine* itself which way it *pleases*, and even to move quite contrary to all foreign impressions.

いかにも宗教家らしいレトリックを盛り込んだ説教だが、アディソンの考える「来世における魂の完成」の思弁的濫觴のひとつがおそらくはここにある。

14. 「魂創造の谷」の書簡 (*L* ii 101–04) を書いた時点でキーツが説いた寓意も、ほぼ同じ方向を指していると思われる。

15. よく知られるテイラーの *Holy Dying* の II-i には、以下のように日々死を意識すべしとある : *He that would die well must always look for death, every day knocking at the gates of the grave.* (イタリック原文ママ)。この「死を常に意識すること」が「立派に生きること」につながるのである。

16. *OED* によれば初出はともに 1869 年である。

17. シュレーゲルの "Athenaeum" (#116) にある著名な定義などは、形態と内実の統一された完結性をよしとする詩とは相容れず、不断の生成と発動を繰り返すロマン詩の断片性という特質をよく語るものである : Other kinds of poetry are finished and are now capable of being fully analysed. The romantic kind of poetry is still in the state of becoming; that, in fact, is its real essence: that it should forever be becoming and never be perfected.

18. Henry Mackenzie (1745–1831) の感傷小説 *The Man of Feeling* (1771) は、緊密なプロットや章立ての連結を欠くか、もしくはテキストの欠落すら告白されるような、いわゆる「断片集」であり、従来の小説的結構を欠く。当時流行の感傷過多といえるような内容でもあるために、マッケンジーはこれを匿名出版したのだが、緩い感情の繋がりや連想によって各エピソードの連携が示唆されるような疑似統一が図られている。

19. ハムステッド版 *Keats*, V 292–305、および下記参考文献中の Beth Lau の著作を参照。

20. デンマーク生まれの彫刻家シバー (Caius Gabriel Cibber, 1630–1700) はまた、

キーツの生家近くにあったベドラム病院の門上に据えられていた一対の彫像 *Raving Madness* と *Melancholy Madness* の作者である。

21. "Polymetis" とは "multitalented" とか "crafty-minded" の意。

22. よく知られる挿話であるが、話の中でヨリックは、従者 La Fleur のもってきたバターを載せた紙片に Rabelais の時代の古いフランス語で書かれた物語の一部をみつけたので、次の頁を読みたくなり従者に探させた話。結局、当該の頁は見つからなかったため、もくろみを果たすことのできないという体験の断片性にヨリックは悶々とするばかりとなった。

23. 1809 年に、*Specimens of Antient Sculpture, Aegyptian, Etruscan, Greek, and Roman* という古代彫刻の技法を歴史的に叙説した図版入りの大型 2 巻本の評論集 I が出版されている。これはイギリスにおけるヘレニズム隆盛に少なからぬ働きをした貴族、紳士階級の人々の団体である「古美術愛好家協会」(Society of Dilettanti) によって刊行された美装の稀覯本であった。会員の中にはウェストや肖像画で知られるローレンス (Sir Thomas Lawrence) など著名人が多く名を連ねており、ペイン・ナイトもまた編集委員のひとりとして名を連ねていた。この本の巻 I・74 節に配された論述は 450–400 B.C. ごろのギリシア彫刻とフェイディアスの技法を評したものだが、これを読むとエルギン・マーブル論争で敗れたナイトの主張していたパルテノン神殿彫刻の「未熟さ」の論拠が、じつはこのあたりの議論を踏襲していたのではないかとさえ思われる。さらに言えば、これがナイト自身の筆になる文章と考えてもおかしくないのであり、いかに彼の主張が当代のエルギン・マーブル評の本質から隔たっていたのかがよくわかる。参考までに 74 節の一部を引用してみる。

… Of Phidias's general style of composition, the friezes and metopes of that temple of Minerva at Athens, published by Mr. Stuart, and since brought to England, may afford us competent information; but as these are merely architectural sculptures executed from his designs and under his directions, probably by workmen scarcely ranked among artists, and meant to be seen at the height of more than forty feet from the eye, they can throw but little light upon the more important details of his art …

24. 十字架の象徴的意味とは死と新生（復活）である。イエスはゴルゴタ（骸骨）の丘で十字架につけられ、槍を体内に受け入れ絶命した。この時、彼は血と体液（水）を流し、それらが十字架の下にあるアダムの骸骨に降り注がれ、アダムの原罪による人類の罪が洗い流された。三日後にイエスはリンボ界に降り (Harrowing of Hell)、善人を連れて復活し、その後多くの信者を生み出すこと

になった。イエスとしての生を死に、キリストとしての生を得て復活をとげるのである——聖書に書かれたこの事蹟をひとつの寓意として解読してみれば、イエスは花嫁であり、他者（花婿）の槍を体内に受け入れ出血し、多くの生命を生み出した、ということになる。ここで「受難」は「受動」という創造行為につながる体験となる。なお、"passion" と "passive" が共通語源とする "pati-" には "suffer" と "allow" の両義が含まれる。"suffer" が "allow" の意味で用いられている例には、福音書 Mt 3: 13 や "The Fall of Hyperion" I-180 も挙げられる。

25. ミケランジェロの書簡（英訳版、参考文献参照）をかなり広範に検索したつもりだが、似たような表現はいくつかあったものの、この表現そのものは調べた範囲では見当たらなかった。諸姉諸兄の中でご存じの方がおられたら、ご教示いただければ幸いです。

26. 例の大樽のディオゲネスではなく *Vitae philosophorum* (*Lives and Opinions of Eminent Philosophers*) を著した 3 世紀ごろの哲学史家のことを指す。

27. この言葉の初出は、調べてみるとどうやら 1672 年 Dryden の詩劇 *The Conquest of Granada* I i (7) のようである。

28. この言葉も第 1 章で引用した B. West の書簡の中のものである。同章の注参照。

29. これを Ajax とする説もあり、じっさい Vatican collection は現在その説をとっているようだが、ここでは広く知られている Winckelmann の説にしたがう。

30. 西行作と伝わる『撰集抄』巻 5 第 15「西行於高野奥造人事」にみえる話。当時、公家のあいだで密かにおこなわれていたとされるこの秘術に西行も挑んだものの、生半な施術であったため、感情や知性をも具えた人間の創造は失敗におわったという。和製フランケンシュタインのモンスターか？

31. 参考文献中にある Gross の *The Dream of the Moving Statue* は、彫像と現実が交錯するような図や写真を効果的に用いて周到、具体的に論証している。

32. アテナイの守護神 Pallas Athena の誕生を祝う祭りのこと。4 年ごとの大祭 Great Panathenaia のおりには、アテナイからパルテノンの丘まで寄留者を含む全住民が行列をなして Panathenaic Way を登って行き、新しく編んだペプロス (peplos) と呼ばれる毛織の外衣をアテーナ神に捧げる習慣があった。行列が曳いていった牝牛は、祭りの終了後に参列者が焼いて食した。

33. フリーズの物語の象徴的な読みに関しては非常に魅力的で示唆に富むのだが、残念なことに論拠となるフリーズの配列がいまだ確定していない時期の論攷でもあるため、ひとつの可能性としての解釈と考えておきたい。配列自体がさまざまな見解のもとに繰り返し再考され、実際に組み替えられてきており、1994 年に Jenkins がそれまでの議論を踏まえて最新の配列を発表したが、は

たしてそれが決定的なものになるのかどうか、決定は歴史に委ねられる。なお、アテーナ像そのものがエルギン・マーブルには含まれていなかったため、キーツが実際にはその顔を見てはいなかったことへの言及はなされていない。

【第 4 章】

1. *OED* によれば、この語の初出は 1834 年の *Notes & Lect.* であった。

2. たとえば自己の未来の存在に自己移入する（投企）ことは、他者という存在に自己移入することと等価である。すなわち、未来の自己と他者という存在にはともに現在の自己（わたし）が不在であることに変わりはないからである。なお、注 21 に提示したハズリットの文章を参照のこと。

3. *Biographia Literaria*, XII Thesis vi 参照。

4. とりわけ “Lamia” の婚礼の場面描写などに顕著であるが、そのほかの場面でもギリシア的風俗にかかわる描写の多くをキーツはポッターに負っている。むろん、以下の本論でも述べるように「没落」でもその恩恵に浴していることは明白である。

5. パノフスキーによれば、図像解釈学 (iconology) とは個々の図像それぞれが負う歴史的、神学的、美術的といった特殊な背景において帯びる視覚上の効果、あるいは意味内容などとの相互関係を解明、解読する学問であるとされる。他方、図像学 (iconography) とは、図像にあらわれた特殊なテーマが、いつ、どこで、どのように特殊なモチーフによって表現されたかについて、記述と分類をおこなう、いわば図像解読の補助的な研究であるという。すなわち、図像の意味を読み取るに際し必要とされる基礎的な事実や証拠の収集・分類をおこなう学問分野である。パノフスキー下記文献「序論」を参照。

6. キーツの読んでいたバートンは 1813 年の 11 版の二巻本であったのだが、二巻目のみが現存する。この二巻へのキーツの書き込みは Buxton Forman がハムステッド版全集の V に再現している。

7. このことは、たとえば PT. I. SEC. I MEM. 3. SUB. 4 などに目を通してみれば実感されることだろう。

8. 作品の初出は 1743 年の *GM* # 13.

9. 「没落」抛擲後には “Life to [Milton] would be death to me” (*L* ii 212) との発言もあるが、その主たる理由は Chatterton と Milton の英語使用の比較に起因するのであり、作品そのものへの言及ではない。「没落」ではミルトンに代わりダンテが主たる導者となったが、それに呼応するように、詩人の語り口も客観から主観へと変換する。

10. ブルームの論については下記参考文献『影響の不安』を参照。

11. 念のためにいえば、*Hell* と *Purgatory* でダンテを導くのはウェルギリウスであるが、*Paradise*（天堂）でその役目はベアトリーチェに引き継がれる。ダンテが自身の魂と向き合うことになるのは Paradise における Beatrice との対話を通してである。「わたし」とモネータとの対話の内容はその変奏であったとも考えられようか。なお、エデンにあったはずの「地上楽園」とは区別して、本論では一般に神と従者らの住まう処とされる天上の楽園には「天堂」の名称を用いる。

12. 伝統的カトリック神学では、煉獄において浄化を経た者に対して示現される神の栄光のこと。「出エジプト記」34 章に記されたシナイ山でのモーセの体験などが、これに相当すると考えられている。

13. この鷲の出典はチョーサーの断片詩 *House of Fame* (1379–80) である。鳥類の頂点に位置づけられる「鷲」は、「没落」においても詩人の頂点を占める存在に比肩されている (192)。あの北方への旅に携えていった『神曲』によってもキーツはこのエピソードを確認していたはずであり、しかも、この『誉の宮』もまた『神曲』から想の多くを借用したとされる「夢物語」であること自体、「没落」の構成にも少なからず影響を及ぼしたことが考えられる。

14. ケアリ訳の注 *Hell* II 97 fn. によれば殉教者聖ルシアはベアトリーチェと同様に実在の人物のようだが、ここでは「天の恩寵」という抽象概念の具象化である。

15. 残り二段はそれぞれ「痛悔」と「将来の敬虔と功徳追求への熱意」をあらわす。

16. キーツがここで巫女を "shade" と表現したのはケアリ訳の影響によるものかと思われる。『煉獄篇』第 III 曲で、ダンテ (d. 1321) は、ウェルギリウス (d. 19 B. C.) が太陽の光を受けながら地に自分とは異なり「影」 "shadow" を落とさぬ様子を見て不安になった。するとウェルギリウスは、地上で影を映していた自分の肉体はすでにナポリの墓に移されているから自分には影がない、と教え諭した。Cary 訳は次のとおり : "It now is evening there, where buried lies / *The body in which I cast a shade*, removed / To Naples…" (24–26, イタリック引用者)。つまり、"shadow" とは肉体をもつ存在の「影」なのだが、すでに霊的存在である今のウェルギリウスにとっては、それは自身の宿る肉体の中から外部に投じていた仮象 (Schein) としての「陰翳」 "shade" なのである。筆者がここで "shade" を「翳なる人」と訳したのは、キリスト以前の人であるゆえにリンボ界が本属となったウェルギリウスの存在と同様に、巫女も人としての実体（肉体）をもたぬ仮象であることをキーツが意図していたと読むからであり、ネオ・プラトニックな上位存在の表出としての影という意味ではない。Dorothy Sayers 訳によるペンギン版 *Purgatory* III 曲の大要（Cary とは異なる）

には次のようにある：*Dante's solitary shadow, cast by the rising sun, poignantly brings home to him the fact that Virgil is only a shade.* ただし、Cary の *Hell* で、初めてウェルギリウスと遭遇したおりに、獣の恐怖に打たれていた「わたし」は彼に「影であれ人であれ……」助けてほしいと訴えていた。Cary では以下のようである："Have mercy on me," cried I out aloud, / "Spirit! or living man! whate'er thou be" (I 61–62)。ここでの "Spirit" は人間の霊的部分をあらわす語だが、平川訳では原語が "ombra" とされ、伊辞書を引いてみればこの術語の意味は「影、死霊、地獄の霊魂」である。なお、Sayers のペンギン版にも図示されているように、当時の地理上の世界観によれば陸地はすべて北半球にあるとされ、南の絶海に浮かぶ孤島である煉獄山はエルサレムの対蹠地に位置していた。むろん、ここにも日輪の運行はある。

17. "I must Create a System or be enslav'd by another Man's." ("Jerusalem" Plate 10:20)

18. 少し異なる文脈ながら、祭壇の前でモネータが「わたし」に階段を上って巫女の面前にいられる理由を語る場面で、Bloom (*The Visionary Company* 426) もまた「没落」と『逍遥』／『アラストー』の類似性に言及している。「この高みを占める者」のくだりでモネータが語る言葉は、人間を類型によって分け、それにより想像力を覚醒させようとする物語展開の起点になっていることを示す、とブルームは読む。

19. Editor's note on III 269–87, *Excursion*（下記文献）参照。エピクロス哲学を示唆するような詩行はしばしば『逍遥』にあらわれるが、IX 52–81 などに見られる描写もエピクロスの唱える「心の平静」の意図をワーズワスが自身の自然観に変奏して語った一例と理解できる。なお、当時もてはやされた隠遁生活については本書の序章と第 3 章参照。

20. よく知られるように、滅私的に人の世に尽くす生を送ることができたのは究極的にはソクラテスとキリストだけだとする認識がキーツにはあった (*L* ii 79–80)。当然のことながら、その言葉を裏返せば、自分はいまだかれらのような無私の生の意識には到達していないという自己認識になる。それでも、詩作の筆が止まった時期、いわゆる「逡巡の時期」"period of uncertainty" (Bate)、にジョージ夫妻に宛てて書かれた一連の *journal letters* 中の上掲の手紙には、7 月に執筆を開始する「没落」の中心テーマとなる完璧な自己滅却のありようについて、また、博愛家や詩人の役割についての発言が集約的になされている。そして、"Ode to Psyche" が書かれたのはその手紙からひと月ほど経た後のことであり、みずからの詩心 (Psyche) に向けて "I will be thy priest, and build a fane / In some untrodden region of my mind" と新たな詩作の開始が宣言され

ることになる。すなわち "La Belle Dame sans Merci" とともに、キーツにとって真の *annus mirabilis* の幕開きの時が訪れたことを告げていたのである。これらのことを考え併せれば、3 月 19 日の手紙 (*L* ii 79–80) はキーツの詩作における新たな方向が読み取れるという意味において、とりわけ重要な意味をもつ。なお、本文中の「公平無私」"disinterested(ness)" の言葉の直接的な出所は、いうまでもなくハズリットの第一論文 *An Essay on the Principles of Human Action* (1805) であったろう。

21. ハズリットの原文を引いておく : "The imagination, by means of which alone I can anticipate future objects, or be interested in them, must carry me out of myself into the feelings of others by one and the same process by which I am thrown forward as it were into my future being, and interested in it." (Hazlitt, 1–2)

22. Stillinger の脚注 (329) と解説 (638–40) 参照。

23. この部分を含む章 "Keats and the Embarrassments of Poetic Tradition" は同じくブルームの編纂になる *John Keats* (Chelsea House Publishers, 1985) にも序文として再録されている。

24. カッシーラー『シンボル形式の哲学』第 2 巻第 1 章「神話的な対象意識の特性と基本的方向」参照。

25. ロンギノス『崇高について』7 章〜9 章参照。

26. Allott 669–70, Stillinger 672.

27. この時点ですでに Milton や Wordsworth は、彼の中で占めていたかつての反響壁たる地位を失っているかのようだが、二人の巨人の残した、あるいは残しつつある、大いなる詩業の記憶は、本書でも触れたようにキーツの裡ではすでに微妙な位置づけとなってはいた。しかし、そうであったとしても、また、意識するか否かは別として、消し去ることなど叶わぬほど明瞭な刻印をキーツの詩想と詩行に残していたのは間違いない。

28. 引用部 "spleen" には「不機嫌」「憂鬱」の意味もあるが、伝承によればアポロの神託を告げるときに邪悪な霊が降臨した場合には、しばしばピューティアは狂気・錯乱状態に陥り、その激しさのため神託の依頼者はおろか周囲の神官さえ逃げ出すほどであったという。それを踏まえてここでは「激情」の訳を付した。(Cf.) *Archaeologia*, V1 326–27.

主要参考文献

＊キーツの作品と書簡はそれぞれ次に拠った。なお、特別のものを除いて、よく
　知られた作品／研究書の出典は、引用したもの以外は煩瑣を避けるため一覧か
　ら省略した。

Allott, Miriam, ed. *Keats: The Complete Poems*. London: Longman Group
　　Limited, 1970.

De Selincourt, E., ed. *The Poems of John Keats*. 5th ed. London: Methuen and
　　Co. Ltd., 1926.

Forman, H. Buxton, ed. *The Poetical Works and Other Writings of John Keats*. 8
　　vols. 1939. Repr. New York: Phaeton Press, 1970.（通称 Hampstead Edition）

Stillinger, Jack, ed. *The Poems of John Keats*, Cambridge, Mass.: The Belknap
　　Press of Harvard UP, 1978.

Rollins, Hyder Edward, ed. *The Letters of John Keats: 1814–1821*. 2 vols.
　　Cambridge, Mass.: Harvard UP, 1976.

——. *The Keats Circle*. 2vols. Cambridge, Mass: Harvard UP, 1969.

*A Concordance to the Poems of John Keats. Ed. Dane Lewis Baldwin et al.
　　Mass. Glocester: Peter Smith, 1963.

*A KWIC Concordance to the Letters of John Keats. Comp. David Pollard. Hove:
　　Geraldson Imprints, 1989.

新聞と定期刊行物、および論集タイトルと本文中での略号

BEM: *Blackwood's Edinburgh Magazine*

CR: *A Companion to Romanticism*. Ed. Duncan Wu. Oxford: Blackwell
　　Publishers Ltd, 1999.

Ex: *Examiner*.

GM: *Gentleman's Magazine*.

OCR: *An Oxford Companion to the Romantic Age*. Ed. Iain McCalman. New
　　York: Oxford UP, 1999.

QR: *Quarterly Review*.

ROG: *Romanticism: An Oxford Guide*. Ed. Nicholas Roe. New York: Oxford UP,
　　2005.

＊＊＊＊＊＊

Abrams, M. H. *Natural Supernaturalism*. New York: W. W. Norton & Company INC, 1971.

Addison, Joseph. *The Spectator*, 1711–14.
URL: https://www.gutenberg.org/cache/epub/12030/SV1/Spectator1.html (visited 1 Aug 2015 & 18 Oct 2021)

Andrews, Malcolm. *The Search for the Picturesque*. Stanford: Stanford UP, 1989.

Baker, Jeffrey. *John Keats and Symbolism*. Sussex: The Harvester Press, 1986.

Baker, Kenneth. *George IV: A Life in Caricature*. London: Thames & Hudson, 2005.

Bate, Walter Jackson. *John Keats*. Cambridge, Massachusetts: The Belknap Press of Harvard UP, 1963.

Beaumont, Sir George Howland. *Memorials of Coleorton*. Ed. William Knight. 2 vols. Edinburgh: David Douglas, 1887. Kessinger Publishing's Legacy Reprints, n.d. London.

Bell, Walter George. *The Great Fire of London in 1666*. London: John Lane, The Bodley Head, 1920.

Behrendt, Stephen C. Ed. *History & Myth: Essays on English Romantic Literature*. Detroit: Wayne State UP, 1990.

Bloom, Harold. *The Visionary Company*. Ithaca & London: Cornell UP, revised & enlarged edn., 1971.

——. *The Ringers in the Tower: Studies in Romantic Tradition*. Chicago & London: The University of Chicago Press, 1971.

——. *The Anxiety of Influence*. 1973. 2nd edn. New York: Oxford UP, 1997. (下記邦訳)

——. *Modern Critical Views: John Keats*. Ed. Harold Bloom. New York: Chelsea House Publishers, 1985.

Bostetter, Edward E. *The Romantic Ventriloquists*. Seattle: University of Washington Press, 1963.

Bowen, James. "Education, ideology and the ruling class: Hellenism and English public schools in the nineteenth century." *Rediscovering Hellenism: The Hellenic inheritance and the English imagination*. Ed. G. W. Clarke. Cambridge: Cambridge UP, 1989. 161–86.

Blunden, Edmund. *Leigh Hunt: A Biography*. London: Cobden-Sanderson, 1930.

Bradley, A. C. *Oxford Lectures on Poetry*. London: Macmillan and Co., Limited, 1926.

Bridges, Robert. *A Critical Introduction to Keats*. London: Oxford UP, 1929.

Bryant, Arthur. *The Age of Elegance*. 1950. n.p. The Reprint Society Ltd, 1954.

Burke, Edmund. "A Philosophical Inquiry into the Origin of Our Ideas of the Sublime and Beautiful." *The Works of the Right Honourable Edmund Burke*. 8 vols. Vol I. London: Thomas M'Lean, Haymarket, 1823.

Bury, Lady Charlotte. *The Diary of A Lady-in-Waiting*. 2 vols. 1838. Ed. Francis Steuart. London: John Lane, 1908.

Butler, James A. "Travel Writing." *CR* 364–70.

Buttrick, George Arthur, et al. eds. *The Interpreter's Dictionary of the Bible: An Illustrated Encyclopedia*, 5 vols. Nashville: Abingdon Press, 1962.

Cassirer, Ernst. *The Philosophy of Symbolic Forms*. Vol. II: Mythical Thought. New Haven: Yale UP, 1955.（下記邦訳）

Chesneau, Ernest. *The English School of Painting*. 2nd ed. Trans. Lucy N. Etherington. London: Cassell & Company Limited, 1885.

Clarke, Charles and Mary Cowden. *Recollections of Writers*. 1878. Fontwell: Centaur Press Ltd, 1969.

Cobbett, William. *Rural Rides*, 1830. Ed. & intro. *George Woodcock*. The Penguin English Library. 1967.

Coleridge, Samuel Taylor. *The Collected Works of Samuel Taylor Coleridge*. Ed. Kathleen Coburn et. al. 16 vols. Princeton: Princeton UP, 1971.

———. *Biographia Literaria*. Ed. John Shawcross. 2 vols. Oxford: Oxford UP, 1968.

———. *Collected Letters of Samuel Taylor Coleridge*. Ed. Earl Leslie Griggs, 6 vols. Oxford: Oxford at the Clarendon Press, 1956.

———. *Notes and Lectures upon Shakespeare and Some of the Old Poets and Dramatists with Other Literary Remains*. Ed. Mrs. H. N. Coleridge, 2 vols. London: William Pickering, 1849.

———. *Lectures and Notes on Shakspere and Other English Poets*. Ed. T. Ashe. London: George Bell and Sons, 1908.

Colvin, Sidney. *John Keats*. 1917. rept. New York: Octagon Books, 1970.

Connor, Peter. "Cast-collecting in the nineteenth century." *Rediscovering Hellenism: The Hellenic inheritance and the English imagination*. Ed. G. W. Clarke. Cambridge: Cambridge UP, 1989. 187–235.

Cook, B. F. *The Elgin Marbles*. rept. London: The British Museum Press, 2004.

Cooper, Andrew M. *Doubt and Identity in Romantic Poetry*. New Haven: Yale UP, 1988.

Cowden Clarke, Charles and Mary. *Recollection of Writers*. Fontwell, Sussex:

Centaur Press Ltd, 1969.

Daiches, David. *God and the Poets*. Oxford: Clarendon Press, 1984.

Daiches, David and John Flower. *Literary Landscapes of the British Isles: A Narrative Atlas*. New York & London: Paddington Press LTD, 1979.

Daniels, Stephen. *Humphry Repton: Landscape Gardening and the Geography of Georgian England*. 1999. New Haven: Yale UP, 2000.

Dante Alighieri. *The Vision; or Hell, Purgatory, and Paradise of Dante Alighieri*. Tr. The Rev. Henry Francis Cary, London: Henry G. Bohn, 1860.

——. *The Comedy of Dante Alighieri, Cantica II Purgatory*. Tr. Dorothy Sayers, Penguin Books, 1983.

Darwin, Erasmus. *The Botanic Garden*. 2 vols. 4th edn. London: Printed for J. Johnson, 1799.

Davies, Andrew. *The Map of London: From 1746 to the Present Day*. London: B.T. Batsford Ltd., 1987.

Delderfield, Eric R. *Kings & Queens of England & Great Britain*. Devon: David & Charles, 1990.

Delumeau, Jean. *History of Paradise*. Trans. Matthew O'Connell. New York: The Continuum Publishing Company, 1995.

Dryden, John. "A Parallel betwixt Painting and Poetry," with a preface to his translation of *De Arte Graphica*, by Charles-Alphonse Du Fresnoy, into English, The Art of Painting. London: n.p., 1695.

Duff, David. "From Revolution to Romanticism." *CR*, 23–34.

Eliade, Mircea. *The Myth of the Eternal Return*. Trans. Willard R. Trask. Princeton: Princeton UP, 1974.

Eltis, David & David Richardson. *Atlas of the Transatlantic Slave Trade*. London: Yale University Press, 2010.（下記邦訳・増井氏）

Ferris, David. *Silent Urns: Romanticism, Hellenism, Modernity*. Stanford, California: Stanford UP, 2000.

Flaxman, John. *Lectures on Sculpture*. London: John Murray, 1829

Frye, Northrop. *A Study of English Romanticism*. Chicago: The University of Chicago Press, repr. 1982.

Gilpin, William. *Observations on the River Wye, and Several Parts of South Wales, &c. Relative Chiefly to Picturesque Beauty; Made in the Summer of the Year 1770*. Printed by A. Strahan, for T. Cadell junior and W. Davies (London), 4th edn. Eighteenth Century Collections Online.

Gittings, Robert. *John Keats*. Penguin Books, 1979.

Goldstein, Laurence. *Ruins and Empire: The Evolution of a Theme in Augustan and Romantic Literature*. Pittsburgh: University of Pittsburgh Press, 1977.

Goslee, Nancy Moore. *Uriel's Eye: Miltonic Stationing and Statuary in Blake, Keats, and Shelley*. Alabama: The University of Alabama Press, 1985.

Gross, Kenneth. *The Dream of the Moving Stature*. Ithaca and London: Cornell UP, 1992.

Hale-White, Sir William. *Keats as Doctor and Patient*. London: Oxford UP, 1938.

Haley, William. *An Essay on Sculpture: In a Series of Epistles to John Flaxman*. London: A Strahan, 1800. Kessinger Publishing's Legacy Reprints. n.d.

Hamilton, William Richard. *Memorandum on the Subject of the Earl of Elgin's Pursuits in Greece*. London: publisher unknown, 1811.

Harding, Anthony John. *The Reception of Myth in English Romanticism*. Columbia, Missouri: University of Missouri Press, 1995.

Haskell, Francis & Nicholas Penny. *Taste and the Antique*. 1981. New Haven and London: Yale University, 1982.

Haydon, Benjamin Robert. *Correspondence and Table-Talk*. Ed. Frederic Wordsworth Haydon. 2 vols. London: Chatto and Windus, Piccadilly, 1876.

Hazlitt, William. "An Essay on the Principles of Human Action: Being an Argument in favour of the Natural Disinterestedness of the Human Mind." (1805) *The Complete Works of William Hazlitt*, Ed. P. P. Howe after the edition of A. R. Waller and Arnold Clover. London: J. M. Dent and Sons, Ltd, 1930–34.

Heffernan, James A. W. *A Creation of Landscape: A Study of Wordsworth, Coleridge, Constable, and Turner*. Hanover: UP of New England, 1984.

Hunt, Leigh. *The Autobiography of Leigh Hunt*. 2 vols. Ed. Roger Ingpen. Westminster: Archibald Constable & Co Ltd, 1903.

Hutcheson, Francis. *An Inquiry into the Original of Our Ideas of Beauty and Virtue*. London: Printed by J. Darby, for Will and John Smith; and sold by W. and J. Innys, 1725.

Hyams, Edward. *Capability Brown and Humphry Repton*. London: J. M. Dent & Sons Ltd, 1971.

Jack, Ian. *Keats and the Mirror of Art*. Oxford at the Clarendon Press, 1967.

Janowitz, Anne. "The Romantic Fragment." *CR*. 442–51.

Jeffrey, David Lyle. gen. ed. *A Dictionary of Biblical Tradition in English Literature*. Michigan: William B. Eerdmans Publishing Company, 1992.

Jenkins, Ian. *The Parthenon Frieze*. London: The British Museum Press, 1994.

Knight, Charles, ed. *London Pictorially Illustrated.* 6 vols. London: Henry G. Bohn, 1851.

Knight, Richard Payne. *An Analytical Inquiry into the Principles of Taste.* 1805. 3rd edn. London: T. Payne and J. White, 1806.

——. *Specimens of Ancient Sculpture, Aegyptian, Etruscan, Greek, and Roman.* 2 vols. London: Printed by T. Bensley, Bolt Court, for T. Payne, Pall Mall: J. White and Co., Fleet Street, 1809.

Larrabee, Stephen A. *English Bards and Grecian Marbles.* New York: Kennikat Press, INC, 1964.

Lau, Beth. *Keats's Paradise Lost.* The University Press of Florida. Florida: Gainesville, 1998.

Leach, Edmund, ed. *The Structural Study of Myth and Totemism.* 1967. Reprint. London: Tavistock Publications, 1976.

Levinson, Marjorie. *The Romantic Fragment Poem.* Chapel Hill and London: The University of North Carolina Press, 1986.

Lovejoy, Arthur O. *The Great Chain of Being: A Study of the History of an Idea.* Cambridge, Mass.: Harvard UP, 1964.

Lowes, John Livingston. "Moneta's Temple." *PMLA* LI 1936. 1098–1113.

MacLean, Gerald. "Introduction: the country and the city revisited, c. 1550–1850." MacLean, Gerald, et al. *The Country and the City Revisited,* Cambridge: Cambridge UP, 1999. 1–23.

Mandeville, Bernard. *The Grumbling Hive: Or Knaves Turned Honest* (1705). URL: https://www.writersreps.com/feature.aspx?FeatureID=85 (visited 10 Oct 2017 & 18 Oct 2021)

——. *The Fable of the Bees: or Private Vices, Public Benefits,* 1714. Penguin Classics.

McFarland, Thomas. *Romanticism and the Forms of Ruin.* Princeton: Princeton UP, 1981.

Mellor, Anne K. "Keats's Face of Moneta: Source and Meaning." *Keats-Shelley Journal,* No. 25. 1976. 65–80.

——. *English Romantic Irony.* Cambridge, Mass.: Harvard UP, 1980.

Michelangelo Buonarroti. *The Letters of Michelangelo.* 2 vols. Tr. from the original Tuscan & annotated by E. H. Ramsden. Stanford: Stanford UP, 1963.

Milnes, Richard Monckton. *Life, Letters, and Literary Remains, of John Keats.* 2 vols. London: Edward Moxon, 1848.

Moorman, Mary. *William Wordsworth: A Biography, the later years.* London:

Oxford UP, 1968.

Motion, Andrew. *Keats*. London: Faber and Faber Limited, 1997.

Newey, Vincent. "Keats, history, and the poets." *Keats and History*. Ed. Nicholas Roe. Cambridge: Cambridge UP, 1995. 165–93.

Nishiyama, Kiyoshi. *Keats's Myth of the Fall: An Interpretation of the Major Poems of Keats in Terms of Myth-Making*. Tokyo: The Hokuseido Press, 1993.

Owings, Jr., Frank N. *The Keats Library: a descriptive catalogue*. Keats House: The Keats-Shelley Memorial Association, n.d.

Panofsky, Erwin. *Studies in Iconology: Humanistic Themes in the Art of the Renaissance*. New York: Harper & Row, 1962.（下記邦訳）

Park, John James. *The Topography and Natural History of Hampstead, in the County of Middlesex*. London: White and Co.; Nichols and Co. 1814.

Pepys, Samuel. *The Diary of Samuel Pepys*. 10 vols. Ed. Henry Wheatley. Cambridge: Deighton Bell and Co. 1928.

Perkins, David. *The Quest for Permanence: The Symbolism of Wordsworth, Shelley and Keats*. Cambridge, Massachusetts: Harvard UP, 1959.

Plumly, Stanley. *Posthumous Keats*. New York: W. W. Norton & Company, 2008.

Pomfret, Rev. Mr. John. "The Choice." 1699. *Poems upon Several Occasions*. Printed for J. French. Holborn: Fo. 47, Opposite Hatton-Garden, 1777.

Potter, John. *Archaeologia Graeca, or the Antiquities of Greece*. 2 vols. 1697–98. Edinburgh: Stirling & Slade, 1818. Kessinger Publishing's Rare Reprints, n.d. Legacy Reprint Series.

Price, Uvedale. *An Essay on the Picturesque*. 1794, 1796. A Facsimile edn., Woodstock Books, 2000.

Pütz, Peter. "The Renaissance to the Romantic Movement." *Neoclassicism and Romanticism*. Eds. Rolf Toman, et al. Tandem Verlag GmbH: Espéraza, Cologne, Dresden, 2007.

Rajan, Balachandra. *The Forms of the Unfinished: English Poetics from Spenser to Pound*. Princeton, New Jersey: Princeton UP, 1985.

Rajan, Tilottama. *Dark Interpreter: The Discourse of Romanticism*. New York: Cornell UP, 1980.

Reardon, Bernard M. G. *Religion in the Age of Romanticism: Studies in Early Nineteenth Century Thought*. Cambridge: Cambridge UP, 1985.

Reynolds, Sir Joshua. *The Literary Works of Sir Joshua Reynolds*. 2 vols. Ed. Henry William Beechey. London: Henry G. Bohn, 1852.

——. *Discourses Delivered to the Students of the Royal Academy*. Ed. Roger Fry.

London: Fry, Roger, Seeley & Co. Limited, 1905.

Richardson, George. *Iconology: or A collection of emblematical figures, moral and instructive.* 2 vols. London: G. Scott, 1779.

Ripa, Cesare. *Iconologia, or Moral Emblems.* Venice, 1645. English translation in 1709 by Pierce Tempest. n.d. n.p. Forgotten Books.

Robins, Jane. *The Trial of Queen Caroline.* New York: Free Press, 2006.

Roe, Nicholas, ed. *Keats and History.* New York: Cambridge UP., 1995.

——. *John Keats and the Culture of Dissent.* New York: Oxford UP., 1997.

——. *Fiery Heart: The First Life of Leigh Hunt.* London: Pimlico, 2005.

——. *John Keats.* New Haven and London: Yale UP, 2012.

Rossetti, William Michael. *Life of John Keats.* London: Walter Scott, 1887.

Rynck, Patrick de. *How to Read a Painting.* Thames & Hudson Ltd. London: High Holborn. 2004.

Schlegel, Friedrich von. "Athenaeum Fragments." *Lucinde and the Fragments.* 1797–99. Tr. & Intro. Peter Firchow. Minneapolis: University of Minnesota Press, 1971. 161–240. (本文中では "Athenaeum" と略記)

Scott, Grant F. *The Sculpted Word.* Hanover: University Press of New England, 1994.

Scott, John. *The Christian Life: From its Beginning, to its Consummation in Glory.* 3 vols. 6th edition corrected. London: Printed by R. N. for Walter Kettleby, at the Bishop's Head in S. Paul's Church-yard, 1694–97.

Shaftesbury, 3rd Earl of. *Characteristicks of Men, Manners, Opinions, Times.* 3 vols. 1711. Indianapolis: Liberty Fund, 2001.

Simpson, David. *Irony and Authority in Romantic Poetry.* London: The Macmillan Press Ltd, 1979.

Sinson, Janice C. *John Keats and The Anatomy of Melancholy.* London: Longfield Cottage, Keats-Shelley Memorial Association, 1971.

Sloan, Kim, ed. with Andrew Burnett. *Enlightenment: Discovering the World in the Eighteenth Century.* London: The British Museum Press, 2003.

Sloan, Kim. "'Aimed at universality and belonging to the nation': the Enlightenment and the British Museum." *Enlightenment.* 1st paperback edn. 2004. 12–25. (本文中 'Aimed at ~ the nation' の部分は Westminster Abbey に埋葬された Sir Isaac Newton のために Pope が墓碑銘としたもの。)

Spence, Joseph. *Polymetis: or, An Enquiry concerning the Agreement Between the Works of the Roman Poets, and the Remains of the Antient Artists.* London: Printed for R. Dodsley at Tully's-Head, Pall-Mall, 1747.

Sperry, Stuart M. *Keats the Poet*. 1973. Reprint. Princeton: Princeton UP, 1974.

Stephenson, William C. "The Performing Narrator in Keats's Poetry." *Keats-Shelley Journal*, No. 26. 1977. 51–71.

St. Clair, William. *Lord Elgin and the Marbles*. Oxford, New York: Oxford UP, 1998.

Stuart, James and Nicholas Revett. *The Antiquities of Athens*. 4 vols. London: Printed by John Haberkorn, 1762–1816.

Sullivan, Alvin, ed. *British Literary Magazines: The Romantic Age, 1789–1836*. Connecticut: Greenwood Press, 1983.

Summerson, John. *The Life and Works of John Nash Architect*. London: George Allen & Unwin, 1980.

Taylor, Jeremy. *Holy Living and Holy Dying*. 2 vols. Ed. P. G. Stanwood. Oxford: Clarendon Press, 1989.

Thomas, Julia. *Victorian Narrative Painting*. London: Tate Gallery Publishing Ltd, 2000.

Thomas, Sophie. "The Fragment." *Romanticism*. Ed. Nicholas Roe. Oxford: Oxford UP, 2005. 502–13.

Thompson, Carl. "Travel Writing." *ROG*. 555–73.

Thurley, Geoffrey. *The Romantic Predicament*. London: The Macmillan Press Ltd, 1983.

Tillyard, E. M. W. *The English Epic and its Background*. 1954. 2nd imp. London: Chatto and Windus, 1966.

Tooke, Andrew. *Tooke's Pantheon of the Heathen Gods and Illustrious Heroes*. 1st trans. in 1698 from François Pomey's original. Baltimore: Cushings & Bailey, 1851. Kessinger Publishing's Rare Reprints, n.d.

Trevelyan, G. M. *British History in the Nineteenth Century*. London: Longmans, Green and Co., 1923.

Trott, Nicola. "The Picturesque, the Beautiful and the Sublime." *CR*. 72–90.

Turner, Frank M. "Why the Greeks and not the Romans in Victorian Britain?" *Rediscovering Hellenism*. Ed. G. W. Clarke. Cambridge: Cambridge UP, 1989. 61–81.

Twitchell, James B. *Romantic Horizons: Aspects of the Sublime in English Poetry and Painting, 1770–1850*. Columbia: University of Missouri Press, 1983.

Vendler, Helen. *The Odes of John Keats*. Cambridge, Mass.: The Belknap Press of Harvard UP, 1983.

Walker, Carol Kyros. *Walking North with Keats*. New Haven: Yale UP, 1992.

Walpole, Horatio (Horace). "On Modern Gardening." *The Works of Horatio Walpole, Earl of Orford*. 5 vols. 2nd edn. Printed for G. G. and J. Robinson. London: Paternoster-row, 1798.

Ward, Aileen. *John Keats: The Making of a Poet*. London: Secker & Warburg, 1963.

Wasserman, Earl R. *The Finer Tone: Keats' Major Poems*. 1953. Paperbacks edn. Baltimore: The Johns Hopkins Press, 1967.

Watts, Alan. *Myth and Ritual in Christianity*. 1954. 1st paperback edn. London: Thames and Hudson, 1983.

Weinreb, Ben, gen. ed. *The London Encyclopaedia*. London: Macmillan, 1983.

White, R. S. *Keats's Anatomy of Melancholy*. Edinburgh: Edinburgh UP Ltd, 2020.

Whitfield, Peter. *London: A Life in Maps*. London: The British Library, 2006.

Wilkie, Brian. *Romantic Poets and Epic Tradition*. Madison: The University of Wisconsin Press, 1965.

Williams, Raymond. *The Country and the City*. 1973. London: The Hogarth Press, 1985.

Winckelmann, Johann Joachim. *Reflections on the Imitation of Greek Works in Painting and Sculpture*. 1755. Trans. Elfriede Heyer and Roger C. Norton. La Salle. Illinois: Open Court Publishing Company, 1987.

——. *History of the Art of Antiquity*. 1764. Trans. Harry Francis Mallgrave. The Getty Research Institute. Los Angeles: Getty Center Drive, 2006.

Wordsworth, William. *Guide to the Lakes*. Ed. Ernest de Selincourt. Oxford: Oxford UP, 1977.

——. *The Excursion*. Ed. Bushell, Sally, et.al. Ithaca and London: Cornell UP, 2007.

Zimmerman, Johann Georg. *Über die Einsamkeit*. 1756. Translated as *Solitude*. New York: C. Wells, 1810. Kessinger Legacy Reprints. Kessinger Publishing, n.d.

日本語参考文献および邦訳書

アリストテレス『アリストテレス全集』岩波書店、2014 年。

——『ニコマコス倫理学』上・下、高田三郎訳、岩波書店、2012 年。

——『詩学』松本仁助・岡道男訳、岩波文庫。

ウィトルーウィウス『建築十書』森田慶一訳、東海大学出版会（第 2 版）、2011 年。

　　※原題はは *De Architectura Libri Decem* なので本来なら『建築十書』となる
　　のだが、本書では訳書の記述にしたがって『建築書』とした。

ヴォルテール『哲学辞典』高橋康光訳、法政大学出版局、1988 年。

──『哲学書簡』斉藤悦則訳、光文社文庫。

──『寛容論』斉藤悦則訳、光文社文庫。

『エピクロス』出孝・岩崎允胤訳、岩波文庫。

カッシーラー『シンボル形式の哲学』木田元訳（全 4 巻）、岩波文庫。

西行『撰集抄』岩波文庫。

ダーウィン『種の起源』上・下、八杉龍一訳、岩波文庫。

ダンテ『神曲』平川祐弘訳、河出書房新社、2020 年。

西山清『イギリスに花開くヘレニズム』丸善プラネット、2008 年。

パノフスキー『イコノロジー研究』浅野徹他訳、美術出版社、1971、1978 年。

プラトン『ゴルギアス』加木彰俊訳、岩波文庫。

ブルーム『影響の不安』小谷野敦、アルヴィ宮本なほ子訳、新曜社、2004 年。

増井志津代訳『環大西洋奴隷貿易歴史地図』東洋書林、2012 年。（本文中では
　　「Eltis の『奴隷貿易地図』」と略記）。

ロンギノス／ディオニュシオス『古代文芸論集』戸高和弘・木曽明子訳、京都大学
　　学術出版会、2018 年。

和辻哲郎『風土』岩波文庫。

『哲学・思想事典』岩波書店、1998 年。

図版一覧

あとがき

　ダラダラ書き連ねていても、いつかは終わりがくるものだ。はしがきで先手を打っておいたお蔭で、好きなように脱線しつつやがて本線に戻り、また脱線を繰り返す――この連続で駄文がキチッとした結論になど到達するはずはなく、最終章もまた断片と相成った。多くの先人が積み重ねてきたキーツ研究の歴史は、英詩の人気凋落が巷間で囁かれる今もなおこの国で受け継がれ、素晴らしい研究成果も生み出されてきていることは、御同慶の至りである。そこにこの拙劣なる著作が割り込むことなど到底かなうはずもないのだが、まあ、わたしと長年お付き合いを頂いた先輩、後輩、そして学生諸君のこれまでの慇懃に対してのささやかなお礼の意味を込めて、この本をこっそり世の光に当ててやりたいと思う。

　ここまで本論にお付き合いいただいた方（さぞやお疲れのことでしょう……）にはお判りのことと思うが、わたしの力ではどうしてもキーツの作品群に結論らしきものを与えて「完結」のピリオドを打つことができない。ピリオドを打つなどしたら、そこでキーツとの縁が絶たれてしまうような気がして仕方がない。原稿を読み直してみれば、いい歳をして語れることはこれだけなのか、と今さらながら慙愧に堪えない。書くべきことはまだ色々あったはずなのだが――それでもキーツも言っているように、「物事は思うようにはいかぬもの」"Things cannot to the will be settled" なのだから、くよくよしても仕方がない。はや古希を過ぎたこの身に、余命があとどれほどあるのかなど神のみぞ知る、ということであろうが、せめてそれまではキーツとの交流も楽しんでいたいと願うばかり。

　長い付き合いといえば、「音羽書房鶴見書店」社主であり先輩でもある山口隆史氏には、儲けにもならないこんな著作を出していただけるだけでも深甚の感謝の念あるのみ。改めてお礼申し上げます。同氏からは「初出一覧」の原稿がない、と言われたのだが、ここに章分けして書いたものそれぞれに、特にこれといって「初出」らしきものはない。ただし、ほぼ書下ろしと

なった最終章を除いて、各章に散らばって核となっている過去の遺産のよう
なものはある。それらは概ね海外の学会に招待されたおりに発表した論文で
あるので、それを記して「初出一覧」の代替としたい。

"The Romantics and the Aesthesia of Fragments" (Wordsworth Summer
    Conference, Grasmere, August 2005).
"Keats and Statuary" (An Open Lecture at St Andrews University, March
    2008).
"The Enlightenment and the Plastic Arts—West, Coleridge and Keats"
    (Coleridge Summer Conference, Cannington, July 2010).
"A Cityscape 'to one who has been long in city pent'" (Essen Conference
    of the German Society for English Romanticism, Duisburg, October
    2011).
"The Prince Regent: A Life in Caricature" (Wordsworth Summer
    Conference, Grasmere, August 2012).
"Keats and Romantic Connections with Fragments" (NASSR Tokyo,
    Romantic Connections, University of Tokyo, June 2014).

なお、本書第2章の最終節「もう千日の命」は、キーツ没後200年に当た
る昨年、「日本シェリー研究センター」からの寄稿依頼を受けて多少の変更
を加えた上、本論から切り離して提出した原稿とほぼ同一である。これは7
月に刊行された *Shelley Studies* No.26 に掲載されている。研究センターの
ご配慮に感謝いたします。

　最後になったが、面倒な索引作成や原稿チェックには以下の諸氏の手を煩
わせたので、ここに感謝の気持ちを込めて五十音順に名前を記しておきた
い。

〈伊藤健一郎、岩本浩樹、金澤良子、鈴木喜和、田中由香、藤原雅子〉

上記の6名はかつて我がロマン派ゼミ院生のキーツ・スペシャリストとして、長らく共に16号館の研究室で研鑽を重ねてきた兵である。毎週木曜日の朝から夕方遅くまで、コウルリッジやワーズワスなどの兵も巻き込み、精読と研究発表、そしてその後の談論風発、時にはアルコールへと……いまもってあの日々のことは懐かしく思い出される。教師冥利に尽きる楽しい時間であった。いまは皆巣立ち、それぞれの研究と教育に打ち込んでいるので、やがては良き後継者も育つことだろう。さてさて、ここらで老兵は静かに去っていくことにいたします。家族はもちろんのこと、多生の縁によりわたしと袖振り合った皆さんすべてに、心の底からお礼を申し上げたい。ありがとうございました。

2022年早春　秩父山荘「無聊亭」にて

西山　清

索　引

236

著者略歴

西 山　清 （にしやま・きよし）

　1949 年 （昭和 24 年）、東京都に生まれる
　1972 年　早稲田大学教育学部卒業
　1980 年　早稲田大学大学院文学研究科博士課程中退
　　同年　同志社大学専任講師 （～ 1984 年）
　1984 年　早稲田大学教育学部専任講師
　2017 年　早稲田大学教育・総合科学学術院教授を定年前退職　学術博士
　　現在　早稲田大学名誉教授
　　専攻　イギリス・ロマン派文学
　　著書　*Keats's Myth of the Fall* （北星堂書店）
　　　　　『聖書神話の解読』（中公新書）
　　　　　『イギリスに花開くヘレニズム』（丸善プラネット）
　　訳書　『妙なる調べ』（E・R・ワッサーマン著、桐原書店）
　　　　　『エンディミオン』（J・キーツ作、鳳書房）
　　　　　『アイルランドの怪奇民話』（W・B・イェイツ編、共訳、評論社）

キーツ：断片の美学

2022 年 5 月 20 日　初版発行

著　　者　　西　山　　　清

発 行 者　　山　口　隆　史

印　　刷　　シナノ印刷株式会社

発行所　　株式会社 音羽書房鶴見書店

〒 113–0033 東京都文京区本郷 3–26–13
TEL　03–3814–0491
FAX　03–3814–9250
URL: http://www.otowatsurumi.com
email: info@otowatsurumi.com

組版 ほんのしろ／装幀 吉成美佐 (オセロ)
製本 シナノ印刷株式会社